U0165744

最新應用公文

大專學校用書　公務員升等用書　高普特考公文必備

傅榮珂　編著

Official Document Writing

再版序

　　自《最新應用公文》出版後，坊間反應甚佳，上焉者，如政府公職人員、行政主管，輒以此書為撰寫公文之範本；尤其公文自民國九十四年一月一日改為橫式公文以來，難度增加，頗令公職人員為之卻步。今此書撰有各種公文範例，又附有歷屆國家各類考試公文試題暨解答，可將其置於案頭，以便隨時翻閱參考。對想參加高、普、特考之考生，則此書條理分明，易讀、易學、易記；讀之，不僅參與公職考試之公文可得高分，且可倍增參加國家考試錄取之信心。

　　《最新應用公文》自改版橫式公文，交由五南出版社印行以來，短短數月，即銷售一空。由於要收入每年國家最新考試公文試題暨解答，所以每年都改新版。故常會延宕出版，在此向讀者深感抱歉。

　　再版書除了訂正原書手民之筆誤外，增補至今年（一○二年年）之高、普特考公文試題暨解答，並將字體放大，行距加寬，以便讀者易於閱讀參考。

傅榮珂　謹識

中華民國一○二年五月卅日

自 序

　　公文，乃處理公務之文書。其道雖小，其用極廣；昔自《尚書》，即有典、謨、訓、誥之名，以後踵事增華，歷有進益，今則有令、呈、咨、函之體，隨時而興，其名雖異，其義則一。

　　古之為士者，必當熟悉國家典章制度，精通文牘書墨，方能立於朝廷，縱橫策論，進盡忠言；故歷代取士之道，雖名目繁多，各有不同，然甄拔才俊於制藝文辭，治理國家之庶政，則為一也。

　　民國以還，國父以天縱之盛，手創五權政治，意即鑑於吾國考試制度，不僅公平競進，且能登庸才俊，得人之盛。實有保存並發揚光大之價值，煌煌遺訓，足為百世師法。民國十六年，政府奠都南京，即奉行國父遺教，成立考試院，迄今八十餘年，各項法制，燦然大備，歷屆考試拔才，績效昭著。雖時局顛沛，而人才不絕，故能立國家正統於不墜，續各項建設於不斷。然於諸多考試科目中，雖因甄才不同，測試內容亦異，唯「公文」則為公職人員考試必考科目之一，其重要蓋可想見。至若公文程式之頒布施行，雖因時代不同，迭經修訂，而大體略同，唯於民國九十四年順應世界文書習寫之潮流，將公文書寫形式由直式改為橫式，變革甚大，然其對電腦公文文書之應用，及庶政之推行、政治之革新，皆有莫大之助益。

　　余自師大國文研究所畢業，取得博士學位後，任教大學「應用文」課程，迄今已有三十餘年，鑑於「公文」往往為一般人所忽略，以致雖從事案牘工作，亦有不明函牘之用；偶有謬誤，常苦於無人尋問。而一般學子，為謀求公職，參加高、普、特考者日眾，雖汲汲於浩瀚書卷中，冀能有所收

穫；唯於公文之撰擬與寫作，雖鑽研日深，輒有如霧之迷。若求之於坊間所售公文書，則有體例不一、間有錯誤，使人不知所從。是以廣蒐公文資料，擷其精華，棄其糟粕，並依據最新公文程式條例、配合考試趨勢，先有釋義，後有範例，董理爬梳，力求簡明。書中附有自民國九十年以來歷屆高、普、特公文試題解答；此皆為余廣蒐資料及歷年來授課學生之擬作，而經擇優選錄，並親加校正，學者倘能參閱，自能收筌蹄之效。書末並錄有歷屆高、普、特考公文試題，自民國九十年，已蒐至民國九十六年，此試題資料來之不易，學者當可作參閱習作之用。

　　茲書所載，雖耗精竭思，繼晷以赴，數歷寒暑，方能成編，唯初學謭陋，聞見不周，尚祈博雅君子，不吝指正，則幸甚也。

傅榮珂 謹識

民國九十六年九月

目　錄

第一篇 公文概說

第一章　緒　論

　　公文，乃處理公務之文書。古稱「官書」，《周禮・天官・冢宰篇》：「宰夫之職，掌治朝之法……，掌百官府之徵令，辨其八職，六曰史，掌官書以贊治」，又稱文書。《漢書・刑法志》：「文書盈於几閣，典者不能遍睹。」歷代公文之名，類別頗多，諸如上古之典、謨、訓、誥、誓等，以及歷代之詔、論、章、疏、表、檄、移……等，名目繁多，難可詳悉。唯對公文程式，歷代均有規定，皆為處理公務上所應用之文書。

　　以今言之，公文乃政府機關之間，或政府機關與公共社團之間，以及公共社團彼此之間或人民與政府機關之間，相互用來表示意旨、傳達消息，為公務上之處理，而依一定程式所製作之文書，皆可稱之為公文。

　　換言之，各級政府機關相互之間、政府與人民或團體之間，為了處理公務與意見之溝通，以文書形式所表達之文件，均屬「公文」。至於人民向政府機關有所申請或請求時，其所提出之「申請函」，本身雖非「處理公務」，但因其提出之申請對象為政府機關，其目的乃希望政府機關基於職權能做適當之處理，其所做之處理行為，亦即政府機關之「行政行為」，即為「公務」；因此申請函也成為處理公務之「公文」。

　　過去公文格式不夠簡明，用語累贅繁複，尤其文句模稜兩可，似是而非；顯不出內容主題，不合「簡、淺、明、確」的要求。和一般國民日常用語也脫節，不合時代要求，實有徹底改革的必要。因此

行政院乃於民國六十二年二月，訂頒行政改革要點，對公文製作及處理，試行改革，其改革宗旨如下：

一、使政府機關公文所要表達的意思，很明確的讓社會大眾普遍接受。因而使政府一切施政，能為一般民眾了解與支持，了無隔閡。

二、使政府機關公文，在大幅度的改革措施下，徹底擺脫陳舊的、落伍的程式和用語，以便能充分發揮溝通意見，推行公務的功能，並在行政革新中發生引導作用。

三、使政府機關公文結構、程式、文字，趨於簡單明瞭，即使一位初任公職的人員，也都可以擬辦公文。

四、使政府機關減少不必要的行文程式和數量，提高行政效率。

　　自改革要點頒訂後，一般實行情形良好，尤其對於公文之簡化、提高行政效率有莫大之助益。行政院在六十二年七月一日頒行《行政機關公文處理手冊》，開始擺脫老式公文的窠臼，而實施新式公文；同年（六十二年）十一月三日《公文程式條例》也因之配合修正。

　　今日一般青年學子，大皆已能體會公文改革的重要，對於公文不再存著陌生、恐懼的心理，並開始認真的研習公文，這是很好的現象。事實上，不論將來是否從事公職，「公文」都是現代人必須了解的。從簡便的報告書、簽、申請函到機關與機關間來往的函，公文撰寫的求好、求快、無誤，關係著個人、公司、機關的權益甚大；而在參加高、普、特考中，撰寫一篇得體、妥切的公文，更是得分的要訣，這是應考考生不能輕易忽略的。

第二章　公文的意義

　　公文是政府機關宣導政令、表達行政措施，以及人民或團體之間相互表達意旨之重要工具。就法律效力而言，公文具有強制性與約束性，除應注重實質內容外，還須依一定之法定程式製作，才能發生效力。其意義可分為二：

第一節

我國《刑法》上公文之意義

　　我國《刑法》第十條第三項規定：「稱公文書者，謂公務員職務上製作之公文書。」可知刑法上「公文書」之意義有二：

一、**須為公務員製作之文書**：製作公文書者，須具有特定之身分，也就是必須具備公務員身分。[1]《刑法》第十條第二項規定：「稱公務員，謂依法令從事於公務之人員。」所謂「從事於公務」，是指「公眾」或「公共」的事務。如果沒有依政府的法令為其依據，即使所做的是「公眾」之事，但是所為之文書，卻不能稱為公文書。

二、**須為公務員「職務上」製作之文書**：公務員之行為有職務行為，與非職務行為；職務行為即法令所賦予公務員的職務行為，而非公務員自己個人的私自行為。若公務員從事非職務行為所作之文書，亦不能稱為「公文書」。

1　公務員身份之取得，必須參加我國國家考試〈如高、普、特考〉合格者並取得證書者。

由上述之說明可知，刑法上所謂公文的意義是：凡是依法令從事於公務之人員，在職務上所制作之文書，方可稱之為「公文書」。

第二節
「公文程式條例」上「公文」的意義

現行「公文程式條例」第一條載明公文的意義為：「稱公文者，謂處理公務之文書；其程式，除法律別有規定外，依本條例之規定」，依此意義，公文必須具備下列三個要件：

一、**必須為有關公務之文書**：文書本有「私文書」與「公文書」之分別；文書若僅由私人撰述，而非處理公務之作，例如私人之信函、著作、契約等，僅可謂之「私文書」。而公文則是其文書必須與公務有關，舉凡簽、函、公告等（所謂公務，亦即公眾之事務），此為公文所應具備之第一要件。

二、**文書之處理者，至少須有一方為機關**：機關與機關間為處理公務而往返之文書，自可謂之「公文」。若機關為處理公務而與人民往返之文書，此文書之發出或收受者，至少須有一方為機關，該機關依其權責加以處理之文書，方可稱之為公文。此為公文應具備之第二要件。

所謂機關，應包括官署（政府機關），及非官署性質之機關（如民意機關、國營事業機關等）；所謂人民，應包括個人及人民之團體（例如各種職業團體、文化團體，及其他社會團體）。凡官署相互之間、官署與人民團體間往返之文書，均可稱為公文。

三、**公文之形式必依規定的程式撰寫**：私人性質的文書，內容既未與公務有關，僅表示個人之意見，自然不必依規定形式撰寫。然公

文書者，內容與公務有關，自必依法定程序與格式撰寫，才具有法律之效力。此為公文應具備之第三要素。

由上述可知，公文程式條例上「公文」意義，所概括之範圍，較為廣泛，凡處理公務之文書，皆可稱之為公文。並不絕對限於「公務員」的身份或「職務上」的製作。例如申請函，是人民向有關機關申請時用的，它的本身雖非「處理公務」，但「申請」的對象為「機關」，不論人民要求政府機關「作為」或「不作為」，其終極目的，乃係祈望政府能基於職權作為處理。既然由政府機關來作處理，這種處理的行為，就是政府機關的行政行為，而其處理的事務，便是公務。因而人民的申請函，亦可成為「處理公務」的「公文」。

第三章　公文與高、普、特各類考試

第一節
公文橫式書寫格式之改革

　　行政院有鑑於國際交流日益密切、文書資料來往頻繁，為能與國際接軌，並兼顧電腦作業平臺的屬性，而於92年1月初的行政院第2823次會議中決定：推動官方文書改為由左至右橫式排列，並且決定配合修法，將相關文書作業規定、公文製作與流程管理系統等，在三年內分階段完成改革。

　　行政院並於92年8月13日於行政院院會中通過「公文程式條例部分條文修正草案」，將目前公文由右至左直式排列方式，改為國際與電腦通用的「由左至右橫式排列」。並於92年10月間將手令、手諭、簽、報告、箋函或便箋、契約書、說帖等特定公文書先改為橫式排列。但因修法作業未能及時配合，行政院乃決定延至93年1月1日起實施。

　　93年4月19日立法院法制委員會初審通過「公文程式條例部分條文修正草案」，並於93年8月經立法院院會正式通過，行政院則積極配合推動。自94年1月1日起，政府公文與電腦上供民眾申請的公文表格，均全面改採由左而右橫行格式。

　　考選部為配合行政院所推動之「公文書橫式書寫」方案，經研議後做成以下三項決定：

一、國文試題及試卷，配合「公文程式條例」之施行日期，自94年1月
　　1日起改採橫式書寫格式。

二、國文科試卷，依現行高等（三等）考試卷面之格線採棕色、普通
　　（四等）及初等（五等），試卷採橙色印製，以資區分；試卷篇
　　幅不分等級，均維持現行七頁之頁數。

三、國文科試卷內頁「作答注意事項之五」配合修正為「答案書寫方
　　式，應以西式橫寫之方式」，並增加一項「**請應考人書寫公文試
　　題時，承辦人欄位勿書寫自己姓名，而一律以○○○代替**」，俾
　　免違反試場規則第五條規定。

第二節
橫式公文之評分標準

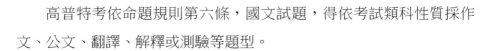

　　高普特考依命題規則第六條，國文試題，得依考試類科性質採作
文、公文、翻譯、解釋或測驗等題型。

　　國文試題採作文、公文與測驗者：其作文占60%、公文占20%、測
驗占20%；**採作文與測驗者**：其作文占70%、測驗占30%；**採作文、翻
譯與測驗者**：其作文占60%、翻譯占20%、測驗占20%；**採作文、解釋
與測驗者**：其作文占60%、解釋占20%、測驗占20%。

一、目前高普特考國文新版本申論試卷暨公文試卷，配合公文橫書之
　　施行，均採直式橫書（全頁面積為17.5×26.5平方公分），自94
　　年地方機關特種考試開始使用，以後各項各類考試均採用上開新
　　版。

二、國文試卷均為七頁有格（直虛線橫實線標示），計分14格23行，
　　可作答空間為行長約15.7公分，行高23.5公分，格長寬為1.1公分×

1公分。唯第一頁有「答案請從本頁第一行開始書寫，並請標明題號，依序作答」為22行，及保留左列一直行，為評分之用，為13格。

三、公文評分項目及配分比例如下：

1.內容及用語14分。

2.程式4分。

3.書法、標點及試卷整潔2分。

四、公文試卷評閱前須經公評委員實施公評，一般建議採三等制評閱，各等評閱標準如下：

1.上等：（14分以上）

公文之主旨，能具體扼要說明行文目的與期望；說明，能針對主旨分項說明事實、來源或理由；辦法，能具體提出建議、請求等事項。即內容能符合「簡、淺、明、確」之要求；程式、標點符號須完全正確。

2.中等：（13分至9分）

公文之主旨，稍嫌冗長，行文目的與期望模糊；說明，未能具體條項說明事實、來源或理由；辦法，未能具體提出建議、請求等事項。即內容及用語、程式、標點符號大體正確，唯未符合「簡、淺、明、確」之要求。

3.下等：（8分以下）

公文之主旨，不明確或照抄題目；說明，敘事不清或未能契合主旨；辦法，偏離主旨或欠缺辦法。另標點符號、程式不完備，內容及用語亦不符合「簡、淺、明、確」之要求者。

4.只抄題目，且不具主旨、說明、辦法之公文程式者，給0分。

　　公文分數雖只占國文分數的20%比例，但由於論文分數，往往基於閱卷者見仁見智看法的不同，不易把握；而公文只要程式對、內容確實，就可取得高分，因此應考諸君，對公文絕對不可忽視大意。

第三節

公文在高、普、特各類考試中之地位

一、公文為高普特考應試科目之一

　　《憲法》第八十六條規定：「公務人員任用資格，專門職業及技術人員執業資格，應經考試院依法考選銓定。」又依據《公務人員考試法》第二條規定：「公務人員與專門職業及技術人員之考試，分高等考試、普通考試兩種，遇有高等及普通考試及格人員不足或不能適應需要時，得舉行特種考試。」故國家為了選拔公務人員，每年均會舉辦高、普考試及各類特種考試。

　　目前高普考每年七月登場，考選部正研擬修正《公務人員考試法》，未來將改由上、下半年各考一次，分段完成。將全國十二個考區的地方特考轉型為只限偏遠地區及離島，其他縣市名額全部併入高普考，增加錄取名額。錄取者分發職務後的綁約請調年限，地方特考維持現有六年，高普考則從一年延長為三年才能轉調。預計推動期程為一○二年十二月前完成，最快在一○一年十二月前完成。

　　公務人員各類考試凡二十餘類，包括高等及普通考試、特種考試（如外交領事人員、司法人員、社會行政人員、地政人員、交通事業人員、銀行人員、稅務人員、警察人員……等等），升等考試、銓定資格考試、分類職位公務人員考試、考試暨專門職業及技術人員考試

（如律師、會計師、醫師人員、中醫師、河海航行人員……等等）。除了專門職業及技術人員考試中一、二類採取檢覈辦法以外，其餘皆有幾科共同應考科目，國文採作文、公文、翻譯、解釋或測驗等題型。其中「公文」乃必試科目之一，蓋因公務人員、建設人員以及專門職業技術人員等，皆需要處理公務，處理公務即離不開公文。

二、高普特考應考「公文」的由來及理由

考試分科取才，旨在精藝致用，考試科目中列入「公文」一項，起源於東漢順帝年間，尚書令左雄上奏：「請自今孝廉年不滿四十，不得察舉，皆先詣公府，諸生試家法（經學），文吏課箋奏（章奏文體）。」這一重要制度，即中央對儒生出身的孝廉，要考試經術，文吏出身的則考試箋奏。蓋由文吏出身者對於國家庶政之興革，比較有深入之見地，所以試其識能，傳之後世。迄至現代，公文已被列為各類考試之共同必試科目。遠自民國20年秋天舉行的第一屆高等考試即已有之。

公文是處理公務的行政工具，凡是公務人員，就免不了需要處理公務，處理公務就離不了公文。所以考試院舉辦的公務人員的高、普、特考試，不論是哪一類，往往都將公文列為必試科目。

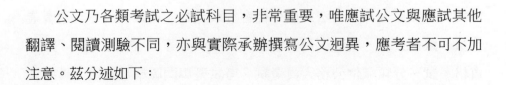

第四節
應考公文之特點

公文乃各類考試之必試科目，非常重要，唯應試公文與應試其他翻譯、閱讀測驗不同，亦與實際承辦撰寫公文迥異，應考者不可不加注意。茲分述如下：

一、應考公文與應考其他科目不同

應考其他科目時，倘平日能充分準備，即可按題作答、奮筆直書；在體裁上無所限制，在形式上不必瞻顧，只要不答非所問，能在規定時間內答完題目，再加以文理通順，則該項科目自能得到高分。

公文則不同，公文的文體，既不同於其他文章，又有其獨特的格式、用語及結構。因之應考公文時，除須注意文理通順之外，尚須留心文字是否簡潔？是否能以簡單扼要的文句，說明全篇的主旨所在；公文用語有無訛誤，有無落入舊式用語的窠臼；其結構是否正確，在程式上是否合於現行橫式「公文程式條例」的規定；在格式上，聯絡人地址、聯絡方式必須標明；主旨內容題意必須精要；在立場上，應該先辨明是否為上行文、平行文、下行文之行文系統，有附件時，則須於撰寫一篇公文之外，再撰寫附件，凡此種種，在應考其他科目時，較不會遇到，而在應考公文時，則不能輕忽大意。平時公文練習須隨時留心公文格式，庶能在考場上得心應手。

二、應考公文與應考論文不同

公文與論文，雖合併為國文科，同在一節時間內撰寫；唯寫公文與寫論文終究不同，寫論文可就論文題目的範圍內海闊天空，任意發揮，主張可各異，結論也可自由，不受限制，只要能言之成理、文理通暢，即可得到高分。

公文考試則不同，內容不僅要與試題主旨相符，結論也不容變更。結論就是公文題目之目的，倘若不將試題的主旨分辨清楚，則其結論將與試題主旨不符；要得到理想的分數，也就很難。且公文不像論文，毋需做不必要的發揮，否則反成贅詞。公文之文句貴在簡潔，要能言簡而意賅，將公文的主旨表達清楚即可。

三、應考公文與實際撰作公文不同

　　擔任公務員，實際撰寫公文時，要考慮現實環境的需求及法令限制，無法任意假設內容，任意撥款補助。但亦有其方便處，行文時，可以翻閱前案、法令、事實或理論做根據或參考，如或有未盡了解之處，尚有充分的時間可資進行準備，或與同仁討論研究。而考生應考公文時，則無如此之方便，一則無可供參考之資料，二則無寬裕之時間：唯其內容可依題旨任意假設發揮，因此在應考公文時，須就試題的主旨，在有限的時間內，任意假設事實，然後以簡單扼要的文字，依照公文的格式，撰寫成應試公文。

第五節
各類考試公文試題之趨向

　　歷年來高、普、特各類考試之公文試題，細加揣摩歸納，不難看出公文試題的趨向所在，探究今後之命題趨勢，當亦不出此軌跡。

一、與當時政治興革有關事項

　　行政措施，多與國計民生有密切關係。現在公務員應考者，或準備考取後任公職者，對於國家庶政之應興、應革事項，自應有所注意。庶政之興革，不僅與人民有關，其與政府機關本身者，諸如制度之建立、風氣之樹立等等，亦有關聯。歷屆考試，公文試題之與庶政興革有關者，例如99年高考一級暨二級：「根據內政部公布的人口統計資料顯示，2009年臺灣總生育率再創新低，平均每名婦女只生1.03個小孩，為全球第2低，人口問題嚴峻。試擬內政部函，請各直轄市及縣、市政府訂定鼓勵生育補助措施，以提昇生育率。」99年警察、交通事業、鐵路人員各類科二等：「內政部為落實政府扶窮濟急、減

少家庭不幸的政策，推出「馬上關懷」專案，並頒訂「馬上關懷急難救助作業要點」。試擬內政部致各直轄市、縣（市）政府函：請運用村（里）在地化通報系統，及早發現遭逢急迫性變故致生活陷於困境之民眾，發揮馬上關懷之精神，提供即時經濟紓困」。99年身心障礙人員特考四等：「據行政院衛生署中央健康保險局規定，公立醫院健保病床比率應占急性總病床數百分之六十五以上，私立醫院為百分之五十，然各醫院多不符合此一規定。試擬中央健康保險局致函各醫院，要求切實依規定辦理，以維護民眾就醫權益」。100年高考一級暨二級考試：「試擬內政部函行政院人事行政局轉請考選部於公務人員高等考試三級考試增設戶政（兩岸組）類科，以應用人機關業務需求。」100年鐵路、公路、港務交通事業員級晉高員級人員升資考：「行政院致函交通部：因日本311大地震之鑑，請及早規劃鐵路、公路、港務等方面的因應之道。試擬交通部復函行政院，提出因應方案。」等與政府之施政興革有密切關係。

　　撰寫此類公文，須先了解施政興革之內容，才能言之有物，具體陳述，所以應考者平日對報章所載庶政興革之新聞，不能不加注意。

二、與當時政治動向有關事項

　　凡是中華民國國民，都應注意我國當前政治的動向，「天下興亡，匹夫有責」，為國家及人民服務的公務人員，更應當有其認識與了解。我們研究歷屆公文試題輒與國家政治動向有關。例如99年外交領事、國家安全情報人員三等考：「試擬行政院研究發展考核委員會致行政院所屬各部會函：請派員參加本會99年10月14、15日兩梯次「公文線上簽核資訊作業研究習營」，以增進各機關同仁公文資訊化之知能。」100年司法人員特考四等：「擬內政部致所屬戶政機關函：近年來，我國人口老化趨勢非常明顯，而重要原因之一為生育率過

低。請要求戶政機關研擬出有效提升生育率政策，報部研議。」100年警察人員、交通事業、鐵路人員特考三等：「試擬行政院致所屬各部會函：為因應即將開放大陸地區人民來臺觀光自由行，請轉知所屬機關，從速研擬相關措施，俾妥善處理各種狀況。」等相關題目。

諸如此類試題，不勝枚舉，應考者平日對國家政治動向之新聞，不可輕易忽視。

三、與具體方案之擬定有關事項

參閱歷屆高普特考的公文試題，可以看出試題意向，已不僅僅是要求應考者能撰寫公文，近來更趨向於方案、綱要、辦法、計畫、公約、草案的擬定。沒有服過公職的考生，寫一件普通模樣的公文，都會感到困難，何況更複雜具體的方案、綱要、辦法……之擬定？所以考生平時切勿疏於「方案」、「辦法」，及一般法律、規章的瀏覽。例如95年初等考試第一梯次：「擬：劉君，因公司經營上需要，奉派肯亞（國名）之國外分公司主持業務，全家因而遷居肯亞。96年退役軍人轉任公務人員特考三等暨第二次警察人員特考三等「警察人員管理條例」修正案，業經立法院三讀通過，總統公布。內政部並已接到行政院民國96年7月○日○○字第○○號函，檢送該條例修正條文。請試擬內政部致該部警政署函，檢送該條例修正條文，希轉知所屬各警察機關，依修正條文確實執行。副本抄送銓敘部。（修正重點為：警員、巡佐年功俸提高二級，增列升官等訓練，升警監者，得於五年內先升後訓：比照公務人員任用法，增列不得任用警察官之條例）」100年海岸巡防人員、關務、稅務人員特考四等：臺灣已邁入高齡化社會，政府正積極推行各種老人福利政策，尤其關注獨居老人的生活照料。試擬新北市政府致各區公所函：針對轄內獨居老人之醫病照顧與生活安頓，研擬具體可行辦法，報府核定。

考生對此類公文之撰寫，必須將具體方案分條敘述完整，才能得

到高分。

四、與應考類科有密切關係之事項

一般行政人員考試，多偏重於行政事務與政府政策方面的題目。專門技術人員考試，則多偏重相關業務或技術之改革事項，例如99年原住民族特考三等：「試擬行政院原住民族委員會致各地方政府函：請協助辦理「原住民族部落社區大學」，以推動原住民族教育、活絡原住民族文化及語言。」99年鐵路人員三等考試、高員三級：「試擬交通部致臺灣鐵路管理局函：為有效區隔臺灣高速鐵路與臺鐵之運輸功能，並配合各縣市政府旅遊觀光節慶活動，請擬具吸引民眾踴躍搭乘臺鐵之可行方案，報部核准後實施。」100年警察人員特考四等：「試擬內政部函警政署，轉知所屬各警察機關，警察人員執行勤務時如遇新移民或外籍勞工，不得使用歧視性言詞，或警員之間刻意以方言交談，以避免不必要之誤會或衝突。」

參與特考之考生，對於應考類科之專業知識，必須有概略之了解，方能言之成理。

第六節
撰擬公文之要訣

考生撰寫公文，應注意到下列各點：

一、認清試題主旨

公文的撰寫無法像撰寫論文一樣的自由發揮，即使結論也受嚴格的限制。此乃因為公文試題完全出於假設，其內容範圍、行文目的，都須在試題內加以限定。所以不僅內容要與試題主旨相符，即使結論也不容變更。因為結論就是公文之目的，假使不把試題主旨分辨清

楚,則所下的結論將可能與試題所要求的不相符合。所以臨場考試時,只能就公文試題而答,不能自作聰明,把題旨加以變更或任意延伸;否則,將會造成答非所問的後果。

二、了解現行法令規章

　　應考公文,對現行政府體制及一般法令規章,須先嫻熟,某項法令是否已失時效,或尚在實行;某機關其上下隸屬關係如何,應該了解,否則行文體系不明,勢將影響考試成績。例如擬鄉公所之上行文,因不明現行自治法規,或故意自作聰明,撰擬試題將上行函文寫成由區公所轉,如此,將會影響公文考試的成績。因為照現行自治法規,縣以下即為鄉鎮,至於縣與鄉鎮間之區公所不僅臺灣沒有,大陸各省自實行新縣制後,也只有邊遠地區有區署之設,而無所謂區公所。又如民國99年12月25日五都改制,名義上臺灣下轄之行政區域剩下3市12縣。以往稱臺南縣永康鄉,現在得改稱臺南市永康區等。又如「國中」為縣、市所設,其與縣市政府有上下隸屬之關係。高中則有市立(院轄市)與國立之分,其與縣市政府則有上下隸屬及平行關係,考生要辨明清楚,其他類似情形很多,深望應考考生要特別注意。

三、注意內容結構之縝密

　　撰擬公文時,在內容結構上,應注意下列幾點:

1.要精細周到。公文試題出於假設,所以應審慎考慮、判斷確實,凡對上有所請求,對下有所指示,應敘述理由,最好擬具簡而易行之辦法。

2.要言之有物,不可泛說虛論,濫用冗語。因為普通文章之鋪陳誇飾語句,並不適合用於應考公文。

3.要簡明了當，切忌拖沓繁瑣、枝節橫生。公文文體要流利清晰，不可標新立異，舞文弄墨，使人看不懂。

4.要條理清晰，論事敘理，綱舉目張，切不可反來覆去，糾纏不清。

5.要公事公話。公文即所以處理公務，走筆行文，應處處不離公務，如果攙入雜語，賣弄堆砌，適足以破壞公文之結構。

四、注意字體之端正清晰

　　公文考試之評分，雖難有一定尺度標準；遇有不同之人評閱試卷，評分當然不同；即使由同一人評閱，如在不同時間評閱，亦難獲得同一之分數。但是如字體潦草不清，則一定不會得高分，因之應考公文在內容上，固然須言之有物，不泛說虛論；而對於公文字體之端正清晰，亦應努力講求。歷屆公務人員考試，尤其是國文科，評閱老師一向極注重字體端正清晰與否，作為分數之增減。故在公文試卷上宜一律使用正楷字；用鋼筆及原子筆書寫，尤須注意字體的端正清晰。

五、注意公文的款式

　　公文之內容，除了要注意上述的實質內容之外，還須注意公文的款式、用語、標點符號等形式上的問題。例如46年普考公文試題，就曾於題後註明：「遵照現行『公文程式條例』規定，公文分段敘述，冠以數字，並記明發文字號，時間及事由各項。」所以，對現行「公文程式條例」要仔細鑽研，以免發生格式上的錯誤。例如目前公文格式已改為橫式公文，其格式與昔日直式公文有所不同，例如在公文函右上角增加檔號與保存年限；在受文者之前增列受文者地址、郵遞區號；在發文字號後增列速別、密等及附件，而正本與副本則列於辦法

之後。這些格式的改變，考生必須注意，否則縱然這篇公文文情並茂，仍不免遭到扣分之虞，甚至沒有分數。

六、要把握時間

　　高普特考公文試題係併入國文一科，即國文的試題有三部分，一部分是公文，一部分是論文，另一部分是測驗題。國文一科全部的考試時間只有兩個小時，在這兩個小時內，測驗題或用選擇或用翻譯，所占時間有限。論文所占的時間自然較多，因為論文需要發揮，範圍也比較寬，寫作時間自然比較長。公文撰寫時間則介於論文與測驗之間，由於公文的範圍已有確定，行文用字也不會多到哪裡去，所以，在整個考試的過程中，公文撰寫的時間，不能與論文並立，只能占四分之一或三分之一的時間，也就是說公文全部應試時間只能有二十分到四十分鐘之間，在這段時間內，考生要緊緊地把握住公文題旨，從構思、下筆到重閱，須將時間計算好，要先寫完測驗題，再寫公文，最後才寫論文，如此論文可有較多時間去思考、發揮。

第四章　公文程式之意義及演變

第一節
公文程式之意義

　　公文既為處理公務上之文書，故機關與機關之間，或機關與人民之間發生公務之關係時，必須依藉文書來表達意思。此種文書，就外表形態言，各類公文之用語、格式等項，皆有一定之準繩，作為共同遵守之依據。此即為訂定公文程式之原因。

　　所謂公文程式者，係指處理公文時應具有之一定程序與格式。「程」係指程序，「式」係指款式、格式。

　　就公文程序而言，例如：發表人事任免用「令」，對總統有所呈請用「呈」，各機關處理公務，無論是上行或平行、下行都用「函」，以及公文除應分行外，並得以副本抄送有關機關，此皆屬公文程序之範圍。

　　就公文格式而言，例如：機關公文應由機關長官署名蓋章、蓋用機關印信，並記明年、月、日、時及發文字號；公文函得分段敘述，並冠以數字；公文之文字，應加具標點符號，此皆屬於公文之格式範圍。

　　綜合公文之程序與格式而言，此即為公文之程式。

　　公文之類別繁多、程式不一，其程式大多由法律規定，也有依習慣形成。我國現行「公文程式條例」第一條規定：「稱公文者，謂

處理公務之文書；其程式，除法律別有規定外，依本條例之規定辦理。」依此一條規定，處理公務之公文，除依其他法律之規定製作外，如司法機關之判決書、裁定書、處分書及其他所應用之文書，如：傳票、搜索票、筆錄、通知等；立法院之會議文書，如：議事日程、提案、質詢案、會議紀錄等；外交方面應用之條約、照會、備忘錄等；以及人民對政府之請願書、投訴書、民刑事訴訟書狀、行政訴訟書狀等等諸公文書，均係依特別法律之規定而製作。其餘各機關對外行文之公文，原則上均依「公文程式條例」製作。如各機關內部處理公務所使用的簽、報告、意見書、便條、手諭等公文書，一般多依習慣而製作。

唯「公文程式條例」所規定之公文程式，側重於本機關對外行文之程式，至於各機關內部之公文程式，則屬各機關內部之公文處理問題，其程序及格式，多不畫一，故未嚴格加以規定。因此本書選錄之公文，多就現行「公文程式條例」所規定之種類，舉例示範，以供隅反。至於各機關內部通用之公文如簽、報告之類，亦有舉說，俾便初學。

第二節
現行公文程式之演變

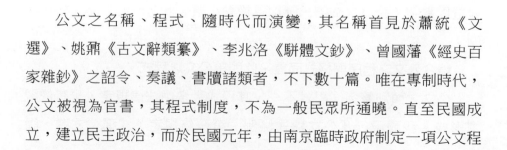

公文之名稱、程式、隨時代而演變，其名稱首見於蕭統《文選》、姚鼐《古文辭類纂》、李兆洛《駢體文鈔》、曾國藩《經史百家雜鈔》之詔令、奏議、書牘諸類者，不下數十篇。唯在專制時代，公文被視為官書，其程式制度，不為一般民眾所通曉。直至民國成立，建立民主政治，而於民國元年，由南京臨時政府制定一項公文程

式，頒布施行，此為我國第一次向人民公布之公文程式。

　　此後屢經修訂，至民國41年7月行政院所擬之「公文程式條例修正草案」，經立法院修正通過，總統明令公布後，乃成為政府實施之「公文程式條例」；二十年來，遵行不替。唯此種舊式公文，用語或流於浮濫，程式或過於陳舊，影響推行政治革新甚大，故行政院祕書處又於62年11月3日修正公布「公文程式條例」，大幅度修正公文類別，將函的範圍擴大，分為上行函、平行函、下行函，將令與呈的範圍縮小。通行至今。此後又於民國82年2月3日加以修訂。至92年8月13日於行政院院會中通過「公文程式條例部分條文修正草案」，將由右至左直式排列公文經修改為「由左至右橫式排列」。93年4月19日立法院法制委員會初審通過「公文程式條例部分條文修正草案」，並於93年8月立法院院會正式通過，行政院則積極配合推動。自94年1月1日起，政府公文與電腦申請之公文表格，一律使用橫式公文。

　　茲列出民國以來公文之程式沿革簡表，以為參考。

民國以來公文程式沿革簡表

次數	公布日期			類別		計類
	年	月	日			
一	1	1	30	令、咨、呈、示、狀		五
二	1	11	6	大總統令、院令、部令、處分令、委任令、訓令、指令、任命狀、布告、咨、公函、呈、批		十三
三	3	5	26	（一）令、咨（大總統公文程式） （二）封寄、交片、咨呈、咨、公函（大總統府政事堂公文程式） （三）呈、詳、飭、咨、咨呈、示、批、稟（官署公文程式）		十五
四	14	8	1	令、通告、批、任命狀、呈、咨、公函		七

（續下表）

五	16	8	13	令、通告、訓令、指令、任命狀、呈、咨、咨呈、公函、批答	十
六	17	11	15	令、訓令、指令、布告、任命狀、呈、咨、公函、批	九
七	41	11	21	令、咨、函、公告、通知、呈、申請書	七
八	62	11	3	令、呈、咨、函、公告、其他公文以電、代電行之	六
九	82	2	3	令、呈、咨、函、公告、其他公文	六
十	94	1	1	令、呈、咨、函、公告、其他公文（改為橫式公文）	六

現行「公文程式條例」

中華民國1年1月30日　國民政府制定公布

中華民國17年11月15日　制定6條

中華民國41年11月21日　總統修正公布全文10條

中華民國61年1月25日　總統修正公布全文14條

中華民國62年11月3日　總統修正公布第二條、第三條條文

中華民國82年2月3日　總統修正公布第二條、第三條條文；並增訂第十二條之一條文

中華民國93年5月19日　總統修正公布第七、十三、十四條條文；本條例修正條文第七條施行日期，由行政院以命令定之

中華民國93年6月14日行政院院臺祕字第 0930086166 號令發布第七條定自94年1月1日施行

中華民國96年3月21日總統令修正公布第二條條文

第一條　稱公文者，謂處理公務之文書；其程式，除法律別有規定

外，依本條例之規定辦理。[1]

第二條　公文程式之類別如下：

（一）令：公布法律、任免、獎懲官員，總統、軍事機關、部隊發布命令時用之。

（二）呈：對總統有所呈請或報告時用之。

（三）咨：總統與國民大會、立法院、監察院公文往復時用之。

（四）函：各機關公文往復，或人民與機關間之申請與答復時用之。

（五）公告：各機關對公眾有所宣布時用之。

（六）其他公文。

前項各款之公文，必要時得以電報、電報交換、電傳文件、傳眞或其他電子文件行之。

第三條　機關公文，視其性質，分別依照左列各款，蓋用印信或簽署：

一、蓋用機關印信，並由機關首長署名、蓋職章或蓋簽字章。

二、不蓋用機關印信，僅由機關首長署名、蓋職章或蓋簽字章。

三、僅蓋用機關印信。

機關公文依法應副署者，由副署人副署之。

機關內部單位處理公務，基於授權對外行文時，由該單位主

1　本條所謂「法律別有規定」，係指司法機關之「裁判書」、行政機關之「訴願決定書」等類公文，在民刑訴訟法及訴願法等，均已別有規定其程式，自不適用本條例之規定。至於外交文書，自應依照國際慣例辦理，亦毋庸予以規定。又公文用紙之格式及內容，則另以命令定之。

管署名、蓋職章，其效力與蓋用該機關印信之公文同。

機關公文蓋用印信或簽署及授權辦法，除總統府及五院自行訂定外，由各機關依其實際業務自行擬定，函請上級機關核定之。

機關公文以電報、電報交換、電傳文件或其他電子文件行之者，得不蓋用印信或簽署。

第四條　機關首長出缺由代理人代理首長職務時，其機關公文應由首長署名者，由代理人署名。

機關首長因故不能視事，由代理人代行首長職務時，其機關公文，除署首長姓名註明不能視事事由外，應由代行人副署職銜、姓名於後，並加註代行二字。

機關內部單位基於授權行文，得比照前二項之規定辦理。

第五條　人民之申請函，應署名、蓋章，並註明性別、年齡、職業及住址。

第六條　公文應記明國曆年、月、日。

機關公文，應記明發文字號。

第七條　公文得分段敘述、冠以數字，採由左而右之橫行格式。

第八條　公文文字應簡、淺、明、確，並加具標點符號。

第九條　公文，除應分行者外，並得以副本抄送有關機關或人民，收受副本者，應視副本之內容為適當之處理。

第十條　公文之附屬文件為附件，附件在兩種以上時，應冠以數字。

第十一條　公文在兩頁以上時，應於騎縫處加蓋章戳。

第十二條　應保守祕密之公文，其制作、傳遞、保管、均應以密件處理之。

第十二條之一　機關公文以電報交換、電傳文件、傳真或其他電子文件行之者，其制作、傳遞、保管、防偽及保密辦法，由行政院統一訂定之。但各機關另有規定者，從其規定。

第十三條　機關致送人民之公文，除法規另有規定外，依行政程序法

有關送達之規定。

第十四條　本條例自公布日施行。

本條例修正條文第七條施行日期，由行政院以命令定之。

第三節
機關公文傳真作業辦法

院長　連　戰

中華民國82年4月7日臺82祕字第08641號令訂定發布

第一條　本辦法依公文程式條例第十二條之一訂定之。

第二條　機關公文傳真作業，除法律另有規定外，依本辦法之規定。
　　　　但總統府及立法、司法、考試、監察四院另有規定者，從其
　　　　規定。

　　　　本辦法之規定，於公營事業機構及公立學校適用之。

第三條　本辦法所稱傳真，係指送方將文件資料，以電話等通訊設
　　　　備，透過電信網路傳輸，受方於其通訊設備上，即可收受該
　　　　文件資料影印本之傳達方式。

第四條　各機關應指定單位或指派適當人員，負責辦理公文傳真作
　　　　業。

第五條　傳真之公文，以公文程式條例第二條第一項第四款及第六款
　　　　所定之公文為限，但左列公文，非經核准不得傳真：

　　　　一、機密性公文。

　　　　二、受文者為人民、法人或非法人團體之公文。

　　　　三、附件為大宗文件、書籍、照（圖）片，或超過八開以上
　　　　　　圖表之公文。

四、其他因傳眞可能影響正確性之公文。

第六條　各機關對於內容涉及重要事項，須迅予處理之公文，得以先行傳眞，事後應即補送原件之方式處理，並於文面註明。

第七條　承辦人員對於擬傳眞之公文，應於公文原稿適當位置註明；並依規定程序陳核、繕校、蓋用印信或簽署及編號登記後始得傳眞。

第八條　公文傳眞應以原件爲之：如係影印本，應經核准，其附件亦同。

第九條　公文傳眞作業發文程序如左：

一、登錄傳眞公文登記表（簿），記載受文者、發文字號、案由、傳送日期、時間、頁數及承辦單位（人員）等。

二、加蓋傳眞作業辦理人員名章，於公文末頁適當位置。

三、撥通受方傳眞電話，確認接收者身分後，開始傳眞。

四、傳畢再通話對照傳眞頁數無誤，文面加蓋傳眞文件戳，附原稿歸檔。

第十條　受文單位傳眞作業辦理人員收到傳眞公文時，應於文面加蓋機關全銜之傳眞收受文章，註明頁數及加蓋騎縫章，並按收文程序辦理。

前項傳眞公文，如有頁數不全或其他有關問題，傳眞作業辦理人員應通知發文單位補正。

第十一條　各機關收受傳眞公文用紙之質料及規格，均應照規定標準使用。

第十二條　各機關因處理傳眞公文需要之章戳，得自行刻用之。

第十三條　各機關爲配合實際業務需要，得依本辦法及有關規定，訂定公文傳眞作業要點。

第十四條　傳真公文之保管、保密及其他未盡事宜，依事務管理規則及其手冊等有關規定辦理。

第十五條　本辦法自發布日施行。

第四節
機關公文電子交換作業辦法

中華民國八十八年六月三日行政院83院台秘字第19993號令訂定發布

中華民國八十八年六月十四日行政院88院台秘字第23924號令修正第五條、第六條、第七條、第八條、第九條條文

中華民國九十九年五月十一日院授研訊字第0992460478號令修正第七條、第八條、第十三條條文

第一條　本辦法依公文程式條例第十二條之一訂定之。

第二條　機關公文電子交換作業，依本辦法之規定。但總統府及立法、司法、考試、監察四院另有規定者，從其規定。

第三條　本辦法所稱電子交換，係指將文件資料透過電腦系統及電信網路，予以傳遞收受者。

第四條　各機關對於適合電子交換之機關公文，於設備、人員能配合時，應以電子交換行之。

第五條　機關公文以電子交換行之者，得不蓋用印信或簽署，並得採用由左而右之橫行格式製作。

第六條　各機關應由文書單位負責辦理機關公文電子交換作業。但依公文性質、行文對象及時效，有適當控管程序者，不在此限。

第七條　機關公文電子交換作業發文處理程序及應注意事項如下：

　　一、公文於電子交換前應先校對無誤，經列印者並得做成抄件（件），併同原稿退件或歸檔。

　　二、發文作業人員應輸入識別碼、通行碼或其他識別方式，於電腦系統確認相符後，始可進行發文作業。

　　三、檢視電腦系統已發送之訊息。

　　四、行文單位兼有電子交換及非電子交換者，應列示其清單，以資識別。

　　五、電子交換後，得於公文原稿標明「已電子交換」戳記，並辦理歸檔。

　　六、透過電子交換之公文，至遲應於次日在電腦系統檢視發送結果，並為必要之處理。發文機關得視需要，將所傳遞公文及發送紀錄予以存證。

第八條　機關公文電子交換作業收文處理程序及應注意事項如下：

　　一、收文作業人員應輸入識別碼、通行碼或其他識別方式，於電腦系統確認相符後，即時或定時進行收文作業。

　　二、列印公文經列印者，應由收文方之電腦系統加印頁碼及騎縫標識，並得標明電子公文，按收文處理作業程序辦理。

　　三、來文誤送或疏漏者，通知原發文機關另為處理。

第九條　機關公文電子交換之收、發文程序，應採電子認證方式處理，並得視需要增加其他安全管制措施。

第十條　機關公文電子交換之管理事項，由行政院指定機關辦理。

第十一條　各機關辦理機關公文電子交換事宜，其電腦化作業應依行政院訂頒之相關規定行之。

第十二條　各機關為配合實際業務需要，得依本辦法及有關規定，自

行訂定機關公文電子交換作業要點。

第十三條　受文者爲人民、法人或其他非法人團體之機關公文，以電子交換行之者，得不適用第六條至第八條之規定，由各機關依其業務需要另定之。

第十四條　本辦法之規定，於公營事業機構及公立學校準用之。

第十五條　本辦法自發布日施行。

第五節
文書橫式書寫數字使用原則

中華民國93年9月17日院臺祕字第0930089122號

一、爲使各機關公文書橫式書寫之數字使用有一致之規範可循，特訂定本原則。

二、數字用語具一般數字意義（如代碼、國民身分證統一編號、編號、發文字號、日期、時間、序數、電話、傳眞、郵遞區號、門牌號碼等）、統計意義（如計量單位、統計數據等）者，或以阿拉伯數字表示較清楚者，使用阿拉伯數字。

三、數字用語屬描述性用語、專有名詞（如地名、書名、人名、店名、頭衔等）、慣用語者，或以中文數字表示較妥適者，使用中文數字。

四、數字用語屬法規條項款目、編章節款目之統計數據者，以及引敘或摘述法規條文內容時，使用阿拉伯數字；但屬法規制定、修正及廢止案之法制作業者，應依「中央法規標準法」、「法律統一用語表」等相關規定辦理。

第五章　公文行文系統之分類

第一節

現行公文之分類

　　民國62年11月修正公布之「公文程式條例」，規定公文之類別分為：令、咨、呈、函、公告、其他公文六種。前項各款之公文，必要時得以電報、電報交換、電傳文件、傳真或其他電子文件行之。

　　以上這六種公文，依其行文的系統，可以分為上行文、平行文、下行文三類：

一、上行文：為下級機關向上級機關，有所陳請或報告時用之。包括(1)各機關對總統有所呈請或報告時所行的「呈」。(2)下級機關對上級機關有所陳請、報告時所行的「上行函」。

二、平行文：為同級機關或不相隸屬之機關有所洽辦，或人民與機關間之申請，答覆時用之。包括(1)總統與立法院、監察院間所行的「咨」。(2)同級機關或不相隸屬機關間公文往復所行的「平行函」。(3)人民與機關間之申請答覆時所行的「申請函」。

三、下行文：上級機關對於所屬下級機關有所交辦或指示時用之。包括(1)各機關公布法規、任免、獎懲官員，總統、軍事機關部隊發布命令所行的「令」。(2)上級機關對下級機關有所批示時所行的「下行函」。

　　現依「上行文」、「平行文」、「下行文」將公文種類分別詳述

如下：

一、上行文

（一）呈

「呈」的本義為「解」、為「露」、為「示」、為「見」。也就是表白陳述的意思，公文上用的「呈」字，乃引申為奉以上進之義。「呈」，在民國62年11月修正前之「公文程式條例」規定，「呈」是下級機關對上級機關，有所呈請或呈覆時用之，但行政院為改革公文，貫徹民主精神，特予修正，經立法院於62年11月3日三讀通過公布施行。是故現行「公文程式條例」規定，「呈」僅限於對總統有所呈請或報告時用之，而規定「各機關間公文往復……」一律用函。故「呈」的使用範圍已縮小，各機關已少有使用機會。現只限於各機關對總統有所呈請或報告時用之。

（二）上行函

自民國62年11月3日「公文程式條例」修正後，函的範圍擴大，舉凡下級機關對其上級機關有所請求或報告時均使用上行函。

二、平行文

（一）咨

「咨」的本義乃與人商洽謀詢之意，始見於《尚書》，原非公文的名稱。自秦漢迄唐，並未見於公文。及宋學士院移文三省，名之曰「咨」，是為公文名稱之始；後世沿用，唯適用範圍較宋代為廣。民國成立後，公文程式中，有「咨」以相沿襲，舊的「公文程式條例」，均規定「咨」為總統與立法院、監察院、國民大會公文往復時互用的公文，一般行政機關不適用。新「公文程式條例」，關於「咨」的適用，仍與舊條例相同，只是少了國民大會。

「咨」，按其性質可分為四種：

1. 徵求性的咨：總統依《憲法》第五十五[1]、七十九[2]、八十四條[3]之
規定，提名行政院長須徵求立法院同意的咨，司法
院長、考試院長，須徵求監察院同意的咨即是。目
前憲法增修條文，已將行政院長提名之權交由總
統，不須經立法院同意。而司法院長、考試院長、
監察院長則由總統提名，須經立法院同意，始得擔
任。

2. 答覆性的咨：立法院、監察院對於總統所提出咨徵同意的人選，
經行使「同意權」投票，須將投票之結果答覆總
統，這種因答覆總統，咨徵同意人選而用的咨即
是。

3. 洽請性的咨：總統依《憲法》第六十九條[4]規定，提請立法院召
集臨時會議的咨即是。

4. 移送性的咨：《憲法》第七十二條[5]規定：「立法院法律案通過
後，移送總統及行政院……。」立法院因法律案通
過後，移送總統府發布的咨文即是。

依照現行的「公文程式條例」所規定，咨的範圍已經縮小，僅限
於總統與立法院、監察院公文往復時用之。

1　《憲法》第55條：行政院院長由總統提名，經立法院同意任命之。

2　《憲法》第79條：司法院設院長、副院長各一人，由總統提名，經監察院同意任命之。

3　《憲法》第84條：考試院設院長、副院長各一人，考試委員若干人，由總統提名，經監察院
同意任命之。

4　《憲法》第69條：立法院遇有左列情事之一時，得開臨時會：
一、總統之咨請。
二、立法委員四分之一以上之請求。

5　《憲法》第72條：立法院法律案通過後，移送總統及行政院，總統應於收到後十日內公布
之，但總統得依照本憲法第五十七條之規定辦理。

（二）平行函暨申請函

函，為有封之書。民國元年11月制定公文程式的時候，規定不相隸屬機關行文時，互用公函。現行「公文程式條例」已將「公」字去掉，改稱為「函」，其與「咨」同為平行公文。唯「咨」適用範圍已縮小，「咨」的領域，多為「函」所占用。

「函」為各機關間公文往復，或人民與機關間之申請答覆時用之，故知「函」的範圍甚廣，除了公布法規，人事任免獎懲、考績用「令」，對國家元首用「呈」外，其餘一律用「函」。可以說各機關日常的行文幾乎都是「函」。唯「函」依其行文系統，大體可以分為上行函、平行函、下行函、申請函四種。

三、下行文
（一）令

遠在三代之前，有統治權的君主，對其臣民就用「令」來號令一切，或提出誥誡。孟子曰：「令、出令以使人也。受命、聽命於人也。」可見「令」，是要受令者奉命而行；「命」，聽命於人；以今言之，公布的法令要遵守，聽命於別人。

關於命令，歷代名稱不同，至民國成立，始規定一概用「令」行之。民國62年11月新修正的「公文程式條例」第二條第一項第一款規定「令：公布法律、任免、獎懲官員，總統、軍事機關、部隊發布命令時用之」，根據此規定，可知按其性質，「令」可分為下列五種：

1. 公布法律及行政規章的令：凡政府機關制定、修正、廢止、法律時均以「令」公布之。
2. 發布人事命令的令：各機關對於官員之任用、免職、調遷、獎懲、考績均以「令」行之（在此指上級機關對下級機關，主管官員對所屬人員而言）。

3.總統發布命令的令：總統乃國家最高元首，對外代表國家，對內為最高統帥，其對各機關或人員，有所命令或指示時，均以「令」行之，以示其崇高至上之意。

4.軍事機關、部隊發布命令的令：軍事機關注重「層級服從」，上級機關、部隊對下級機關、部隊發布命令或有所指示、訓飭時均以「令」行之。

（二）下行函

為上級機關對於所屬下級機關，有所交辦或指示時所用的公文。

四、公告

公告，原稱布告，其名沿用至民國41年修正「公文程式條例」才改用「公告」。從前的布告，有用四言或六言韻語的，有用白話的，也有用文言的，四言六言的，大半採用淺近通俗的韻語，以其押韻，能易誦、易記、易曉，人民輾轉相告，到處流傳，收效速而且大。現行公告也是「文言」、「白話」並行，新修正「公文程式條例」第二條第一項第五款規定：「公告：各機關對公眾有所宣布時用之。」其發布方式為張貼於機關的布告欄，或是利用報刊等大眾傳播工具廣為宣傳。

依其宣布的內容、性質可將公告分成四種：

1.宣告性的公告：將國家或地方所發生重要事件之事實，以直接敘述法公告之，如宣告「本省各縣市第○屆縣市長訂於○月○日依照宣誓條例規定宣誓就職」的公告。

2.曉示性的公告：對國家之各種興革事項，告示民眾，使人民明白國家的政策，如「政府為曾經遭受颱風侵襲之各縣市免徵農賦各一年」的公告。

3.勸誡性的公告：對於某些事情，或有利於國家社會或妨害國家社

會，勸誡民眾積極的去作為或消極的勿作為。如「請家長勸告子弟不宜參加飆車活動，以免危害生命安全」的公告。

4.徵求性的公告：對於某些特定事項，徵求民眾的意見或報告。如「徵求本市舉辦文藝季會徽」的公告。

五、其他公文

1.書函：書函舊稱箋函、便函。凡機關或單位間，於公務未決階段，需要磋商、陳述、徵詢意見、協調、通報；或下級機關首長對上級機關首長有所請示、報告時用之。以信紙書寫，僅加條戳即可，其手續較公函須用印信者，大為簡便。

2.表格化公文：可用表格處理公務之公文。包括：(1)簡便行文表、(2)開會通知單、(3)公務電話紀錄、(4)其他可用表格處理之公文如「移文單」、「退文單」等。

3.簽：舊稱簽呈，為機關內部幕僚對長官，或下級機關首長對上級機關首長處理公務時表達意見，以供了解案情，並做抉擇之依據。係人對人，而非機關對機關。

4.通告：亦有稱通報者。凡機關內某一單位，須將某一事項，通告本機關全體同仁周知時用之。

5.通知：機關內部各單位間，有所洽辦或通知時用之。對外行文如內容簡單時，亦可用通知，多係對個人而為。

6.證明書：簡稱證書。為機關、學校、社團對某一個人有所證明時用之，如在職證明書、畢業證書等。

7.手諭：為長官對屬員，有所訓示或傳知時所用，無一定格式。

8.報告：為應用甚廣之特殊公文，性質與「簽」同，唯「簽」僅限於公務上使用，而「報告」則多用於私務。凡機關、學校、人民團體，僚屬陳述私人偶發事故，請求上級了解，或請代為解決困

難，宜以「報告」為之。學校學生對校方有所申請或陳述時，亦
宜用「報告」。

按：「簽」、「報告」為上行文，「通告」、「通知」為平行
文，「手諭」為下行文，其餘則一體適用。

第二節
公文之行文系統

處理公務時，須認清其行文系統，因政府機關有其一定之組織體
制，即所謂「行政系統」，公文之行文應循其系統體制處理。倘行文
系統不明，則其應用之公文名稱、用字、用語、用印、簽署等皆易發
生失誤，不僅影響機關聲譽，有時甚而影響行政效率。

一、公文處理的對象

公文處理之對象可區分為「機關與人民」、「機關與人民團體」
及「機關與機關」之間的互動。而其中機關與機關，因涉及政府機關
的組織層級體制，倘若撰寫公文時，無法釐清行文系統的關係，則所
應用之文字遣詞、署名蓋印等皆易發生舛誤。

二、行文系統判定準則

擬撰公文時，首先須認清並了解自己的立場，謹慎行事。上行文
要恭而不卑，下行文應威而不猛、嚴而不酷，平行文則不亢不卑，恰
到好處。因此行文系統的正確認定，攸關公文擬作之成績。但是行文
系統並非單純以機關的層次為判定準則，而是考量下列兩個原則：

（一）以行文機關之間是否有互相隸屬關係判定

　　所謂「隸屬」，依行政學原理及實務之定義為「指揮監督」之謂，如直轄市政府隸屬於行政院，則行政院與直轄市府之間為上、下行文關係。如行政院以外的各院與直轄市政府之間，因雙方之間並無隸屬關係，應以平行文處理。

（二）以主管業務督導關係判定

　　主管業務的職權，屬學理上的功能性職權，如教育部掌理全國教育行政事務，當可基於職權上指揮直轄市及各縣市政府教育行政機關或各級學校，同理，內政部亦可指揮各地警察及消防機關。

四、行文系統舉例一覽表

各級機關行文系統	中央機關（直轄市）	總統—行政、司法、考試三院……………………………令—呈 總統—立法、監察二院……………………………………咨—咨 行政院—所屬各部會及各直轄市政府、各直轄市議會…（下行函—上行函） 五院—隸屬各部會……………………………（下行函—上行函） 行政院以外各院—各直轄市政府、各直轄市議會……（平行函—平行函） 各部會—各直轄市政府、各直轄市議會…（平行函—平行函） 各部會—各直轄市主管事務處…………………（下行函—上行函） 各部會—各直轄市非主管事務處………………（平行函—平行函）
	縣級機關（省轄市同縣）	縣（市）政府—所屬局及其他附屬機關…（下行函—上行函） 縣（市）政府—縣（市）議會…………（平行函—平行函） 縣（市）政府—所屬鄉、鎮、縣轄市（區公所）…（下行函—上行函） 縣（市）政府—縣（市）內各級農工商團體………（平行函—平行函） 縣（市）教育局—國立學校……………（平行函—平行函） 縣（市）教育局—國民學校……………（下行函—上行函）
	鄉鎮以下自治組織（縣轄市、區公所同鄉鎮）	鄉、鎮、縣轄市（區公所）及代表會—縣（市）政府…（上行函—下行函） 鄉、鎮、縣轄市（區公所）及代表會—縣（市）議會…（平行函—平行函） 鄉、鎮、縣轄市公所（區公所）—縣（市）政府各局及附屬機構…（平行函—平行函） 鄉、鎮、縣轄市公所（區公所）—轄內村、里辦公處…（下行函—上行函） 鄉、鎮、縣轄市公所—鄉、鎮、縣轄市民代表會…（平行函—平行函） 鄉、鎮、縣轄市公所—轄內人民團體……（平行函—平行函） 鄉、鎮、縣轄市民代表會—村、里辦公處…（平行函—平行函）

第六章　公文之結構與行款

第一節
公文之結構

　　公文之施行，有其原因、依據、目的。因之，本著合法固定之程式，正確之立場，用簡明適當之文字表達，便構成一篇完整之公文，是謂公文之結構。依照「行政機關公文製作改革要點」規定，公文結構之格式，應盡量求其簡單、畫一。以往一直沿用之許多公文用語，均應予以取消。關於公文之結構，除公布令外，一律改用語體文，並採用條例式書寫。現擬一公文函之標準格式說明如下：

「函」的標準格式

```
                                              檔　　　號：
                                              保存年限：

                    ○○○○　函

                                              地　　址：○○市○○路○○號
                                              連絡方式：（承辦人、電話、
                                                       傳真、e-mail）

郵遞區號：

受文者地址：

受文者：○○○

發文日期：中華民國○○年○○月○○日

發文字號：（九七）○○字第○○○○號

速別：○○○
```

密等及解密條件或保密期限：○○

附件：

主旨：

說明：

　一、

　二、

　三、

辦法：

　一、

　二、

　三、

正本：○○○

副本：○○○

（署名）○長　　○○○（簽名章或職章）

【製作說明】

一、檔號及保存年限

　　檔號及保存年限之書寫，便於公文之歸檔及翻閱。書寫於公文首行之右方，分成二行，字體須縮小。

二、發文機關名稱及文別

　　凡公文對外行文，應在公文次行中間書寫發文機關之全銜，此為表示發文之主體，使人一望而知，為某一機關之來文，及來文之類別。

　　1.機關名稱應書全銜。如：「行政院農業委員會」不可只寫

「農委會」；「行政院主計處」不可只寫「主計處」；「國立臺灣大學」，不可只寫「臺大」；「南臺科技大學」，不可只寫「南臺科大」。

2.文別要寫在發文機關全銜之下空一格處，字體與發文機關一樣大，文別為「令」、「呈」、「咨」、「函」、「公告」或「其他公文」。

三、聯絡方式

1.依行政院93年12月1日修訂頒布的文書處理公文格式，將第一行發文機關、文別下面的「發文日期」和「發文字號」移至他處，另於第二行下方增列「地址」、「聯絡方式」二欄，內容視情況列舉，可列項目有「承辦人」、「電話」、「傳真」、「e-mail」，依發文機關、公文性質之不同，而作彈性運用。

2.地址和聯絡方式要用較小字體在第二行之右半行，不可與第一行的發文機關、文別並列，應試時如不知題目中之發文地址及聯絡方式為何，可逕以○○○代之，書寫如：

地址：○○○　　○○市○○路○○號

聯絡方式：

　　　　承辦人：○○○

　　　　電話：（○○）○○○○○○○

　　　　傳真：（○○）○○○○○○○

　　　　e-mail：○○@○○.○○.○○.○○

或依行政院公布之範例，書寫如：

地址：○○○　　○○市○○路○○號

聯絡方式：（承辦人、電話、傳真、e-mail）

註：參加國家公務人員考試，關於聯絡方式，應特別注意，只能在試卷

上寫上○○○等。不可寫上真實姓名、電話、傳真或e-mail,即使假的,也會讓閱卷老師誤以為你在考卷上透露真實姓名,而視為違規,將給予低分或0分。

四、受文者

1.受文者為行文的對象,受文者如為機關團體應寫「全銜」;如為個人則寫其姓名,並於姓名下加其職稱或稱謂,如「局長」、「科長」、「先生」、「女士」、「君」等。

2.寫作考試公文時,受文者應寫在「聯絡方式」下一行,且要寫「全銜」。若試題未明指受文者為某一機關或某些特定機關,而泛指「各機關」、「各縣市政府」或「各級學校」等時,則受文者宜加「所屬」兩字。如「所屬各機關學校」、「所屬各鄉鎮市公所」。

3.發文機關若為行政院且未指明受文機關名稱時,則受文者宜寫為「所屬各部、會、局、處、署及各省、市政府」,或「所屬各機關」。

4.因應公文格式全面電子化,便於業務往來傳遞,節省郵件寄送時填寫之不便,於受文者之上增列受文者之郵遞區號及地址二欄。應考時如不清楚受文者之所在地,可逕以○○○代替。

5.公文類別中「呈」、「咨」、「函」、「書函」、「申請函」等,均應標示「受文者」。

五、資料管理

1.公文的資料管理包含:「發文日期」、「發文字號」、「速別」、「密等及解密條件或保密期限」、「附件」等。

2.「發文日期」要用較小字體書寫,考試當天之年、月、日,且必

須冠上「中華民國」國號。如考試日期為101年6月6日則寫「中華民國101年6月6日」。

3.「發文字號」要用較小字體緊接發文日期並對齊書寫。應考者可以隨意編寫「發文字號」時，盡量編寫出來；考試時若不會編字號，則可寫為「發文字號：(101)○○字第○○○○○號」，（ ）之中「101」代表考試寫作時民國年代。

4.「速別」、「密等及解密條件或保密期限」兩項，要用較小字體書寫，「速別」寫在上半行，「密等及解密條件或保密期限」寫在下半行。考試公文試題如無速別及密等之限定，應試時此兩項只要列出名稱即可，底下可空白，或用○○代替。

5.公文處理之時間規定，可分為四種：

(1) 最速件：特別緊急，隨到隨辦，必須在當日或一日內處理完畢之案件。

(2) 速件：須從速處理之案件，以不超過3日為限。

(3) 普通件：指一般例行之案件，以不超過6日為限。

(4) 特別件：指有特殊情形，非短期內所能處理完畢之案件。

6.依《國家機密法》及其施行細則之規定，公文依國家機密等級區分如下：

(1) 絕對機密：依法應絕對保密之文件、書籍、資料、圖表、照像或器材，未經法定核准而洩漏後，足以使國家安全受到最嚴重損害者。

(2) 極機密：依法應予保密之文件、書籍、資料、圖表、照像或器材，未經核准洩漏後，足以影響國家安全，或嚴重損害國家利益與尊嚴，或對外國政府有重大利益者。

(3) 機密：凡某種文件、書籍、資料、圖表、照像或器材，未經

許可而洩漏後，足以損害國家利益或尊嚴，或有利於外國者。

(4) 密：凡某種文件、書籍、資料、圖表、照像或器材，因業務上必須保密，不應公開出示他人者。

7.高、普、特考之發文機關，其發文字號之編法例舉如下，以供參考。

行政院　　台101院○字第○○○○○○○號

臺北市政府　　（101）北市府○字第○○○○○○○號

彰化縣政府教育局　　（101）彰府教○字第○○○○○○○號

8.「令」及「公告」只須標示「發文日期」和「發文字號」，不須標示「速別」、「密等及解密條件或保密期限」、「附件」等三項。

9.「附件」要用較小字體書寫，考題中若須寫附件時，除要在本文的「說明」段最後一項交代附件的名稱和份數（如為上行函應寫「檢陳」○○○三份，如為平行函或下行函則寫「檢附」或「檢送」○○○一份）外；無附件之公文，則此項下空白。

10.若題目內明確要求寫出附件內容時，則可套用下列模式：

附件：

附件名稱：「臺北市101年冬令救濟辦法」

目的：（參考主旨「為……」）訂定本要點（計畫或辦法）

依據：（與說明相同，但捨去「辦理」二字）

主辦機關：（以發文機關或受文者之較高階機關）

承辦機關：（以發文機關或受文者之較低階機關）

實施要領：（略）

經費：所需經費請上級專案補助（或在年度預算相關經費項下

匀支）。

本要點如有未盡事宜，得簽奉核可後修正公布之。

六、正本、副本

1. 行政院於93年修訂頒布的文書處理公文格式，將原列於欄框「行文單位」中之「正本」、「副本」、「抄本」移至正文結束後一行。

2. 「正本」要用較小字體書寫，在機關首長署名職稱、姓名之前一行的上半行。考試之公文，「正本」可寫和「受文者」相同之機關。

3. 「副本」要用較小字體寫在與「正本」同一行的下半行。公文內容涉及「正本」以外有關機關、或本機關其他單位時，可以抄送與正本完全相同的副本。

4. 「副本」抄送非本機關之單位，應寫出該機關或單位之全銜。如為本機關業務承辦單位或相關單位，則可先寫「本院」、「本部」、「本會」、「本府」……等，再加上該單位之名稱。如「本院祕書處」、「本部總務司」、「本會會計室」、「本府教育局」、「本局人事室」……等。

5. 「副本」雖然不一定非得想出抄送機關或單位不可，但考場公文最好至少有一個副本抄送機關或單位。大體而言，「下行函」之副本可抄送直屬上級機關和本機關業務承辦單位與相關單位。換言之，發文機關如為「行政院」時，其副本可寫此項業務之承辦單位與相關機關，如「副本：本院祕書處及主計處」。若發文機關非行政院，而是行政院以下各級機關時，則「副本」可寫直屬的高一級機關及本機關業務承辦單位或相關單位。無論下行函或上行函之副本皆以本機關業務承辦單位及其相關單位為主要考

量。

要特別注意的是上行函之副本，不可給直屬上級機關，因為公文之正本受文者即是該直屬上級機關。

七、署名

公文內容寫完後，必須在最後寫出發文機關首長署名之職稱和姓名。

1. 職稱和姓名從「正本」、「副本」後一行之首寫起，先寫「職稱」，後寫「姓名」，職稱姓名字體大小與公文內容字體相同，並適當調整字距，切勿太緊密。

2. 若只知首長姓氏不知名字時，以「○○」代之，如「部長　楊○○」、「市長　馬○○」；姓名皆不知時，則以「○○○」代之，如「部長　○○○」、「鄉長　○○○」……等。

3. 「蒙藏委員會」及「僑務委員會」之首長職稱為「委員長」，其他行政院所屬委員會首長均稱為「主任委員」。

4. 上行函於首長姓名下蓋「職章」，平行函與下行函則蓋「簽字章」。考試時於首長姓名下以括弧註明。如「部長　蔣偉寧（簽名章）」（下行函）、「衛生署長　邱文達（蓋職章）」（上行函）。

第二節
公文之行款

一、公文之副本

公文之副本，乃正本之拷貝（copy），即行文於必要時，將公文

正本之影印本，分送有關機關或人民，以加強公務上之聯繫，此即為副本。

　　現行「公文程式條例」第九條：「公文，除應分行者外，並得以副本抄送有關機關或人民，收受副本者，應視副本之內容為適當之處理。」由此可知公文副本之要素為：

(1) 副本之性質，仍為公文，故須具有公文應具備之程式。

(2) 副本之內容，必須與公文正本之內容完全相同，否則，即失去副本之性質。

(3) 副本之受文者，為正本受文者以外之有關機關或個人。

　　公文之副本，以影印本分發各有關機關，可以避免重複發文之困擾，並且可增強各機關間之聯繫。副本的功用頗大，今述之如下：

（一）加強各機關間之聯繫

　　公文以正本發往某機關，同時以副本分送其他有關機關，則收受副本之有關機關，即可了解正本之全部內容，從而加強與各機關間彼此之聯繫。

（二）增進行政效率

　　副本之內容既與正本完全相同，則行文時以副本分送其他有關機關，如此不但發文者可簡化手續，以減省人力與時間；而收到副本者，亦可明瞭正本之內容，而作適當之處理。

　　公文以副本分送有關機關或人民，是現代行政進步之表現。因此在使用副本時，應該注意下列五點，方能運用得當，而增加行文之效果。

1.副本既係對正本而言，自然無正本即無副本，至於有正本是否有副本，則須視正本之內容性質有無抄送其他有關機關或人民之必要而定。

2.副本之效力雖不及正本,但「公文程式條例」第九條:「公文,除應分行者外,並得以副本抄送有關機關或人民,收受副本者,應視副本之內容為適當之處理。」之規定,則收受副本者,應視其內容,本於職權作適當之處理。

3.副本既屬公文,自應具備公文之格式,亦須蓋用印信、條戳及職銜章。並註明發文日期、字號、地址、聯絡方式……等,與正本之格式、內容完全相同。僅在其右上角標明「副本」字樣,以示與「正本」有別。

4.公文有副本時,應在「副本」欄內註明分送單位之名稱,以免重複轉送。

5.對直屬上級機關,為示尊重,以不行使副本為宜。

能明瞭副本之性質與作用,若能善於使用,必能增加行政上之效果,學子不能不知也。

二、公文蓋印及副署
(一)公文蓋用印信及簽署規定

1.呈:蓋用機關首長全銜、姓名,及職章。

2.公布令、公告、派令、任免令、獎懲令、褒揚令、聘書、訴願書、契約、證明書等均蓋機關印信,並蓋機關首長職銜簽字章。

3.函

(1) 上行函:蓋用機關首長職銜、姓名、職章。

(2) 平行函、下行函:蓋用機關首長職銜簽字章,或職章。

4.書函:由發文者署名蓋章,或蓋章戳。

5.簡便行文表、移文單及一般事務性通知,聯繫、洽辦等公文,蓋用機關或承辦單位條戳。

6.機關內部單位主管根據分層負責之授權,逕予處理事項,對外行

文時，由單位主管署名，蓋單位主管職章或條戳。

7.公文發文時，原稿不蓋用印信，或僅蓋「已用印信」章戳，公文在兩頁以上時，應於騎縫處蓋騎縫章。

8.會銜公文如係發布命令應蓋機關印信，其餘蓋機關首長職銜簽字章（不需蓋用機關印信）。

（二）副署

依現行「公文程式條例」第三條規定，機關公文依法應副署者，應由副署人副署之。

所謂副署，是在公文上首長署名之後，加以副署，以示與首長共同負責之意。但若不須副署之公文，則不得任意加以副署。

我國《憲法》第三十七條規定：「總統依法公布法律，發布命令，須經行政院院長之副署，或行政院院長及有關部會首長之副署。」

以上所提之公文程式有關副本、附件、副署等三項，並非所有公文都應俱全，應視實際需要，權宜使用，不可拘泥。

三、公文引據的要點

辦理一件公文，經常須要引用法令、規章做依據，甚或引用來文以闡述，其公文引據要點如下：

1.引據法令時，必須注意時效與本文之關係，及適用地區。

2.引據事實時，必須注意事件的真實性，如無確切把握，以不引用為宜。

3.引據前案時，一定要查明清楚，原案已經成立，確實無訛時，方能引用；不能憑記憶，一定要查卷。

4.引據理論時，要具有正確性，不可杜撰或虛構；並且要合情、合理、合法，為大家公認的理論。

5.引據來文時，究竟用「全引」、「節引」、「撮引」，可視實際情況而定。

(1) 全引：將來文之全文照引，若來文之內容冗長者，可將原文以附件附送。

(2) 節引：摘引來文重要部分，其餘則刪略，但不能改變原句。

(3) 撮引：將來文撮要簡述，可變更原句，但不能變更原意。

第七章　公文的用語及標點符號

第一節
公文用語之改革

　　公文有其獨特之功能，亦有其獨具之體裁和格式，而行文系統又有上行、平行、下行之別，故有一套專門術語，在行文上可帶來便利。唯此類術語，因沿用已久，多成陳腔濫調，或官腔十足，或模稜兩可，或推卸責任，既不符合民主之精神，尤有悖於政治之革新。故行政院於民國62年6月22日函頒「行政機關公文手冊」及「事物管理手冊」，對不切合時宜或實際需要之公文用語，分別做了修訂和刪除，對法律用字、用語，亦作統一之規定，以期達到簡淺明確之要求，並能提升行政效率。其後又於民國96年5月，重加修訂。

一、行政機關公文用語規定

　　我國公文程式在經過民國62年改革簡化後，其用語也屢經修正改革，之後於99年3月函頒修正「文書處理手冊」之規定如下：

　　1.文字敘述應盡量使用明白曉暢，詞意清晰之文字，以達到「公文程式條例」第八條所規定的「簡、淺、明、確」之要求。

　　2.文句應正確使用標點符號。

　　3.文內應避免層層套敘來文，只摘述要點。

　　4.應絕對避免使用艱深費解、無意義或模稜兩可之詞句。

　　5.應採用語氣肯定、用詞堅定、互相尊重之語詞。

6.公告一律使用通俗、簡淺易懂之文字製作，絕對避免使用艱深費解之詞彙。

7.公告文字必須加註標點符號。

二、行政機關公文用語改革舉例表

舊用語	新用語
竊	不用
「奉」、「准」、「據」、「查」等引述語	盡量少用
「呈稱」、「令開」、「內開」、「等情」、「等由」、「等因」等引文起首及結束語	一律不用
「據此」、「准此」、「奉此」、「據呈前情」、「准函」、「前由」、「奉令前因」等承轉語	一律不用
「在案」、「在卷」、「各在卷」等處理經過語	不用
「合行」、「合亟」、「相應」、「理合」等累贅語	不用
「令仰」、「仰即」	改為「希」
「呈請」、「謹請」、「敬請」、「飭」	改為「請」
「知照」	改為「查照」
「遵照」	改為「照辦」
「遵照具報」、「遵辦具報」	改為「辦理見復」
「鑑核示遵」	改為「核示」、「鑑核」
「飭遵」、「飭辦」	改為「請轉行照辦」、「請轉告所屬照辦」
「轉飭」	改為「轉告」、「轉行」
「著即」、「伏乞」、「仰懇」	一律不用
「為要」、「為荷」、「為禱」等結尾語	一律不用
「姑予照准」、「尚無不合」、「似」、「似可照辦」、「存備查核」等不肯定判斷和建議用語	一律不用

三、法律統一用字表

用字舉例	統一用字	曾見用字	說　明
公布、分布、頒布	布	佈	
徵兵、徵稅、稽徵	徵	征	
部分、身分	分	份	
帳、帳目、帳戶	帳	賬	
韭菜	韭	菲	
礦、礦物、礦藏	礦	鑛	
釐訂、釐定	釐	厘	
使館、領館、圖書館	館	舘	
穀、穀物	穀	谷	
行蹤、失蹤	蹤	踪	
妨礙、障礙、阻礙	礙	碍	
餘贓	贓	剩	
占、占有、獨占	占	佔	
牴觸	牴	抵	
雇員、雇主、雇工	雇	僱	名詞用「雇」
僱、僱用、聘僱	僱	雇	動詞用「僱」
贓物	贓	臟	
黏貼	黏	粘	
計畫	畫	劃	名詞用「畫」
策劃、規劃、擘劃	劃	畫	動詞用「劃」
蒐集	蒐	搜	
菸葉、菸酒	菸	煙	
儘先、儘量	儘	盡	
麻類、亞麻	麻	蔴	
電表、水表	表	錶	
擦刮	刮	括	
拆除	拆	撤	
磷、硫化磷	磷	燐	
貫徹	徹	澈	
徹底	徹	澈	

（續下表）

祇	祇	只	祇為副詞
並	並	幷	並為連接詞
聲請	聲	申	對法院用「聲請」
申請	申	聲	對行政機關用「申請」
關於、對於	於	于	
給與	與	予	實物用「給與」
給予、授予	予	與	名位用「給予」
紀錄	紀	記	名詞用「紀錄」
記錄	記	紀	動詞用「記錄」
事蹟、史蹟、遺蹟	蹟	跡	
蹤跡	跡	蹟	
糧食	糧	粮	

四、法律統一用語表

　　民國62年訂頒「公文處理手冊」附表，99年3月修正「公文處理手冊」附表。

統一用語	說明
「設」機關	如：《教育部組織法》第四條：「教育部設下列各司、處、室……」
「置」人員	如：《司法院組織法》第九條：「司法院置祕書長一人，特任，……」
「第九十八條」	不寫為：「第九八條」
「第一百條」	不寫為：「第一○○條」
「第一百十八條」	不寫為：「第一百『一』十八條」
「自公布日施行」	不寫為：「自公『佈』『之』日施行」
「處」五年以下有期徒刑	自由刑之處分，用「處」，不用「科」
「科」五千元以下罰金	罰金、罰鍰之處分，用「科」不用「處」。且不寫為：「科五千元以下『之』罰金（罰鍰）」
準用「第○條」之規定	法律條文中，引用本法其他條文時，不寫「『本法』第○條」，而逕書「第○條」。如：「違反第二十條規定者，科五千元以下罰金」。

（續下表）

「第二項」之末遂犯罰之	法律條文中，引用本條其他各項規定時，不寫「『本條』第○項」，而逕書「第○項」。如《刑法》第三十七條第四項「依第一項宣告褫奪公權者，自裁判確定時發生效力」。
「制定」與「訂定」	法律之創制，用「制定」；行政命令之制作，用「訂定」
「製定」、「製作」	書、表、證照、冊、據等，公文書之製成用「製定」或「製作」，即用「製」不用「制」
「一、二、三、四、五、六、七、八、九、十、百、千」	法律條文中之序數不用大寫，即不寫為：「壹、貳、參、肆、伍、陸、柒、捌、玖、拾、佰、仟」
「零」	法律條文中之數字「零」不寫為：「○」

五、期望及目的用語

行文系統	性質	用語舉例
上行文	報告	請　准予備查 請　核備、請　核轉、請　核准施行
	請求（示）	請　核示、請　釋示 請　鑑核
平行文	一般性	請　查照 請　查照惠辦、請　查照辦理
	覆文	請　辦理惠復、請　查照見復、請　同意見復 請　卓處惠復、請　惠允見復
	轉行	請　轉行辦理 請　轉知所屬機關辦理
下行文	一般性	請　照辦 希　照辦、希　查照
	覆文	請　辦理見復、希　辦理見復、希　切實辦理 請　照辦並復、希　依規定辦理
	轉行	請　轉行照辦 請　轉知所屬機關照辦、希　照辦並轉行所屬照辦

六、稱謂用語

公文係屬應用文之一種，為機關與人民或機關與機關、團體之間用來表達意旨之文書，基於公文的禮儀，及尊重彼此的立場，其文內之稱謂，自應有其規範。行政院於99年3月函頒修正之「文書處理手冊」，其有關公文稱謂用語，敘之如下：

（一）直接稱謂用語

1.有隸屬關係之機關

　　上級對下級稱「貴」；下級對上級稱「鈞」；自稱「本」。

2.對無隸屬關係之機關

　　下級對上級稱「大」；平行稱「貴」；自稱「本」。

3.對機關首長間

　　上級對下級稱「貴」，自稱「本」；下級對上級稱「鈞長」，自稱「本」。

4.機關（或首長）對屬員稱「臺端」。

5.機關對人民稱「先生」、「女士」或通稱「君」、「臺端」；對團體稱「貴」，自稱「本」。

6.行文數機關或單位時，如於文內同時提及，可通稱為「貴機關」或「貴單位」。

（二）間接稱謂用語

1.對機關、團體稱「全銜」或「簡銜」，如一再提及，必要時得稱「該」；對職員稱「職稱」。

2.對個人一律稱「先生」、「女士」或「君」。

第二節
公文之標點符號及其用法

　　公文之所以必須要用標點符號，其目的不外使收文者能正確明瞭其文意內容，而達到公文之目的；故現行「公文程式條例」第八條特予明文規定：「公文文字應簡淺明確，並加具標點符號」，行政院並曾擬定「公文標點符號舉例」分行全國各機關，依照辦理。且於民國62年2月1日隨「行政機關公文製作改革要點」附頒標點符號用法表，作為行政機關遵循之用，茲列表如下：

標點符號用法表

符號	名稱	用　　法	舉　　例
。	句號	用在一個意義完整文句的後面。	公告○○商店負責人張三營業地址變更。
，	逗號	用在文句中要讀斷的地方。	本工程起點為仁愛路，終點為……。
、	頓號	用在連用的單字、詞語、短句的中間。	1.建、什、田、旱等地目……。 2.河川地、耕地、特種林地等……。 3.不求報償、沒有保留、不計任何代價……。
；	分號	用在下列文句的中間： 一、並列的短句。 二、聯立的復句。	1.知照改為查照；遵辦改為照辦；遵照具報改為辦理見復。 2.出國人員於返國後一個月內撰寫報告，向○○部報備；否則限制申請出國。

（續下表）

:	冒號	用在有下列情形的文句後面： 一、下文有列舉的人、事、物、時。 二、下文是引語時。 三、標題。 四、稱呼。	1.使用電話號碼範圍如次： 　(1)……(2)……。 2.接行政院函： 3.主旨： 4.○○部長：
?	問號	用在發問或懷疑文句的後面。	1.本要點何時開始正式實施為宜？ 2.此項計畫的可行性如何？
!	驚歎號	用在表示感歎、命令、請求、勸勉等文句的後面。	1.……又怎能達成這一為民造福的要求！ 2.希照辦！ 3.請鑑核！ 4.來努力創造我們共同的事業、共同的榮譽！
「」『』	引號	用在下列文句的後面（先用單引號，後用雙引號）： 一、引用他人的詞句。 二、特別著重的詞句。	1.總統說：「天下只有能負責的人，才能有擔當。」 2.所謂「效率觀念」已經為我們所接納。
──	破折號	表示下文語意有轉折或下文對上文的註釋。	1.各級人員一律停止休假──即使已奉准有案的，也一律撤銷。 2.政府就好比是一部機器──一部為民服務的機器。
……	刪節號	用在文句有省略或表示文意未完的地方。	《憲法》第五十八條規定，「須將應行提出於立法院的法律案、預算案……提出於行政院會議決之。」
（）	夾註號	在文句內要補充意思或註釋時用的。	1.公文結構，採用「主旨」、「說明」、「辦法」（簽、呈為「擬辦」）三段式。 2.臺灣光復節（十月二十五日）應舉行慶祝儀式。

第二篇

公文撰擬暨其範例

第一章　公文撰擬之法則

第一節
公文撰擬之基本認識

　　公文之撰擬，在外表上須具備法定之程式，在內容上尤須要有具體之意見，故撰擬公文時，應對下列基本事項，要有明確之認識，然後可免撰稿時茫無頭緒，無從下筆之感。茲分述如次：

一、行文之格式

　　公文撰擬時，首要注意公文程式的撰寫，民國93年修訂公布之「文書處理手冊」將公文格式，由直式的改為橫式，並將原列於欄框「行文單位」中之「正本」、「副本」，移至正文之結束後一行。並增列「速別」、「密等及解密條件或保密期限」、「附件」於發文日期、發文字號後面。

二、行文之原因

　　撰擬公文，即以公文處理公務，無論是主動行文或被動行文，必先洞悉案情，徹底了解事實之真相，然後下筆撰文，始可言之有物，解決問題，動合機宜。故行文原因，實為撰擬公文時首應注意之事項。

三、行文之依據

　　行文之原因既已明瞭，案情既已洞悉，唯處理辦法，必須視國家

政策、法律規定、命令指示而定。故必須了解法令與處理事件之關係，乃能援引法令，為行文之依據，以加強公文之效力。否則，雖明瞭案情，而違反法令，或與現行法令規定不符，則行文失所依據，自不免構成違法失職之行為矣。

四、行文之目的

此為公文主旨所在。蓋撰擬公文時，既已洞悉案情，明瞭行文之原因，又已了解法令，得行文之依據。則行文之目的究何所在，必須在公文中有明確之意思表示，使受文者能有明確之認識，如此方能使公文發生效力。否則，受文者無法了解被要求之事項，自不能作適當之處理。

五、行文之立場

公文無論為上行、平行或下行，在撰擬時，必須斟酌本機關或本身所處之地位及所有之職權，就事言事，據理說理，不驕不諂，不亢不卑，不越權代庖，亦不推諉卸責，處處不失自己立場，使公文發出後，對上能獲信任採納，對下能收預期效果，此在撰擬公文時首當認清之處。

第二節
公文撰擬之要點

公文為辦理公務之文書，必須講求行文發生之效力，故寫作公文，在態度及文字方面，皆有講求之必要，茲分別說明如後：

一、文字應簡淺明確

公文為辦理公共事務之工具，名為辦文，實為辦事。故文字應求

簡、淺、明、確，以達意為宗。簡者，文句少而意義足，使撰擬、閱讀均可收省時間、節精力之效。淺者，不用奇字、奧義、僻典。明者，不為隱語、誇張、諷刺，能使受文者易讀易解。確者，斷制謹嚴，義旨堅定，所述時間、空間、數字，皆精確真實，所用詞句皆含義明晰，不涉含糊。公文能做到「簡淺明確」地步，已臻公文至高之境，能收公文至大之效。蓋非老於文案而具真知灼見者不能為也。

二、態度宜嚴正和平

寫作公文，旨在辦事，故不可苟且敷衍，亦不可意氣用事。不苟且敷衍，斯嚴正矣，不意氣用事，斯和平矣。過去書吏官僚惡習，撰擬公文，以模稜兩可、敷衍塞責為祕訣。遇有爭執，以頂撞劫持、節外生枝為能事。文移往復，積案如山，辦文愈多，辦事愈少，是非愈爭而愈昧，本題愈辯而愈遠，是為文士之惡習，亦公文之大忌，非徹底革除不可。故寫作公文，必一本嚴正之態度，心平氣和，然後可綜覈名實，合理合法之解決。縱有爭執，亦當對事而不對人，常須設身處地考慮對方觀點，以免淪於偏見武斷。舉凡輕薄詼諧之口吻、侮辱謾罵之詞句，皆宜絕對避免。

三、語氣應注意身分立場

凡寫作公文，正如寫作書信，必須認清彼此關係，然後語氣才不致發生錯誤。公務機關有其法定之系統，上行、平行、下行各自有適當之語氣。過於倨傲，或偏於卑屈，均非所宜。大體言之，確守法令立場，就事論事，是為基本原則。

上行之文，語氣宜謙遜恭謹，報告應真實可信，建議應具體能行，有所請示，應將可供判斷之資料，乃至可供抉擇之辦法盡量提出讓上級裁決，不可毫不負責，一任上級憑空裁決，以為將來推卸責任

之張本。

　　平行之文，語氣宜不亢不卑，時時顧及對方之環境立場。

　　下行之文，以長官之身分，有所指示命令，應有果斷之決定，但文字上絕不可流露驕傲之語氣。縱或下級辦理事務有失當之處，亦當平心靜氣，予以指正，不可濫用侮辱謾罵之詞語，致失雙方之身分。總之，無論上行、平行、下行，發文者、收文者雙方皆當互相尊重，使公文書中充滿愉快合作之氣氛，方為良好公文之表現，亦即良好政治之象徵。

　　以上數點，皆為寫作公文之重要方法。至於熟諳法令，遵照程式，皆為寫作公文之要件，自無待言。學子若能細加體會，多求經驗，其於公文之寫作，自無扞格不通之病矣。

第二章 公文作法及其範例

第一節
令

依照革新「公文程式條例」第二條規定「令：公布法規、任免、獎懲官員，總統、軍事機關、部隊發布命令時用之」，行政院於93年12月1日修正「文書處理手冊」第14項規定：「令：發布行政規章，發表人事任免、遷調、獎懲時使用。」令，除了總統、軍事機關，發布命令時使用外，一般行政機關，只限於公布行政規章，發表人事任免、調遷、獎懲、考績時使用。其餘有關事務性的一切事務，各機關公文往復，無論上行、平行、下行均用函，故令的範圍甚小。茲分述如下：

一、令的種類

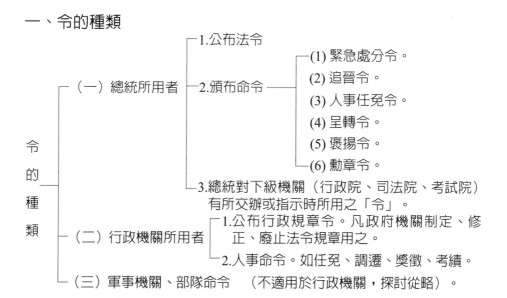

二、撰擬要點

（一）發布令

1.公布行政規章的令文，可不分段，敘述時，動詞一律在前，例如：

(1) 訂定「○○○實施細則」。

(2) 修正「○○○辦法」第○條條文。

(3) 廢止「○○○辦法」。

2.多種法令、規章同時公布，可併入同一令內，並可採用表格式。

3.發布令的方式：以公文分行，或登載於各級政府公報，由各機關自行規定。有分行必要者，可抄送副本，或照案以函分行。例如：

(1) 總統公布令，登載於總統府公報，或報章。

(2) 中央各部公布令，登載於各部公報，如教育部公報、交通部公報等，或以公文分行。

(3)省市公布令，登載於各省市政府公報，而縣市政府亦同。

（二）人事命令

1.人事命令分：任免、調遷、獎懲、考績。

2.人事命令可由人事單位訂定固定的表格發表。

（三）「令」之作法補述

1.「令」應力求簡明，用語肯定、有力，以充分顯示「令」之尊嚴。「發布令」不細述內容，例如規章之內容係以「附件」隨文送達受文者。又發布令因用字簡明，故無標示「主旨」及「說明」各段之必要。

2.總統公布法律於報章上，通常僅列於年月日，不列字號。

3.發布行政規章之令文，因其內容為令之所屬各行政機關共同遵照，故通常不特別標示「受文者」及「副本收受者」，而由收發

單位分送所屬行政機關。

4.同級行政機關可共同連署發布令，但須共同書明發布機關之文
　號，並在令文之末，由各連署發布機關首長併列署名（通常蓋章
　簽字，不另蓋印信）。同級機關共同連署發布令，因作業聯繫不
　便，通常除刊登公報外，多採單獨發布行之。

5.「令」之發布，必要時亦可分段敘述，按「主旨」、「說明」、
　「辦法」三段活用，不必拘泥於「一段完成」，以求更為明確。

6.「人事命令」如採表格式發布，空白欄宜加註「空白」或「以下
　空白」，以防被加列；另對於重要數字應以中文大寫，以防被變
　造。

7.發布「人事命令」須列明機關全銜、職稱、姓名等項。

（四）令的標準格式

　1.例一：總統公布「法律」之令

檔　　號：

保存年限：

總　統　令

發文日期：中華民國○○年○○月○○日

發文字號：○○○字第○○○○○○○號

印　信
位　置

訂定

修正「○○○○○」

廢止

總　　　統　○　○　○

行政院院長　○　○　○（蓋職銜或簽字章）

2.例二：行政機關發布行政規章的令

```
                                          檔　　號：
                                          保存年限：

                    行政院　令

發文日期：中華民國○○年○○月○○日
發文字號：○○○字第○○○○○○○號

                                        ┌─────┐
                                        ┆印　信┆
                                        ┆位　置┆
                                        └─────┘
訂定
修正「○○○○○」。
廢止


院長　○　○　○（蓋職銜或簽字章）
```

三、令之作法舉例

（一）發布行政規章的令

1.總統公布法律

　　依照《憲法》第三十七條規定：「總統依法公布法律、發布命令，須經行政院院長之副署，或行政院院長及有關部會首長之副署。」所以凡總統公布之法律，均須經行政院院長或有關部會首長副署，例如：

檔　號：

保存年限：

總　統　令

發文日期：中華民國○○年○○月○○日

發文字號：○○○字第○○○○○○○號

印　信
位　置

茲修正「博士學位評定會組織條例」第一條條文，公布之。

總　　統　嚴家淦

行政院院長　蔣經國

教育部部長　蔣彥士

檔　號：

保存年限：

總　統　令

發文日期：中華民國○○年○○月○○日

發文字號：○○○字第○○○○○○○號

印　信
位　置

制定「經濟部國際貿易局所屬各辦事處組織通則」，公布之。

總　　統　嚴家淦

行政院院長　蔣經國

經濟部部長　孫運璿

檔　　號：

保存年限：

總　統　令

發文日期：中華民國〇〇年〇〇月〇〇日

發文字號：〇〇〇字第〇〇〇〇〇〇〇號

印　信
位　置

茲修正「陸海空軍軍官服役條例」第九條條文公布之。

總　　統　〇　〇　〇

行政院長　〇　〇　〇

國防部長　〇　〇　〇

檔　　號：

保存年限：

總　統　令

發文日期：中華民國九十二年十月二十九日

發文字號：華總一義字第〇九二〇〇一九九七七〇號

印　信
位　置

茲修正「臺灣地區與大陸地區人民關係條例」，公布之。

總　　統　陳水扁

行政院院長　游錫堃

陸委會主委　洪奇昌

2.一般行政機關發布行政規章之令文，敘述時動詞輒在前面，若多
　種規章同時發布，可併入同一令內。

檔　　號：

保存年限：

行政院　令

發文日期：中華民國○○年○○月○○日

發文字號：○○○字第○○○○○○號

印　信
位　置

修正「中央政府機關暨國營事業公款存匯辦法」。

　附「中央政府機關暨國營事業公款存匯辦法」。

院　長　○　○　○

檔　　號：

保存年限：

考試院　令

發文日期：中華民國○○年○○月○○日

發文字號：○○○字第○○○○○○號

印　信
位　置

訂定「臺灣地區省（市）營事業機構人員升等考試規則」，同時廢止「臺灣
地區省（市）營事業機構分類職位人員升等考試規則」。

院　長　孔德成

```
                                              檔　　號：
                                              保存年限：

                  經濟部　令

發文日期：中華民國○○年○○月○○日
發文字號：○○○字第○○○○○○○號

                                              ┌─────┐
                                              ┊ 印　信 ┊
                                              ┊ 位　置 ┊
                                              └─────┘

《商品檢驗發證辦法》修正為《商品報驗發證辦法》。並將「各種臨時檢驗
通知書及憑證格式使用辦法」予以廢止。
　　附《商品報驗發證辦法》一份。


部　長　○　○　○
```

```
                                              檔　　號：
                                              保存年限：

                  考試院
                  行政院　 令

發文日期：中華民國九十三年一月十五日
發文字號：考臺組貳一字第○九三○○○○二六九一號
　　　　　院授人考字第○九三○六○二四○號

                                              ┌─────┐
                                              ┊ 印　信 ┊
                                              ┊ 位　置 ┊
                                              └─────┘

修正「公務人員留職停薪辦法」第四條、第五條及第十條之一條文。
附修正「公務人員留職停薪辦法」第四條、第五條及第十條之一條文。


院　長　姚嘉文
院　長　游錫堃
```

（二）發布人事命令

人事命令分任免、調遷、獎懲、考績等，可由人事單位訂定方式發表。而薦任（或六職等）以上之公務員，其任命則由總統公布。

檔　　號：
保存年限：

總 統 令

發文日期：中華民國○○年○○月○○日
發文字號：○○○字第○○○○○○○號

印　信
位　置

特派○○○為行政院研究發展考核委員會研究員。

總　　統　○　○　○
行政院院長　○　○　○
研考會主委　○　○　○

檔　　號：
保存年限：

總 統 令

發文日期：中華民國○○年○○月○○日
發文字號：○○○字第○○○○○○○號

印　信
位　置

特任○○○為總統府祕書長。

總　　統　○　○　○
行政院院長　○　○　○

<table>
<tr><td></td><td>檔　　號：</td></tr>
<tr><td></td><td>保存年限：</td></tr>
</table>

總　統　令

發文日期：中華民國○○年○○月○○日

發文字號：○○○字第○○○○○○○號

印　信
位　置

特派陳英豪為88年專門職業及技術人員特種考試典試委員長。

總　　　統　李登輝

行政院院長　　蕭萬長

考試院院長　　許水德

<table>
<tr><td></td><td>檔　　號：</td></tr>
<tr><td></td><td>保存年限：</td></tr>
</table>

總　統　令

發文日期：中華民國○○年○○月○○日

發文字號：○○○字第○○○○○○○號

印　信
位　置

總統府專員○○○另有任用，應予免職。

任命○○○為總統府編審。

總　　　統　○　○　○

行政院院長　○　○　○

```
                                              檔　　號：
                                              保存年限：


                    行政院　令

發文日期：中華民國○○年○○月○○日
發文字號：○○○字第○○○○○○號
                                              ┌─────┐
                                              │印　信│
                                              │位　置│
                                              └─────┘

本院參議○○○負責盡職，成績卓著，應予記功一次，以資激勵。


院長　○　○　○
```

第二節
呈

一、呈之撰寫要點

民國62年11月修正公布之「公文程式條例」第二條規定：「呈：對總統有所呈請或報告時用之。」可知呈的適用範圍已縮小，只限於對總統專用。

「呈」依其性質，可分為呈請性或報告性兩種。其格式同函一樣，依「主旨」、「說明」、「辦法」三段式活用即可，唯用語應求恭謹，表示對國家元首之尊敬。

二、呈的標準格式

```
                                          檔　　號：
                                          保存年限：

                      行政院　呈

                                    地址：○○○○○○○○○
                                    聯絡方式：（承辦人、電話、
                                             傳真、e-mail）

郵遞區號：
受文者地址：
受文者：總統
發文日期：中華民國○○年○○月○○日
發文字號：（○○）○○字第○○○○號
速別：
密等及解密條件或保密期限：
附件：

主旨：（具體扼要簡述呈文之目的和期望）。
說明：（詳述呈文之事實，經過、來源及理由）。
　一、
　二、
　三、
辦法：（提供具體可行之建議、報告、請求）。
　一、
　二、
　三、

正本：總統
副本：

院長　○○○（蓋職章）
```

三、呈之作法舉例

檔　　號：

保存年限：

行政院　呈

地址：○○○○○○○○○○

聯絡方式：（承辦人、電話、
　　　　　傳真、e-mail）

郵遞區號：

受文者地址：

受文者：總統

發文日期：中華民國○○年○○月○○日

發文字號：（○○）○○字第○○○○號

速別：

密等及解密條件或保密期限：

附件：

主旨：擬管制物價建議，請　核示。

說明：

一、邇來各地日用貨品濫行漲價，不但刺激社會人心，甚且影響國計民
　　生。

二、若不設法遏止，勢必貽害無窮。

辦法：

一、茲為防止奸商囤積居奇，操縱物價，擬請通令全國總商會，剋日召集
　　各省市商會暨各大公司行號，舉行平抑物價會議，各項貨品，一律公
　　開標價，不得任意抬高價格。

二、擬請通令各省縣市政府，轉飭各縣市警察局，隨時派員巡赴各市場查
　　察，嚴加取締擅抬物價者，並依法嚴辦囤積居奇者，以遏漲風，而安
　　民生。

正本：

副本：

行政院院長　○○○（蓋職章）

檔　　號：

保存年限：

司法院　呈

地址：○○○○○○○○○○
聯絡方式：（承辦人、電話、
　　　　　　傳真、e-mail）

郵遞區號：

受文者地址：

受文者：總統

發文日期：中華民國○○年○○月○○日

發文字號：（○○）○○字第○○○○號

速別：

密等及解密條件或保密期限：

附件：

主旨：為改革司法，請裁撤檢察機關，歸併於審判機關內，定名法院，以昭
　　　畫一，請　核示。

說明：

　一、查檢察制度，以檢舉及執行兩項為最大要素，故論其執掌，只是法院
　　　中司法行政部分之一種。

　二、各級審判檢察機關，兩相對峙，不但糜費過多，手續過繁，且同級兩
　　　長，易生意見，弊多利少。

三、各國司法制度，對於檢察一項，並不另設與審判對峙之機關，今值庶
　　政更始之際，亟應體察現行國情，參酌外國法制，請將各級檢察機關
　　一律裁撤，歸併於審判機關內，並定名法院，以符名實，而歸畫一。

正本：

副本：

院長　〇〇〇（蓋職章）

檔　　號：

保存年限：

行政院　呈

地址：〇〇〇〇〇〇〇〇〇〇

聯絡方式：（承辦人、電話、

　　　　　傳真、e-mail）

郵遞區號：

受文者地址：

受文者：總統

發文日期：中華民國六十六年八月十九日

發文字號：（〇〇）〇〇字第〇〇〇〇號

速別：

密等及解密條件或保密期限：

附件：

主旨：呈請特任李元簇為教育部部長並為政務委員。

說明：

　一、原政務委員兼教育部部長蔣彥士，以本（六十六）年四月十八日蘇澳
　　　港覆船事件，引咎辭職，應予照准。

　二、呈請特任李元簇為教育部部長並為政務委員。

三、依中華民國《憲法》第五十六條規定辦理。

正本：

副本：

行政院院長　蔣經國（蓋職章）

檔　　號：

保存年限：

考試院　呈

地址：○○○○○○○○○○
聯絡方式：（承辦人、電話、
　　　　　　傳真、e-mail）

郵遞區號：

受文者地址：

受文者：總統

發文日期：中華民國○○年○○月○○日

發文字號：（○○）○○字第○○○○號

速別：

密等及解密條件或保密期限：

附件：

主旨：為維護憲法精神，凡公務人員必以考試及格者任用，請通令全國遵
　　　辦。

說明：

　一、查我國《憲法》第八十五條明文規定：「公務人員，非經考試及格，
　　　不得任用。」

　二、請通令全國各機關，今後用人，應依法辦理，以維護憲法精神，並建

立人事制度，提高行政效率。

正本：

副本：

考試院長　○○○（蓋職章）

行政院　呈

地　　址：台北市中正區忠孝
東路一段一號
聯絡方式：（承辦人、電話、
傳真、e-mail）

郵遞區號：

受文者地址：

受文者：總統

發文日期：中華民國九十年一月三十日

發文字號：臺（九十）防字第○○○○號

速別：最速件

密等及解密條件或保密期限：

附件：

主旨：呈報「行政院核四電廠停建報告書」乙份，恭請　鑑核。

說明：

一、依八十九年十二月十五日司法院大法官會議第五二○號釋憲法規定，
應向立法院院會補行報告並備詢。

二、本案已函請立法院安排九十年一月三十日第三屆第五會期臨時會議提
出報告及備詢完畢。

三、謹呈「行政院核四電廠停建報告書」乙份。

正本：

副本：

行政院院長　張俊雄（蓋職章）

考試院　呈

地　　址：台北市文山區試院
　　　　　路一號
聯絡方式：（承辦人、電話、
　　　　　傳真、e-mail）

郵遞區號：

受文者地址：

受文者：總統

發文日期：中華民國八十九年十月○日

發文字號：（八九）臺考人字第○○○○號

速別：

密等及解密條件或保密期限：

附件：

主旨：呈請特派陳英豪為八十九年專門職業及技術人員高等暨普通考試典試
　　　委員長。

說明：依「典試法施行細則」第○條規定，呈請特派陳英豪為該項考試典試
　　　委員長。

正本：

副本：

考試院院長　許水德（蓋職章）

第三節
咨

一、咨的意義及種類

「咨」，原為同級機關公文往返所用之文書，其性質含有商洽、謀詢之意。依民國82年2月修正之公文程式規定，行政機關已不再適用「咨」；僅限於總統與立法院或監察院公文往復時使用。蓋立法院與監察院，乃為我國最高中央民意機構，立法委員由民選產生，立法院長、副院長由立法委員互選選出。監察委員與監察院長、副院長則由總統提名，經立法院同意後任命之。我國是一民主國家，總統雖為國家元首，但為尊重民意，其與立法院、監察院公文往復時使用「咨」，不僅符合民主精神，而且也合於憲政體制。「咨」依其性質可分為：

1. 咨請性之咨：總統提名司法院長、考試院長、大法官時，須徵求立法院同意時用之，或總統提請立法院召集會議時用之。

2. 咨覆性之咨：立法院對於總統所提行政、司法、考試三院院長及審計長人選咨徵同意案，經行使同意權投票後，將投票之結果答覆總統時用之。

3. 咨送性之咨：立法院法律案通過後，送請總統公布時用之。

二、咨的標準格式

檔　　號：

保存年限：

○○○　咨

地址：○○○○○○○○○

聯絡方式：（承辦人、電話、

傳真、e-mail）

郵遞區號：

受文者地址：

受文者：

發文日期：中華民國○○年○○月○○日

發文字號：（○○）○○字第○○○○號

速別：

密等及解密條件或保密期限：

附件：

主旨：（具體扼要簡述咨文之目的和期望）。

說明：（詳敘咨文之事實與來源）。

　一、

　二、

　三、

辦法：（具體說明其實施辦法）。

　一、

　二、

　三、

正本：

副本：

○○長　○○○

三、咨之作法舉例

（一）咨請性的咨

檔　　號：

保存年限：

總統　咨

地址：○○○○○○○○○○

聯絡方式：（承辦人、電話、
傳真、e-mail）

郵遞區號：

受文者地址：

受文者：立法院

發文日期：中華民國六十一年五月二十日

發文字號：（六一）臺統（一）禮字第一五八號

速別：

密等及解密條件或保密期限：

附件：

主旨：為提任蔣經國為行政院院長，咨徵　同意。

說明：

一、行政院院長嚴家淦懇請辭職，已勉循所請，予以照准，茲擬以蔣經國為繼任行政院院長。

二、蔣員堅忍剛毅，有守有為，歷任軍政要職於政治、軍事、財經各項設施，多所建樹，其於行政院副院長任內，襄助院長處理院務，貢獻良多，以之為行政院院長，必能勝任愉快。

三、爰依《憲法》第五十五條第一項之規定，檢同蔣經國履歷表一份，提請　貴院同意以便任命。

正本：

副本：

總　統　蔣中正

檔　　號：

保存年限：

總統　咨

地址：○○○○○○○○○

聯絡方式：（承辦人、電話、
傳真、e-mail）

郵遞區號：

受文者地址：

受文者：監察院

發文日期：中華民國六十八年六月六日

發文字號：（六八）臺統（一）義字第一三六號

速別：

密等及解密條件或保密期限：

附件：

主旨：提請以黃少谷為司法院院長，洪壽南為副院長，咨徵　同意見復。

說明：

　一、司法院院長戴炎輝、副院長韓忠謨，另有任用，應予免職。

　二、依《憲法》第七十九條規定，提請以黃少谷為司法院院長，洪壽南為
　　　副院長。

　三、檢附黃少谷、洪壽南履歷表各乙份。

正本：

副本：

總　統　蔣經國

檔　　號：

保存年限：

立法院　咨

地址：○○○○○○○○○○

聯絡方式：（承辦人、電話、

傳真、e-mail）

郵遞區號：

受文者地址：

受文者：總統

發文日期：中華民國○○年○○月○○日

發文字號：（○○）○○字第○○○○號

速別：

密等及解密條件或保密期限：

附件：《戶籍法》乙份

主旨：修正《戶籍法》，咨請　公布。

說明：

一、行政院○○年○○月○○日○○字○○○號函請審議。

二、本院第○○會期第○○次會議決議通過修正第二條、第八條。

三、附修正《戶籍法》乙份。

正本：

副本：

立法院院長　○○○（蓋職章）

檔　　號：

保存年限：

立法院　咨

地址：○○○○○○○○○○

聯絡方式：（承辦人、電話、

傳真、e-mail）

郵遞區號：

受文者地址：

受文者：總統

發文日期：中華民國○○年○○月○○日

發文字號：（○○）○○第○○○○號

速別：

密等及解密條件或保密期限：

附件：

主旨：制定《強制汽車責任保險法》，咨請　公布。

說明：

　　一、依據行政院八十一年六月二十四日臺八十一財字二一八○號函及本院
　　　　委員沈智慧等二十一人提案併案審議。

　　二、經本院交通、財政、司法三委員會聯席審查後，提報本院第三屆第二會
　　　　期第二十五次會議討論決議：「強制汽車責任保險法草案修正通過」。

　　三、已函覆行政院查照。

　　四、檢附《強制汽車責任保險法》條文乙份。

正本：總統

副本：

立法院院長　　○○○（蓋職章）

（二）咨復性的咨

檔　　號：

保存年限：

立法院　咨

地址：○○○○○○○○○○

聯絡方式：（承辦人、電話、
傳真、e-mail）

郵遞區號：

受文者地址：

受文者：總統

發文日期：中華民國六十一年五月二十六日

發文字號：（六一）臺院議字第○九八八號

速別：

密等及解密條件或保密期限：

附件：

主旨：同意蔣經國為行政院院長，咨復　查照。

說明：

一、准本年五月二十日（六一）臺統（一）禮字第一五八號咨，以行政院
院長嚴家淦懇請辭職，已勉循所請，予以照准，茲擬以蔣經國繼任行
政院院長。

二、爰依《憲法》第五十五條第一項之規定，提請同意，以便任命，等由
經提本院第四十九會期第二十六次會議報告，決定於五月二十六日行
使同意權，爰提出本院第四十九會期第二十七次會議投票計出席投票
委員四百零八人，同意票三百九十一票，當經決議同意蔣經國為行政
院院長記錄在卷，相應咨復查照。

正本：

副本：

立法院院長　倪文亞

檔　　號：
保存年限：

立法院　咨

地址：○○○○○○○○○○
聯絡方式：（承辦人、電話、
　　　　　傳真、e-mail）

郵遞區號：
受文者地址：
受文者：總統
發文日期：中華民國○○年○○月○○日
發文字號：（○○）○○字第○○○○號
速別：
密等及解密條件或保密期限：
附件：

主旨：提請以黃少谷為司法院院長，洪壽南為副院長案，經本院第三五次會
　　　議同意　咨復。

說明：

一、復　貴府（六八）臺統（一）義字第一三六號咨。

二、經提報本（六八）年六月十三日第三五次會議投票結果，均獲本院會
　　　議出席委員過半數之同意。

三、依中華民國《憲法》增修第五條及「立法院同意權行使辦法」第八條
　　　規定辦理。

正本：
副本：

立法院長　余俊賢

（三）咨送性的咨

<table>
<tr><td></td><td style="text-align:right">檔　　　號：
保存年限：</td></tr>
</table>

立法院　咨

地址：○○○○○○○○○○
聯絡方式：（承辦人、電話、
　　　　　傳真、e-mail）

郵遞區號：

受文者地址：

受文者：總統

發文日期：中華民國八十年六月十日

發文字號：（○○）○○字第○○○○號

速別：

密等及解密條件或保密期限：

附件：二件

主旨：修正《關稅法》，咨請　公布。

說明：

　一、行政院八十年六月十日立院字第十五號函請審議。

　二、業經本院第○○會期第○○次會議修正通過。

　三、附《關稅法》一份。

正本：

副本：

立法院院長　　○○○

<pre>
                                        檔　　號：
                                        保存年限：

              立法院　咨

                                   地址：○○○○○○○○○○
                                   聯絡方式：（承辦人、電話、
                                             傳真、e-mail）
</pre>

郵遞區號：

受文者地址：

受文者：總統

發文日期：中華民國○○年○○月○○日

發文字號：（○○）○○字第○○○○號

速別：

密等及解密條件或保密期限：

附件：

主旨：咨送《社會秩序維護法》、「槍砲彈藥刀械管制條例」，咨請　依法
　　　公布。

說明：

　　一、查本院先後准行政院函送《社會秩序維護法》、「槍砲彈藥刀械管制
　　　　條例」到院，咨請審議。

　　二、本院於○月○日第○○會期第○○次會議通過修正。

　　三、附《社會秩序維護法》、「槍砲彈藥刀械管制條例」各乙份。

　　四、咨請查照，依法公布。

正本：

副本：

立法院院長　　○○○

檔　　號：

保存年限：

立法院　咨

地址：○○○○○○○○○○

聯絡方式：（承辦人、電話、

傳真、e-mail）

郵遞區號：

受文者地址：

受文者：總統

發文日期：中華民國○○年○○月○○日

發文字號：（○○）○○字第○○○○號

速別：

密等及解密條件或保密期限：

附件：

主旨：修正「發展觀光條例」，咨請　公布。

說明：

一、行政院九十七年四月八日臺九十七交字第三八二一號函請審議，經本
　　院交通、內政、外交三委員會審查後，提報本院第七十六會期第十二
　　次會議討論決議：「發展觀光條例修正通過。」並已函覆行政院查
　　照。

二、附送「發展觀光條例」一份。

正本：

副本：

立法院院長　　○○○

檔　　號：

保存年限：

立法院　咨

地址：○○○○○○○○○○

聯絡方式：（承辦人、電話、

　　　　　　傳真、e-mail）

郵遞區號：

受文者地址：

受文者：總統

發文日期：中華民國○○年○○月○○日

發文字號：（○○）○○字第○○○○號

速別：

密等及解密條件或保密期限：

附件：

主旨：咨送「一○一年度中央政府總決算審核報告」、暨「一○一年度國營
　　　事業機關綜合決算審核報告」，咨請　依法公布。

說明：

　一、查本院先後准行政院函送「一○一年度國營事業機關綜合決算」、暨
　　　　「一○一年度中央政府總決算」到院，經發交審計部依法審核，並據
　　　　該部分別呈送審核報告前來。

　二、除函復行政院外，謹檢同「一○一年度中央政府總決算審核報告」，
　　　　及一○一年度國營事業機關綜合決算審核報告」各一冊。

　三、咨請查照，依法公布。

正本：

副本：

立法院院長　　○○○

第四節
函

　　「函」為有封之書，原為私人間往來之書信，所謂信件或函件也。一般行政機關公務上往復之信件，則稱「公函」，以別於私函。

　　99年3月修正公布之「公文程式條例」規定，除公布法規、人事任免用「令」，對國家元首用「呈」，國防部軍令系統仍依其規定外；舉凡對上級機關、下級機關、同級機關及不相隸屬之機關，或人民與機關間之申請答覆時，均一律使用「函」。故「函」在新公文程式適用範圍甚廣，地位亦很重要。一般高、普、特考公文試題，大皆以「函」為主，考生對函之撰擬寫作，應特別留心注意。「函」依其行文系統，可分為：

　　1.上行函：下級機關對上級機關有所請求或報告時使用。

　　2.平行函：同級機關或不相隸屬機關行文時使用。

　　3.下行函：上級機關對所屬下級機關有所指示、交辦、批覆時使用。

　　4.申請函：民眾與機關間的申請與答覆時使用。

　　如按其分段數目，又可分為一段式函、二段式函及三段式函。各種用途之別，在用語、措辭、寫作態度上均應有所區分。

一、函的製作要領

　　1.文字敘述應盡量使用明白曉暢，詞意清晰的語體文，以達到「公文程式條例」第八條所規定「簡、淺、明、確」的要求。

　　2.文句應正確使用標點符號。

　　3.文內不可層層套敘來文，只摘述要點。

　　4.應絕對避免使用艱深費解、無意義或模稜兩可的詞句。

　　5.應採用語氣肯定、用詞堅定、互相尊重的語詞。

二、函的分段要領

　　函的結構，一律採用「主旨」、「說明」、「辦法」三段式，內容簡單的函，盡量用「主旨」一段完成。能用一段完成的，勿硬性分割為二段、三段。能用「主旨」、「說明」二段完成的，不要硬加上「辦法」湊成三段。但參加高、普、特考考試時，盡量用三段式書寫，內容求其完備，方能得到高分。「說明」、「辦法」兩段段名，均可因事、因案加以活用，而改為「建議」、「請求」、「擬辦」等適當名稱。

（一）主旨：為全文精要，以說明行文目的與期望，應力求具體扼要。

（二）說明：當案情必須就事實、來源或理由，作較詳細的敘述，無法於「主旨」內容納時，用本段說明。本段段名，可因公文內容之不同改用「經過」、「原因」等其他名稱更恰當時，由各機關自行規定。

（三）辦法：向受文者提出的具體要求無法在「主旨」內簡述時，用本段列舉。本段段名，可因公文內容之不同，改用「建議」、「請求」、「擬辦」、「核示事項」等更適當的名稱。

三、函的各段規格

1.每段均須標明段名，段名之上不冠數字，段名之下要加冒號「：」。

2.「主旨」一段不分項，文字緊接段名書寫。

3.「說明」、「辦法」如無項次，文字應緊接段名書寫；如分項條例，應另行書寫，項目次序分項、目、款、額四種。今例舉如下：一、二、三、……；（一）（二）（三）……；

1.2.3.……；(1)(2)(3)……。

4.「說明」、「辦法」分項條例，內容過於繁雜時，應審酌改為附件。

四、函的標準格式

								檔　　號				
								保存年限				
				○	○	○		函				
								地　　址				
								聯絡方式：（承辦人、電話、傳真、e-mail）				
郵	遞	區	號	：								
受	文	者	地	址：	○	○	○	○	○	○		
受	文	者	：	○	○	○						
發	文	日	期	：	中	華	民	國	○	年	○	月 ○ 日
發	文	字	號	：	○	○	字	第	○	○	○	號
速	別	：	○	○								
密	等	及	解	密	條	件	或	保	密	期	限	： ○ ○ ○
附	件	：										
主	旨	：	具	體	扼	要	簡	述	行	文	目	的 及 期 望 。
			（	不	可	分	項	）				
說	明	：	詳	述	案	情	之	經	過	、	理	由 及 原 因 。
	一	、	…	…	…	…	…	。				
	二	、	…	…	…	…	…	。				
	三	、	…	…	…	…	…	。				
辦	法	：	具	體	說	明	實	施	辦	法	，	並 可 改 用 擬
			辦	、	建	議	、	請	求	等	適	當 名 稱 。
	一	、	…	…	…	…	…	。				
	二	、	…	…	…	…	…	。				
	三	、	…	…	…	…	…	。				

```
┌─────────────────────────────────────────────┐
│                                               │
│  正　本　：                                    │
│  副　本　：                                    │
│                                               │
│  ○　○　長　：　○　○　○　（　蓋　職　章　）  │
│                                               │
└─────────────────────────────────────────────┘
```

五、「函」之作法補述

1. 要求辦理復文時限的，應在「主旨」內敘明。

2. 承轉公文，應摘敘來文要點，不可在「稿」內書：「照錄原文，敘至某處」字樣，實在無法摘敘時，可照規定列為附件處理。

3. 概括的期望語（例如：「請核示」、「請查照」、「希照辦」等）列入「主旨」內，不應在「辦法」段內重複。至具體詳細要求有所作為時，應列入「辦法」段內。

4. 「說明」、「辦法」須眉目清楚，分項條列時，每項表達一意，通常以三、五項為宜，如內容過於繁雜，文字冗長，可列為附件說明。

5. 函稿之署名，敘稿時，為簡化起見，首長職銜下僅書「姓」，名字則以「○○」表示。

6. 公文主體之後，必須寫出正本及副本的機關。

7. 如有附件，應在「說明」段內敘述附件名稱及份數，並在「附件」欄註明：「見說明段第○項」字樣。如係單純為檢送文件者，不必在說明段內敘述。

六、各種函類撰擬要點與範例

（一）下行函

〔撰擬要點〕

　　1.下行函：凡是上級機關對於所屬下級機關，有所交辦或指示、批
　　　復時所用之公文。

　　2.下行函要注意下行文所使用之公文用語。

　　3.機關首長署名，可用簡銜。

　　　　　　　　　　　　　　　　　　　　　　　　　檔　　　號：

　　　　　　　　　　　　　　　　　　　　　　　　　保存年限：

行政院研究發展考核委員會　函

　　　　　　　　　　　　　　地址：臺北市中正區濟南路一
　　　　　　　　　　　　　　　　　段2-2號6樓
　　　　　　　　　　　　　　聯絡方式：（02）23942165

郵遞區號：

受文者地址：

受文者：所屬各機關

發文日期：中華民國93年7月8日

發文字號：會訊字第0930015999號

速別：最速件

密等及解密條件或保密期限：普通

附件：議程資料

主旨：本會訂於本（93）年7月14、15日分梯次辦理「推動公文橫式書寫資
　　　訊作業研習營」，惠請派員參加，請　查照。

說明：

　一、依據「公文橫式書寫資訊作業實施計畫」第五點實施方式暨推動時程
　　　之（三）辦理。

　二、檢附本次研習營議程資料詳如附件，請　貴機關依規定梯次指派文
　　　書、檔案主管人員及研考、資訊主辦人員各一名，至電子化公文入口
　　　網（http://www.good.nat.gov.tw）最新消息中，點選「推動公文橫式書
　　　寫資訊作業研習營」，填寫報名資料。

正本：總統府第二局、行政院祕書處、立法院祕書處、司法院祕書處、考試院祕書處、行政
　　　院各部會行處局署暨省市政府、各縣市政府
副本：檔案管理局、本會資訊管理處、公文G2B2C資訊服務中心、資訊工業策進會電子商務
　　　研究所、傑印資訊股份有限公司、精融網路科技股份有限公司、郭陽科技股份有限公
　　　司（均含附件）

主任委員　○○○（蓋職章）

　　　　　　　　　　　　　　　　　　　　　　　　　　　檔　　號：
　　　　　　　　　　　　　　　　　　　　　　　　　　　保存年限：

行政院　函

　　　　　　　　　　　　　　　　　　　　　　地址：○○○○○○○○○○
　　　　　　　　　　　　　　　　　　　　　　聯絡方式：（承辦人、電話、
　　　　　　　　　　　　　　　　　　　　　　　　　　　傳真、e-mail）

郵遞區號：
受文者地址：
受文者：教育部
發文日期：中華民國○○年○○月○○日
發文字號：（○○）○○字第○○○○號
速別：

密等及解密條件或保密期限：○○
附件：

主旨：希轉知所屬各級學校，切實注意倫理道德及民族精神教育。
說明：

一、倫理道德，為我民族文化之美德；民族精神，乃立國之根本。其良窳
　　消長，關係國家存亡至鉅。

二、邇來社會型態劇變，倫理道德，日趨式微；而崇洋心理作祟，民族意
　　識，又漸薄弱，影響國家前途日甚。

三、各級學校，應就課程內容及圖書設備情形，擬具具體加強倫理道德及
　　民族精神辦法，切實履行，以培育學生倫理觀念及民族情操。

四、各級學校，應於各有關學科教材，或課外活動項目中，融會倫理道德
　　與民族精神之教育資料，相機施教，俾收潛移默化，涵濡陶鑄之效。

正本：

副本：

院長　○○○（蓋職章）

檔　　號：
保存年限：

行政院　函

地址：○○○○○○○○○○
聯絡方式：（承辦人、電話、
　　　　　傳真、e-mail）

郵遞區號：
受文者地址：
受文者：教育部

發文日期：中華民國○○年○○月○○日

發文字號：（○○）○○字第○○○○號

速別：最速件

密等及解密條件或保密期限：○○

附件：

主旨：希加強督導私立大專院校董事會之組織，務求財務健全，以符興學行
　　　教之宗旨，並確保師生之權益，請　查照。

說明：

　　一、依據立法院○○年○○月○○日○○字第○○○○○○號函辦理。

　　二、邇來，若干大專院校違法弊案及重大缺失案件頻傳，尤以景文技術學
　　　　院弊案為最，不僅影響師生權益，更令杏壇蒙羞，嚴重打擊教育人員
　　　　士氣；究其主要原因，乃是少數私立大專院校董事會組織未臻健全，
　　　　致讓有心人士有掏空校產之虞，亟應速謀對策，全面檢討改進。

辦法：

　　一、貴部應即邀請專家、學者及相關單位人員召開會議，研擬具體有效監
　　　　督措施，並組成專案小組，全力貫徹執行。

　　二、本案業經本院專案列管，並列為本院年終考核重點項目；貴部執行本
　　　　案相關人員，准予從寬敘獎。

正本：教育部

副本：立法院

院長　　○○○（蓋職章）

檔　號：

保存年限：

行政院　函

地址：○○○○○○○○○

聯絡方式：（承辦人、電話、

傳真、e-mail）

郵遞區號：

受文者地址：

受文者：所屬各機關

發文日期：中華民國○○年○○月○○日

發文字號：（○○）○○字第○○○○號

速別：

密等及解密條件或保密期限：○○

附件：

主旨：為端正社會風氣，確立善良之社會道德價值觀念，本院通過：「改善
　　　社會風氣重要措施方案」，以倡行勤奮簡樸生活，抑制奢侈浪費，遏
　　　止色情、賭博、吸毒等行為，希　照辦。

說明：

　一、浮華奢侈和頹廢墮落，為一切罪惡之根源，我們應採一切措施，提倡
　　　勤奮簡樸的生活，抑制奢侈浪費，遏止一切不良行為，以期正本清
　　　源，培養良好社會風氣。

　二、近來社會風氣敗壞，有目共睹。傳統道德，已漸趨泯沒，若任其發展
　　　下去，後果不堪設想，尤對目前國勢逆轉之時，發奮圖強，關係至
　　　鉅。

　三、檢附「改善社會風氣重要措施方案」乙份。

辦法：

　一、本方案自本（九十七）年七月一日起全面實施。

二、各級主管機關，自即日起，應積極進行準備工作，修訂有關法規，發
　　動普遍宣傳，務使全體國人，在勤奮簡樸生活中，培養守紀習慣，振
　　奮民心士氣。

三、各級主管機關，應以身作則，率先倡導，為所屬楷模。

四、本方案實施後，應每六個月檢討一次，如有缺失，即刻改進。

五、各項措施推行成效，由本院研考會及各省市政府列為考核獎懲重要項
　　目，主管人員如有違背政策者，則嚴加懲處。

正本：所屬各機關

副本：本院研究發展考核委員會，各縣、市政府（含附件）

院長　○○○（蓋職章）

檔　　號：

保存年限：

財政部　函

地址：○○○○○○○○○○

聯絡方式：（承辦人、電話、
　　　　　傳真、e-mail）

郵遞區號：

受文者地址：

受文者：各金融機構

發文日期：中華民國○○年○○月○○日

發文字號：（○○）○○字第○○○○號

速別：最速件

密等及解密條件或保密期限：○○

附件：

主旨：邇來偽鈔充斥，嚴重擾亂金融秩序，請擬訂辦法，妥為因應，請　查
　　　照。

說明：

一、依據立法院○○年○○月○○日○○字第○○○○○號函辦理。

二、邇來，市面偽鈔充斥，不僅嚴重擾亂金融秩序，長此以往，更將影響
　　人民對政府施政之信心，打擊國家之國際形象。究其主要原因，除製
　　造、使用偽鈔之罰則過輕外，金融單位審核迭有疏失，致不法者有洗
　　錢可乘之機，亟應積極檢討改進。

辦法：

一、各金融機構應即邀請專家、學者及相關單位人員召開會議，研擬具體
　　有效因應辦法，並組成專案小組，全力貫徹執行。

二、本案業經本部專案列管，並列入本部年終考核重點項目；各單位執行
　　本案考核績優人員，准予從寬敘獎。

正本：各金融機構

副本：立法院

部長　○○○（蓋職章）

檔　　號：

保存年限：

內政部　函

地址：○○○○○○○○○○

聯絡方式：（承辦人、電話、
　　　　　傳真、e-mail）

郵遞區號：

受文者地址：

受文者：各縣、市政府

發文日期：中華民國〇〇年〇〇月〇〇日

發文字號：（〇〇）〇〇字第〇〇〇〇號

速別：最速件

密等及解密條件或保密期限：〇〇

附件：「加強防震措施實施要點」

主旨：請加強各項防震措施，定期辦理防震演習，以減低地震所帶來之人員傷亡及財物損失，請　查照。

說明：

一、依據立法院〇〇年〇〇月〇〇日〇〇字第〇〇〇〇〇號函辦理。

二、臺灣地區自九二一大地震後，接連又發生規模六級以上之強震，每次均造成財物之損失及人員之傷亡，已嚴重影響民眾居家之生命財產安全。究其主要原因，乃是臺灣全區均屬強震地區，而各地建築未能落實防震設備，且民眾缺乏防震應有常識，以致疏於防範所致，亟應全面檢討改善。

三、檢附「加強防震措施實施要點」一份。

辦法：

一、請各地縣市政府盡速邀請專家、學者及相關單位人員組成專案小組，依據本件所附實施要點所列各項，切實執行。

二、本案業經本部專案列管，並列為本部年終考核重點項目；各單位執行本案有功人員，准予從寬敘獎。

正本：各縣、市政府

副本：立法院

部長　〇〇〇（蓋職章）

檔　　號：

保存年限：

教育部　函

地址：○○○○○○○○○○

聯絡方式：（承辦人、電話、
傳真、e-mail）

郵遞區號：

受文者地址：

受文者：各大專院校、各國立中學、縣（市）教育廳（局）

發文日期：中華民國一○一年一月十日

發文字號：臺（101）訓字第○○一八八五號

速別：

密等及解密條件或保密期限：○○

附件：

主旨：為協助學生規劃健康而富意義之寒假生活，踐履誠實風範，善盡輔導
　　　學生之功能，請　查照辦理。

說明：

　一、寒假將屆，各級學校應秉輔導學生之職責，引導學生誠實於自己之良
　　　知，不賭博、不吸食安非他命、不涉足不正當場所，堅毅地拒絕不良
　　　誘惑；並透過相關活動，輔導學生規劃有意義的寒假生活，從事正當
　　　休閒活動，務使學生擁有一個健康而充實之寒假。

　二、鑑於過去，寒假結束後至聯考將屆時，係中學生情緒不穩定時期，易
　　　造成觀念之偏差。故於寒假結束後，各校宜規劃輔導措施，藉使學生
　　　反省整個寒假生活，紓發情緒，並輔導學生誠實地面對自己，接納自
　　　己，增進學生適應環境壓力之自我調適能力。遇有情緒不穩者個案，
　　　應持續給予協助和關懷。

正本：

副本：

部長　吳清基（蓋職章）

檔　　號：

保存年限：

教育部　函

地址：○○○○○○○○○○

聯絡方式：（承辦人、電話、

傳真、e-mail）

郵遞區號：

受文者地址：

受文者：省市教育廳局、部屬機關學校

發文日期：中華民國九十一年二月二十四日

發文字號：臺（91）人字第九二六八號

速別：

密等及解密條件或保密期限：○○

附件：

主旨：關於女性公務人員於育嬰留職停薪期間死亡者宜否辦理撫卹一案，奉

　　　考試院決議：女性公務人員於育嬰留職停薪期間死亡者得辦理撫

　　　卹，唯其育嬰留職停薪期間因未辦理考績，故不得併計撫卹年資，轉

　　　請　查照。

說明：

　一、依銓敘部九十一年一月二十七日八十一臺華特三字第○六六九五四一

　　　號函辦理，並附該函影本一份。

二、查「公立高級中等以下學校女性教師育嬰期間申請留職停薪處理原則」及「行政院暨所屬各機關女性公務人員育嬰期間申請留職停薪處理原則」，先後經本部七十八年十一月三十日臺（78）人字第五九二九七號函規定，及七十九年七月九日臺（79）人字第三二三〇號函，轉知並規定公立各級學校女性職員比照女性公務人員規定辦理在案。各級學校女性職員及高級中等以下學校女性教師依上開處理原則於育嬰留職停薪期間死亡者，比照考試院決議辦理。

正本：

副本：

部長　〇〇〇（蓋職章）

檔　　號：

保存年限：

交通部　函

地址：〇〇〇〇〇〇〇〇〇〇

聯絡方式：（承辦人、電話、

　　　　　傳真、e-mail）

郵遞區號：

受文者地址：

受文者：民用航空局

發文日期：中華民國〇〇年〇〇月〇〇日

發文字號：（〇〇）〇〇字第〇〇〇〇號

速別：最速件

密等及解密條件或保密期限：〇〇

附件：

主旨：各航空站應加強各項安全防護措施，對機場出現之可疑人、事、物須加強查察，尤應嚴格執行違禁物品不得登機之規定，以確保飛行安全，請　查照。

說明：

一、恐怖份子發動九一一自殺飛機攻擊事件，美國紐約世貿大樓先後遭二架客機撞擊倒塌，國防部、五角大廈也遭客機撞擊起火；不僅造成數千人員傷亡，而恐怖主義之抬頭，更嚴重威脅世界和平與安全。

二、為確保國民與國家安全，全力打擊恐怖主義，實乃我責無旁貸之責任；而維護飛行安全，又為其基本前提，務須嚴格執行空檢，不可稍有懈怠。

辦法：

一、請盡速邀請專家、學者及相關單位人員，研擬具體有效辦法；並組成專案小組，全力貫徹執行。

二、本案業經本部專案列管，並列入本部年度不定期考核重點項目；執行本案考核績優人員，准予從寬敘獎。

正本：民用航空局

副本：立法院、各航空站

部長　○○○（蓋職章）

```
                                            檔　　號：
                                            保存年限：

          臺北市政府　函

                              地址：○○○○○○○○○
                              聯絡方式：（承辦人、電話、
                                         傳真、e-mail）


郵遞區號：
受文者地址：
受文者：本府所屬各機關
發文日期：中華民國○○年○○月○○日
發文字號：（○○）○○字第○○○○號
速別：
密等及解密條件或保密期限：○○
附件：

主旨：為端肅政風，嚴杜浮濫，特制訂本府暨所屬各機關員工出差加班注意
　　　事項，即日實施。
說明：
　一、各機關員工出差時，常有浮報差旅費之事，為端肅政風，嚴杜浮濫，
　　　今後各機關員工出差、加班應切實審核，並依照規定辦理。
　二、出差、加班所需經費，應在各機關原有差旅費、加班費預算內列支，
　　　不可請求增加預算。


正本：民用航空局
副本：本府主計處及人事處

市長　○○○（蓋職章）
```

檔　號：100-056 ‰-3
保存年限： 10

教育部　函

地　址：10051臺北市中正區中山南路5號
傳　真：02-23976949
聯絡人：黃凱琳
電　話：02-77366001

71005
臺南市永康區南臺街1號

受文者：南臺科技大學通識教育中心

發文日期：中華民國100年8月24日
發文字號：臺顧字第1000124085A號
速別：最速件
密等及解密條件或保密期限：
附件：補助經費核定清單、著作權利授權契約

主旨：同意部分補助　貴校辦理100年度「強化臺灣特色之人文藝
　　　術及社會科學之基礎應用人才培育中程計畫—全校性閱讀
　　　書寫課程推動與革新計畫」，請於文到2週內備第1期款領
　　　據暨著作利用授權契約到部請款，請　查照。

說明：

一、補助經費核定清單詳如附件，受補助單位應另行提撥自籌
　　經費，A類計畫自籌額度至少須為本部補助額度之10%，B類
　　計畫自籌額度至少須為本部補助額度之5%。

二、所送第1期款（總補助額度70%）領據請註記「100年度全校
　　性閱讀書寫課程推動與革新計畫」字樣，免備函掛號連同
　　已用印之著作利用授權契約一式2份逕寄本部顧問室黃凱琳
　　小姐收（地址：100臺北市中山南路5號3樓）；第2期款（
　　總補助額度30%）於期中報告後檢據憑撥。

三、本補助經費請依本計畫徵件事宜、本部補助及委辦經費核
　　撥結報作業要點、政府採購法及中央政府各機關單位預算

執行手冊等規定執行並核結。

四、受補助計畫成員於計畫執行期間，應參與活動及配合事項，由計畫辦公室另行通知，相關資料可於本室人文社會科學教育計畫入口網（http://hss.edu.tw）查詢或洽計畫辦公室（04）2632-8001轉17095、（02）2789-5717。

正本：輔仁大學、輔英科技大學、國立中正大學、樹德科技大學、國立臺灣海洋大學、中華科技大學、遠東科技大學、致理技術學院、國立東華大學、崑山科技大學、國立臺中教育大學、清雲科技大學、國立臺中護理專科學校、南臺科技大學、經國管理暨健康學院、弘光科技大學、元培科技大學、蘭陽技術學院、和春技術學院

副本：輔仁大學黎建球校長（含附件）、輔英科技大學許淑蓮校長（含附件）、國立中正大學教務處黃柏農教務長（含附件）、樹德科技大學通識教育學院黃聖松教授（含附件）、國立臺灣海洋大學通識教育中心吳智雄教授（含附件）、中華科技大學通識教育中心蘇美文教授（含附件）、遠東科技大學通識教育中心陳雅雯講師（含附件）、致理技術學院通識教育中心張清文教授（含附件）、國立東華大學中國語文學系吳冠宏教授（含附件）、崑山科技大學通識教育中心楊淑雯講師（含附件）、國立臺中教育大學語文教育學系劉君（王告）教授（含附件）、清雲科技大學通識教育中心魏素足教授（含附件）、國立臺中護理專科學校通識教育中心洪錦淳教授（含附件）、南臺科技大學通識教育中心駱育萱講師（含附件）、經國管理暨健康學院通識教育中心沈惠如教授（含附件）、弘光科技大學通識學院藍日昌教授（含附件）、元培科技大學通識中心邵曼珣教授（含附件）、蘭陽技術學院通識教育中心陳麗蓮講師（含附件）、和春技術學院多媒體設計系傅楠梓講師（含附件）、全校性閱讀書寫課程推動與革新子計畫辦公室、教育部強化台灣特色之人文藝術及社會科學基礎應用人才培育中程計畫辦公室（中央研究院中國文哲研究所）、本部顧問室

部長　吳清基

（二）平行函

〔撰擬要點〕

1.平行函為同級機關或不相隸屬機關，有所洽辦使用之公文。

2.平行函格式與下行函相同，唯公文用語要用平行文之公文用語，如請查照，請查照辦理……等。

3.平行函機關首長署名，可用簡銜，亦可用全銜，以示尊重。

檔　　號：

保存年限：

行政院　函

地址：○○○○○○○○○

聯絡方式：（承辦人、電話、
　　　　　　傳真、e-mail）

郵遞區號：

受文者地址：臺北市○○區○○○路○段○○○號

受文者：立法院

發文日期：中華民國○○年○○月○○日

發文字號：（○○）○○字第○○○○號

速別：最速件

密等及解密條件或保密期限：○○

附件：如文

主旨：函送「公文程式條例」第七條、第十三條、第十四條修正草案及《中央法規標準法》第八條修正草案，請　查照審議。

說明：

一、鑑於國際間交往日愈密切，文書資料來往頻繁，歐美文字都是由左至右橫式排列，國內目前直式書寫方式，如遇引用外文或阿拉伯數

字時，將頗為不便。為使公文製作更具便利性，進而提升公文處理效率，爰擬具「公文程式條例」第七條、第十三條、第十四條修正草案及《中央法規標準法》第八條修正草案。

二、經提本（九十二）年八月十三日本院第二八五二次會議決議：「通過，送請立法院審議。」

三、檢送「公文程式條例」第七條、第十三條、第十四條修正草案及《中央法規標準法》第八條修正草案條文對照表（含總說明）各三份。

正本：立法院

副本：

院長　○○○（蓋職章）

檔　　號：

保存年限：

行政院　函

地址：○○○○○○○○○○
聯絡方式：（承辦人、電話、
　　　　　傳真、e-mail）

郵遞區號：

受文者地址：

受文者：立法院

發文日期：中華民國○○年○○月○○日

發文字號：（○○）○○字第○○○○號

速別：

密等及解密條件或保密期限：○○

附件：

主旨：函送「銀行法修正草案」乙份，請查照審議。

說明：

一、財政部九十一年七月五日政院字第五號函，以現行《銀行法》係於民國四十五年二月公布，施行至今，已四十餘年，其間由於社會經濟環境之重大變遷，原法規定事項，對國家經濟計畫之實施與工商各業之發展，均已不足因應實際需要。爰經成立修改銀行法專案小組，完成銀行法修正草案，請核轉立法院審議。

二、經提出九十一年七月二日本院第二次會議：「修正通過，送請立法院審議。」

三、附「銀行法修正草案」一份。

正本：

副本：財政部

院長　○○○（蓋職章）

檔　　號：

保存年限：

交通部　函

地址：○○○○○○○○○○

聯絡方式：（承辦人、電話、
傳真、e-mail）

郵遞區號：

受文者地址：

受文者：教育部

發文日期：中華民國○○年○○月○○日

發文字號：（○○）○○字第○○○○號

速別：

密等及解密條件或保密期限：○○

附件：

主旨：為開放調頻廣播一案，提供意見，請彙辦。

說明：

　一、調頻廣播的開放，勢在必行，唯涉及（一）限制設台數量問題、

　　　（二）頻率指配問題、（三）經營廣告問題，必須統籌兼顧。

　二、各方對於本案，紛向本部催詢，實有早日解決的必要。

建議：

　一、本案係由貴部主政，請仔細規劃並予迅速處理。

　二、本案亟待早日解決，建議於本月內邀集有關機關協商，使開放辦法實

　　　施時，能適應各方需要，不致發生困擾。

正本：

副本：

部長　○○○（蓋職章）

檔　　號：

保存年限：

國立高雄中學　函

地址：○○○○○○○○○○

聯絡方式：（承辦人、電話、

　　　　　傳真、e-mail）

郵遞區號：

受文者地址：

受文者：高雄市政府建設局

發文日期：中華民國○○年○○月○○日

發文字號：（○○）○○字第○○○○號

速別：

密等及解密條件或保密期限：○○

附件：

主旨：請於本校校門前修建地下道或人行路橋，俾便維護學生安全。

說明：

一、本校地處本市建國路交通要衝，人、車往來頻繁。

二、本校現有學生四千餘人，每日學生上學、放學，穿越馬路，非常危
　　險。

三、如有車輛不守交通規則，橫衝直撞，尤易肇啓禍端。故建造地下道或
　　人行路橋，實為當務之急。

正本：

副本：

校長　　○○○（蓋職章）

檔　　號：

保存年限：

國立臺南高級工業職業學校　函

地址：○○○○○○○○○

聯絡方式：（承辦人、電話、

傳真、e-mail）

郵遞區號：

受文者地址：

受文者：臺南高職等二十五校

發文日期：中華民國九十五年四月十日

發文字號：（九五）○○教字第○五九一號

速別：

密等及解密條件或保密期限：○○

附件：

主旨：本校訂於四月二十八日（星期五）舉辦九十三學年度臺灣省高級職業
　　　學校社會科學教材教法研討會，敬請轉知　貴校報名教師準時參加，
　　　請查照。

說明：

　　一、依教育部○○學年度高級中等學校職業類科教材教法研討會計畫辦
　　　　理。

　　二、報到時間為四月二十八日（星期五）上午八點三十分至九時。

　　三、檢附本校交通概況圖乙份。

正本：

副本：

校長　○○○（蓋職章）

發文方式：郵寄

檔　號：

保存年限：

南臺科技大學　函

地址：台南市永康區南臺街一號
承辦人：林堂馨
電子信箱：shulamiteg@mail.stut.edu.tw
電話：(06)2533131#6200
傳真：(06)2430417

受文者：中國醫藥大學

發文日期：中華民國101年6月1日
發文字號：南科大通識字第1010005909號
速別：速件
密等及解密條件或保密期限：
附件：

主旨：本校通識教育中心擬邀請　貴校關超然教授蒞校指導工作坊，
　　　請　查照。

說明：

　一、時間：101年6月13日(三)上午9時起至下午15時止。

　二、地點：本校N棟N203禪修教室。

　三、活動：PBL工作坊－撰寫PBL案例。

正本：中國醫藥大學
副本：中國醫藥大學教師培育暨發展中心關超然主任、本校通識教育中心

校長　戴謙

（三）上行函

〔撰擬要點〕

　1.上行函乃下級機關向其上級機關，有所陳情或報告時用之。

　2.上行函之公文用語，要用請示性公文用語，如請核示、請核備、
　　請核獎……等。

檔　　號：

保存年限：

行政院人事行政局　函

地址：○○○○○○○○○○

聯絡方式：（承辦人、電話、
　　　　　傳真、e-mail）

郵遞區號：

受文者地址：

受文者：行政院

發文日期：中華民國○○年○○月○○日

發文字號：（○○）○○字第○○○○號

速別：

密等及解密條件或保密期限：○○

附件：

主旨：擬訂「行政院及所屬各機關員工，自強及康樂活動實施要點」，報請
　　　核定後，轉行所屬實施。

說明：

一、中央機關員工自強及康樂活動，自實施以來，一般反應甚佳，對增進
　　員工身心健康，加強單位間聯繫，及培養團隊精神，均具成效。

二、本局九十五年度預算，業已列有此項經費，擬仍照往例繼續辦理。

三、為期今後辦理有所準據起見，特訂定本要點。

辦法：

一、參加對象：包括本院所屬一級機關員工，並邀請總統府及其他四院各
　　一級機關參加。

二、活動項目：分各種球類比賽、橋藝比賽、書畫攝影展覽、登山健行活
　　動、員工運動會等。

三、活動時間：每會計年度開始時，由本局按照預定計畫，分項、分月進
　　行。

四、經費：在本局所列康樂活動經費項下支應。

正本：

副本：

局長　○○○（蓋職章）

檔　　號：

保存年限：

内政部　函

地址：○○○○○○○○○
聯絡方式：（承辦人、電話、
　　　　　傳真、e-mail）

郵遞區號：

受文者地址：

受文者：行政院

發文日期：中華民國○○年○○月○○日

發文字號：（○○）○○字第○○○○號

速別：

密等及解密條件或保密期限：○○

附件：

主旨：本部辦理臺南市地籍航測試驗，改定試驗區範圍，並簡化本案經費處
　　　理，請核示。

說明：

　一、本部為辦理地籍圖航空重測，經訂定試驗區計畫報院，並電話洽准鈞
　　　院研考會答覆：「本案原則上照部擬計畫辦理，即可核定」，已於七
　　　月二十四日開始依照進度辦理講習、調查地籍及布設航測標準等工
　　　作。

二、若干對測量素有研究人士反應：

　　（一）鑑於外國實例：都市地區高層建物林立，以航測方式辦理測量，頗有困難。

　　（二）建議本案試驗區可盡量包括：建、什、田、旱等各種地目，以擷取工作經驗。

三、本案委由成功大學工學院承攬，因工學院無專門會計人員，如依一般規定辦理，經費報銷將有困難。

擬辦：

一、在不變更試辦面積的原則下，將試驗區改於台南市南區鹽埕段一帶（即東自逢甲路起，西至大德街上，南自健康路西段都市計畫預定道路起，北自鹽埕段五德街止）。

二、與成功大學工學院簽訂委託契約書，約定所需經費由本部補助。

正本：行政院

副本：行政院研考會、行政院主計處、國立成功大學工學院、本部地政司、會計處

部長　○○○（蓋職章）

檔　　號：

保存年限：

外交部
財政部　函
經濟部

地址：○○○○○○○○○○

聯絡方式：（承辦人、電話、傳真、e-mail）

郵遞區號：

受文者地址：

受文者：行政院

發文日期：中華民國○○年○○月○○日

發文字號：（○○）○○字第○○○○號

速別：

密等及解密條件或保密期限：○○

附件：

主旨：函送「加強中約暨中沙友好關係方案」，請核備。

說明：

一、為進一步加強我國與約旦暨沙烏地阿拉伯兩王國之友好關係，本財政
　　部李部長、本經濟部孫部長、張次長及本外交部沈部長、楊次長、李
　　司長於○年○月○日在外交部舉行會議，經依照中約雙方會商決定之
　　項目及李部長訪問沙國後所建議之事項，逐項縝密商討，擬定「加強
　　中約暨中沙友好關係方案」一種，並決定由主辦單位負責籌劃，迅付
　　實施。

二、附上述方案一式三份。

正本：

副本：

外交部部長○○○（蓋職章）

財政部部長○○○（蓋職章）

經濟部部長○○○（蓋職章）

檔　　號：

保存年限：

臺北縣立海山國民中學　函

地址：○○○○○○○○○○

聯絡方式：（承辦人、電話、
　　　　　　傳真、e-mail）

郵遞區號：

受文者地址：

受文者：臺北縣政府

發文日期：中華民國○○年○○月○○日

發文字號：（○○）○○字第○○○○號

速別：

密等及解密條件或保密期限：○○

附件：

主旨：本校遭受寶莉強烈颱風侵襲，摧毀教室五間，請速撥新臺幣○○萬元，俾便修復，而利教育，請核示。

說明：

一、本（八）月三十日寶莉強烈颱風過境，本校一年級五班等教室五間，屋頂全毀，無法上課。

二、經招商勘估約需修復經費新臺幣○○萬元，本校經費拮据，無法辦理重建。

三、檢附損毀說明書一紙、照片十張暨修復工程概算書三份。

正本：

副本：

校長　○○○（蓋職章）

檔　　號：

保存年限：

臺南縣政府　函

地址：○○○○○○○○○

聯絡方式：（承辦人、電話、傳真、e-mail）

郵遞區號：

受文者地址：

受文者：教育部

發文日期：中華民國○○年○○月○○日

發文字號：（○○）○○字第○○○○號

速別：

密等及解密條件或保密期限：○○

附件：

主旨：請增加補助本縣教育經費新臺幣○○萬元，以備擴充國民小學班次，
　　　俾便盡納學齡兒童。請核准。

說明：

一、本縣下（九十七）學年度，國民小學學齡兒童入學暨自然增班，共需
　　增加十五班。

二、本縣處偏遠地區，稅收不裕，財務向極拮据，增班所需經費，無法自
　　行籌措。請鈞部賜撥專款補助，以利國民義務教育之推行。

正本：

副本：

縣長　○○○（蓋職章）

檔　　號：

保存年限：

國立臺灣師範大學　函

地址：○○○○○○○○○○

聯絡方式：（承辦人、電話、
　　　　　傳真、e-mail）

郵遞區號：

受文者地址：

受文者：教育部

發文日期：中華民國○○年○○月○○日

發文字號：（○○）○○字第○○○○號

速別：

密等及解密條件或保密期限：○○

附件：

主旨：檢送本校申請清寒學生獎學金，學生李玉茹等十名名冊及附件，請鑑
　　　核。

說明：

　　一、依　鈞部○○年○月○日○字第○號函辦理。

　　二、檢附清寒學生申請書、貧戶證明書各一份，名冊兩份。

正本：

副本：

校長　○○○（蓋職章）

檔　　號：

保存年限：

○○國民中學　函

地址：○○○○○○○○○○

聯絡方式：（承辦人、電話、

傳真、e-mail）

郵遞區號：

受文者地址：

受文者：臺北縣政府

發文日期：中華民國○○年○○月○○日

發文字號：（○○）○○字第○○○○號

速別：

密等及解密條件或保密期限：○○

附件：

主旨：嚴禁惡性補習，本校已徹底執行，復請核備。

說明：

一、復　鈞府○年○月○日○字第○○○號函。

二、本校奉函後，即於本（○）月○日召開臨時教務會議，經曉諭各教師，嗣後不得再從事惡性補習，以免戕害學童身心健康，影響國家民族前途；如有故違，定依法處理，不稍寬假。與會教師咸深明大義，堅決表示必切實履行。

三、近經本校嚴加督導，各班級已無惡補情事。

正本：

副本：

校長　○○○（蓋職章）

檔　號：

保存年限：

臺南市東區區公所　函

地址：○○○○○○○○○○

聯絡方式：（承辦人、電話、傳真、e-mail）

郵遞區號：

受文者地址：

受文者：臺南市政府

發文日期：中華民國○○年○○月○○日

發文字號：（○○）○○字第○○○○號

速別：

密等及解密條件或保密期限：○○

附件：

主旨：檢陳本區九十六年度模範母親名冊一式三份，請查核示復。

說明：

一、本區九十六年度模範母親選拔評審會議，業經依照鈞府指示於四月五日邀請有關機關代表及社會賢達等舉行完畢，與會人士一致推選○○○○等為本區九十六年度模範母親。

二、檢陳九十六年度模範母親名冊一式三份，請准參加母親節慶祝大會接受表揚。附件如文。

正本：

副本：

區長　○○○（蓋職章）

臺南市政府答覆東區區公所所送模範母親名冊函（下行函）

檔　號：

保存年限：

臺南市政府　函

地址：○○○○○○○○○

聯絡方式：（承辦人、電話、

傳真、e-mail）

郵遞區號：

受文者地址：

受文者：東區區公所

發文日期：中華民國○○年○○月○○日

發文字號：（○○）○○字第○○○○號

速別：

密等及解密條件或保密期限：○○

附件：

主旨：貴所所送九十六年度模範母親名冊乙案，復請查照。

說明：

　一、復○字第○○號函。

　二、所送九十六年度模範母親名冊與規定相符，請於五月十日上午十時前，派員護送全體模範母親到達臺南市政府大禮堂參加母親節慶祝大會，接受各界表揚。

正本：

副本：

市長　○○○（蓋職章）

發文方式：郵寄

南臺科技大學　函

地址：710台南縣永康市南台街一號
承辦人：李俞瑾
電話：06-2533131-6201
電子信箱：fish1212@mail.stut.edu.

受文者：教育部

發文日期：中華民國99年10月4日
發文字號：南科大通識字第0990009467號
速別：普通件
密等及解密條件或保密期限：普通
附件：如文

主旨：檢陳　鈞部補助本校辦理「華語教育異文化交流講座」經費收支結算表及結餘款新台幣13,801元支票乙紙，敬請　鑒核。

說明：

一、依據　鈞部民國99年1月19日台顧字第0990009464號函辦理。

二、計畫主持人：本校陳瑜霞助理教授。

三、結餘款13,801元，以台灣土地銀行本行支票(支票號碼GN4077468)乙紙繳回及經費收支結算表一份。

正本：教育部
副本：本校通識教育中心

校長戴

（四）申請函

〔撰擬要點〕

1. 申請函是人民與機關之間，有所申請時所用之公文，其內容包含甚廣，舉凡人民對於本身之權益有所疑慮、請求，均可經由申請函向政府有關機關，要求解釋、協助或補償。

2. 「申請函」的用紙與格式，政府並沒有規定，僅在「公文程式條例」第五條載明：「人民之申請函，應署名、蓋章，並註明性別、年齡、職業及住址。」不過一般「申請函」皆引用「函」的格式，偶爾亦有引用「書函」的格式。自民國93年5月起，公文書寫格式經立法院通過，申請函也隨函的格式改為橫行格式。其行文系統是屬於平行的，學者應加注意。

1.申請函格式

																檔　　號：
																保存年限：
					申		請		函							
受	文	者	：													
發	文	日	期	：	中	華	民	國	○	年	○	月	○	日		
發	文	字	號	：	○	○	字	第	○	○	○	號				
速	別	：	○	○												
密	等	及	解	密	條	件	或	保	密	期	限	：	○	○		
附	件	：														
主	旨	：														
說	明	：														
	一	、														

<table>
<tr><td>辦　法</td><td>：</td><td colspan="6">二、
三、
（　或　請　求　）
一、
二、
三、</td></tr>
</table>

```
　　　　二、
　　　　三、
辦　法：（　或　請　求　）
　　　　一、
　　　　二、
　　　　三、

正　本：
副　本：

申　請　人：○　○　○　（　蓋　私　章　）
性　別：
年　齡：
職　業：
住　址：
電　話：
```

2.申請函之範例

檔　號：

保存年限：

申　請　函

受文者：○○鄉公所

發文日期：中華民國○○年○○月○○日

發文字號：（○○）○○字第○○○○號

速別：

密等及解密條件或保密期限：○○

附件：

主旨：請核發貧戶就醫證明，以便就醫。

說明：

　一、申請人家庭貧困，人口眾多，今年貴所辦理貧戶申請時，因不懂法

令，未能及時申報。

二、今年妻突患重病，臥病在床，因缺醫藥費，無法送醫院治療。請貴所發給貧戶就醫證一紙，以便送公立醫院治療，並減免醫藥費。

正本：

副本：

申請人：張鴻江（蓋私章）

性別：男

年齡：○○歲

職業：○○

住址：○○○○

電話：○○○○○○○

檔　號：

保存年限：

申請　函

受文者：臺北市政府警察局

發文日期：中華民國○○年○○月○○日

發文字號：（○○）○○字第○○○○號

速別：

密等及解密條件或保密期限：○○

附件：

主旨：民子○○○走失，請通知查訪。

說明：

一、民子○○○，現年五歲，於六月十日在臺北火車站附近走失，經多日尋訪未獲。

二、民子身高120公分，走失當日身穿黃色帶紅花香港衫，白色藍條短西
　　裝褲，足著黑色皮鞋，頭蓄西式短髮，上排門牙蛀壞，左耳邊有一小
　　疤，操臺語，並能說國語。

請求：請通知所屬各地警察分局注意查訪。

正本：

副本：

申請人：陳美雪（蓋私章）

性別：女

年齡：二十五歲

職業：家管

住址：臺北市師大路九十三號

電話：（○二）二三六三八一九四

檔　　號：

保存年限：

申　請　函

受文者：花蓮縣政府

發文日期：中華民國九十六年九月六日

發文字號：（○○）○○字第○○○○號

速別：

密等及解密條件或保密期限：○○

附件：

主旨：請設置民眾教育館，以啓發民智。

說明：

　一、本縣地處偏僻，文化向甚落後，民眾知識水準較之西部鄰近各縣市，

殊有遜色。

二、增設各級學校固為提高文化之一道，唯經費過鉅，師資亦不易得，其事輕而易舉者，似以增設民眾教育館較為適宜。

三、爰經家強等集議，請　鈞府於每一鄉鎮公所所在地，設立民眾教育館一所，增購圖書設備，以啓發民智，裨益人群。

建議：

一、設置民眾教育館之經費，除請由縣府編列預算外，並向本縣各鄉鎮富紳勸募若干，俾集腋成裘，以竟事功。

二、可否照辦，請即通知。

正本：

副本：

申請人：黃家強（蓋私章）

性別：男

年齡：四十五歲

職業：鳳林鎮鎮民代表

住址：鳳林鎮中美路三十號

電話：0912151234

檔　　號：

保存年限：

申　請　函

受文者：臺南市政府

發文日期：中華民國○○年○○月○○日

發文字號：（○○）○○字第○○○○號

速別：

密等及解密條件或保密期限：○○

附件：

主旨：請整修大同路排水溝，以利公共衛生。

說明：

一、本人住宅附近大同路排水溝，久未疏濬，加以下流區域正動工興建數幢大廈樓房，零碎磚頭、瓦塊、木片等什物，經常阻塞河道，致水流不暢。

二、往年，每至三月，例由貴所派工清理此溝河道、挖除淤泥一次，現已屆七月，迄未見整修，至覺詫異。

三、日來天氣炎熱，污水經烈日蒸晒，臭氣燻人，且細菌繁殖，蚊蠅飛舞，尤易傳染疾病，影響附近居民健康甚鉅。

正本：

副本：

申請人：徐正平（蓋私章）

性別：男

年齡：四十五歲

職業：教

住址：○○市○○路○○號

電話：○○○○○○○

檔　　號：
保存年限：

申請　函

受文者：臺南市稅捐稽徵處

發文日期：中華民國○○年○○月○○日

發文字號：（○○）○○字第○○○○號

速別：

密等及解密條件或保密期限：○○

附件：

主旨：請釋一○一年一期房屋稅繳納疑義。

說明：

　　一、本人座落臺南市成功路○○號房屋（房屋稅籍號第○○號）貴處通知
　　　　繳納本（○○）年○期房屋稅新臺幣○○○元整。

　　二、本人鄰居房屋與本人房屋之結構、建坪、建築日期及使用情形均相
　　　　同，但所繳稅金則低甚多。

　　三、房屋稅金本人已照規定時間，如數繳納○○銀行代理公庫。

請求：請予釋示見復。

正本：

副本：

申請人：○○○（蓋私章）

性別：○

年齡：○○歲

職業：○

住址：○○市○○路○○號

電話：○○○○○○○

檔　號：
保存年限：

申　請　函

受文者：臺東縣政府○縣長

發文日期：中華民國○○年○○月○○日

發文字號：（○○）○○字第○○○○號

速別：

密等及解密條件或保密期限：○○

附件：

主旨：請速修復樂山橋，以維交通安全。

說明：

一、日前莫拉克強烈颱風過境，山洪暴發，河水猛漲，摧毀本鄉與池上鄉唯一交通孔道樂山橋第三、四兩橋墩暨橋面，交通因而斷絕。

二、本鄉地處山區，現有住戶千餘家，約有數百青年，每日須經此橋，赴池上鄉工廠服務或中學就讀。現此橋段被毀，必須翻山越嶺，繞道步行二時餘始克到達，深感不便；且本鄉山地物產暨生活用品運輸，皆須通過此橋，因之，修復此橋，實屬刻不容緩。

請求：請貴府速籌款修復本鄉樂山橋；並請在未修復前，暫搭建便橋，以利來往交通，而解民困。

正本：

副本：

申請人：○○○（蓋私章）

性別：○

年齡：○○歲

職業：○

住址：○○鄉○○路○○號

電話：○○○○○○○

檔　　號：
保存年限：

申請　函

受文者：內政部

發文日期：中華民國○○年○○月○○日

發文字號：（○○）○○字第○○○○號

速別：

密等及解密條件或保密期限：○○

附件：

主旨：擬創辦醫學刊物出版社，請准予登記發行。

說明：

　一、查醫學醫術之進步，日新月異。近年來，我國各地新增設之公私立醫
　　　院、衛生所、診療所等甚多。我國醫師醫術，亦頗得國際人士好評，
　　　且有遠自日本、馬來西亞、新加坡等國家來臺求診者。此間醫療業務
　　　如此發達，醫師如此眾多，而醫學定期刊物，寥若晨星，專營醫學書
　　　籍之出版社，尚付闕如。

　二、本社創立宗旨，為報導醫療新知，發表醫學研究論文，擬出版○○醫
　　　療刊物；並編輯醫學叢書、翻譯醫學名著、出版有關醫學書籍。

　三、本社為有限公司，資本為新臺幣一千萬元。

正本：

副本：

申請人：○○○（蓋私章）

性別：○

年齡：○○歲

職業：○

住址：○○市○○路○○號

電話：○○○○○○○

檔　　號：

保存年限：

申　請　函

受文者：臺北市政府

發文日期：中華民國〇〇年〇〇月〇〇日

發文字號：（〇〇）〇〇字第〇〇〇〇號

速別：

密等及解密條件或保密期限：〇〇

附件：

主旨：請加強對乘用機車之管理，並取締在狹巷飆車，以維公共秩序。

說明：

　一、查本市騎用機車者日多，大街小巷，比比皆是。有些騎士開足馬力橫
　　　衝直撞，即使在小巷中亦不減低速度，任意飆車。對行人和兒童構成
　　　嚴重的威脅。以本人所居東區〇〇街〇〇巷為例，本月即有一老人一
　　　兒童被撞重傷。

　二、有些騎士，並把滅音器取下，當其呼嘯而過時，聲音吵雜而礙安寧，
　　　尤以夜晚為甚。

辦法：

　一、請貴府擬訂乘用機車管理辦法，規定機車經過狹窄巷道，不准飆車，
　　　違者重罰。

　二、隨時檢查機車是否裝有滅音器，若發現有拆掉滅音器者，一律強制飭
　　　其裝上，並罰款以示懲戒。

正本：

副本：

申請人：○○○（蓋私章）

性別：○

年齡：○○歲

職業：○

住址：○○市○○路○○號

電話：○○○○○○○

檔　　號：

保存年限：

申　請　函

受文者：臺南市政府

發文日期：中華民國○○年○○月○○日

發文字號：（○○）○○字第○○○○號

速別：

密等及解密條件或保密期限：○○

附件：

主旨：請於健康路101巷路口裝設紅綠燈一盞，以維路人行路安全，並利交通之通暢。

說明：

一、健康路101巷為從南門路通往家齊女中與台南高商之小巷道，每到上、下學時，許多學生或家長都會經過此巷道。

二、由於此巷道沒有紅綠燈設置，許多人車經過此巷道都會搶道，造成交通紊亂，以致常有車禍發生。上月就在此巷道發生學生被撞受傷之事。

三、請盡速在此巷道口設置紅綠燈一盞，以維路人行路安全，並利交通之順暢。

正本：

副本：

申請人：○○○（蓋私章）

性別：○

年齡：○○歲

職業：○

住址：○○市○○路○○號

電話：○○○○○○○

第五節
公　告

一、公告之意義

　　「公」乃公開之意義，「告」本作「誥」，即告諭也。「公告」乃公諸於眾之意思。公告為政府機關就其主管業務，對公眾或特定對象有所宣布告知或有所勸誡時，所使用的文書。公告是目前應用十分廣泛的一種公文書。其發布方式有三：一是登載於機關之公布欄，二是刊登於政府公報，三是登載於報刊。

二、公告之結構

　　公告之結構分「主旨」、「依據」、「公告事項」（或說明）三段。段名上不加數字。段數可以活用，能用「主旨」一段完成者，不必勉強湊成兩段、三段，可用表格處理者，盡量利用表格。公告內容應簡明扼要，來文日期、文號及會商過程，均無須在公告內層層套用

敘述。

（一）**主旨**：主旨應簡明扼要，使人了解公告的目的和要求即可。文字緊接段名冒號下書寫。公告的「主旨」與函的「主旨」不同之處，即在於公告的主旨不須加上「請核示」、「請查照」等期望語。

（二）**依據**：將公告事件的來龍去脈做一交代，但只要說出某一法規和有關條文的名稱，或某某機關的來函即可，除非必要，不敘來文日期、字號。「依據」有兩項以上時，每項均應冠以數字，並分項條列，另行低格書寫。

依據的來源有三，即1.依○○機關來函，2.依○○法規（法律）第○○條規定，3.依○○會議決議。考生可視情況靈活運用，如無依據時，此項可予省略。

（三）**公告事項（或說明）**：是公告的主要內容，必須分項條列，冠以數字，另行低格書寫，使層次分明，清晰醒目。倘公告事項內容只就「主旨」補充說明事實經過或理由時，可改用「說明」為段名。公告如另有附件、附表、簡章、簡則等文件時，只需提到參閱「某某文件」，公告事項內則不必重複敘述。

三、公告之撰寫要點

1.公告一律使用通俗、簡淺易懂的語體文製作，絕對避免使用艱深費解的詞彙。

2.公告文字必須加註標點符號。

3.公告內容應簡明扼要，非必要的或與公告對象的權利、義務，無直接關係的話不說；各機關來文日期、文號，不要在公告內層層套用；會商研議的過程，也不必在公告內敘述。

4.凡登報用的公告，可用較大字體，簡明標示公告的目的，免署機

關首長職稱、姓名。

5.一般工程招標或標購物品等公告，盡量用表格或定型化格式處理，免用三段式。

6.凡在機關布告欄張貼的公告，必須蓋用機關印信，可在公告兩字下闢出空白地位蓋印，以免字跡模糊不清。

四、公告之標準格式

```
                                          檔　　號：
                                          保存年限：


              ○　○　○　　公　告

發　文　日　期：中　華　民　國　○　年　○　月　○　日
發　文　字　號：○　○　字　第　○　○　○　號
                                      ┌─────┐
                                      ┊印　信┊
主　旨：                              ┊位　置┊
依　據：                              └─────┘
公　告　事　項：
　一　、
　二　、
　三　、

機　關　首　長　署　名　○　○　○
```

【製作說明】

1.檔號及保存年限：書寫於首行右方，分成兩行，須將字體縮小。

2.發文機關：凡是函或公告對外行文，應在公文首行中間位置書寫發文機關之全銜，不得以機關簡銜或籠統概括性的名稱。如題目是「某縣市政府公告」，則考生書寫時，則僅須選列其一如「某

縣政府公告」或「某市政府公告」為發文機關即可，不宜籠統的全抄題目。

3.文別：緊鄰發文機關書寫，與發文機關中間須空一至兩格距離為宜。

4.發文日期與發文字號：凡是機關對外行文，均須記載發文年月日及機關內部承辦單位之字號，並將發文日期與發文字號分列兩行書寫。文書記載之年月日，前面應冠以「中華民國」之國號。

5.機關印信：公告張貼於機關布告欄時，必須蓋用機關印信於發文字號下一行右方空白處。登報用之公告則可免蓋印信。

6.機關首長署名：正式公告在公文最後一行應署機關首長之職銜或簽字章。登報用之公告則可免署。

五、公告作法範例

（一）布告用公告（正式公告）

1.標題要註明發文機關之公告。

2.蓋印須在發文公告正右方。

3.在公告後須署名機關首長姓名。

<table>
<tr><td></td><td>檔　號：</td></tr>
<tr><td></td><td>保存年限：</td></tr>
</table>

教育部　公告

發文日期：中華民國95年11月21日　　　　　　┌─────┐
　　　　　　　　　　　　　　　　　　　　　│印　信│
發文字號：臺中（一）字第0950168790B號　　│位　置│
　　　　　　　　　　　　　　　　　　　　　└─────┘

主旨：預告修正「實驗高級中學申請設立辦法」第一條、第五條。

依據：《行政程序法》第一百五十一條第二項準用第一百五十四條第一項。

公告事項：

一、修正機關：教育部。

二、修正依據：《高級中學法》第六條第四項。

三、「實驗高級中學申請設立辦法」第一條、第五條修正草案如附件。
　　本案另載於本部全球資訊網站（網址：http://www.edu.tw）「法令規
　　章」選項下「法規草案預告」網頁。

四、對於本公告內容有任何意見或修正建議者，請於本公告刊登公報之日
　　起7日內陳述意見或洽詢：

（一）承辦單位：教育部中等教育司。

（二）地址：臺北市中山南路五號。

（三）電話：02-23566175。

（四）傳真：02-23976919。

（五）電子信箱：hcp0309@mail.moe.gov.tw。

部長　杜正勝

<table>
<tr><td></td><td>檔　　號：</td></tr>
<tr><td></td><td>保存年限：</td></tr>
</table>

財政部　公告

發文日期：中華民國95年11月13日　　　　　　印　信
發文字號：臺財關字第09505506171號　　　　　位　置

主旨：公告委託中央信託局股份有限公司辦理我國與尼加拉瓜共和國自由貿易協定生效後，有關實施關稅配額產品之核配業務。

依據：《行政程序法》第十六條及「關稅配額實施辦法」第三條。

公告事項：

　一、我國與尼加拉瓜共和國自由貿易協定生效後，花生及砂糖等兩種實施關稅配額產品之核配業務委託中央信託局股份有限公司辦理。

　二、本公告如有疑問，請電洽本部關政司第二科。

部長　何志欽

<table>
<tr><td></td><td>檔　　號：</td></tr>
<tr><td></td><td>保存年限：</td></tr>
</table>

行政院農業委員會　公告

發文日期：中華民國95年11月14日　　　　　　印　信
發文字號：農牧字第0950041081號　　　　　　位　置

主旨：預告修正「動物實驗管理小組設置辦法」。

依據：《行政程序法》第一百五十一條第二項準用第一百五十四第一項。

公告事項：

　一、修正機關：行政院農業委員會。

　二、修正依據：《動物保護法》第十六條第四項。

三、「動物實驗管理小組設置辦法」修正草案如附件。本案另載於本會全球資訊網站（網址：http://www.coa.gov.tw）。

四、對於本公告內容有任何意見或修正建議者，請於本公告刊登公報之日起7日內陳述意見或洽詢：

（一）承辦單位：畜牧處。

（二）地址：臺北市中正區南海路37號。

（三）電話：（02）2312-4642。

（四）傳真：（02）2381-2991。

（五）電子信箱：meilyne@mail.coa.gov.tw。

主任委員　蘇嘉全

檔　　號：

保存年限：

行政院文化建設委員會　公告

發文日期：中華民國95年11月23日

發文字號：文壹字第0951130882-1號

印　信
位　置

主旨：預告訂定「國立臺灣歷史博物館籌備處典藏品圖像影音資料使用收費標準」。

依據：行政程序法第一百五十一條第二項及第一百五十四條第一項。

公告事項：

一、訂定機關：國立臺灣歷史博物館籌備處。

二、訂定依據：《規費法》第十條。

三、「國立臺灣歷史博物館籌備處典藏品圖像影音資料使用收費標準」。草案如附件。本案另載於國立臺灣歷史博物館籌備處全球資訊網站（網址：http://www.thm.gov.tw）。

四、對於本公告內容有任何意見或修正建議者，請於本公告刊登公報之日

　　起14日內陳述意見或洽詢：

（一）承辦單位：國立臺灣歷史博物館籌備處企劃組。

（二）地址：臺南市安南區長和路1段250號。

（三）電話：（06）3568889轉113。

（四）傳真：（06）3564981。

（五）電子信箱：kuan@thm.gov.tw。

主任委員　邱坤良

<table>
<tr><td></td><td>檔　　號：</td></tr>
<tr><td></td><td>保存年限：</td></tr>
</table>

高雄市苓雅區公所　公告

發文日期：中華民國○○年○○月○○日　　　　　印　信

發文字號：（○○）○○字第○○○○號　　　　　位　置

主旨：公告本區○○里里長選舉有關事項，請各選民屆時踴躍前往投票。

依據：

　一、《公職人員選舉罷免法》第十四條。

　二、高雄市政府○字第○號函。

公告事項：

　一、投票日期：○年○月○日上午八時至下午四時。

　二、投票地點：本市○○路○○號。

　三、投票資格：（依《選舉罷免法》規定的選舉人資格填列）

　四、投票方法：1.無記名單記法。

　　　　　　　　2.投票人應攜帶國民身分證和印章先行領票（於進入投票

　　　　　　　　　所前請將國民身分證及印章持在手中，預備檢驗，以節

省時間）。

　　3.投票人於領到選票後，即進入圈票處，在候選人相
　　　片、籤號、姓名頂端方格內，用規定印戳圈選一
　　　人，投入票匭中。

區長　　○○○

（二）登報用公告

　　1.登報用公告，大皆刊登於報紙或公報內。

　　2.主旨文字可用大字標題並套紅色。

　　3.免署機關首長職銜和姓名。

　　4.一般工程招標或標購物品公告盡量表格式處理免用三段式。

檔　　號：

保存年限：

內政部　公告

發文日期：中華民國九十五年二月十五日

發文字號：（○○）○○字第○○○○號

主旨：公告民國八十三年出生役男，應辦理身家調查。

依據：徵兵規則。

公告事項：

　一、民國八十三年出生的男子，本年已屆徵兵年齡，依法應接受徵兵處
　　　理。

　二、請該徵兵及齡男子或戶長依照戶籍所在地（鄉）（鎮）（區）（市）所
　　　公告的時間、地點及手續，前往辦理申報登記。

檔　　號：

保存年限：

行政院青年輔導委員會　公告

發文日期：中華民國○○年○○月○○日

發文字號：（○○）○○字第○○○○號

主旨：公告代辦臺北市銀行外勤工作人員甄選。

依據：臺北市銀行函。

公告事項：

一、甄選名額：二十名（外勤雇員十名、外勤練習生十名）。

二、凡年在三十歲以下（民國○年以後出生），公私立高級商業職業學校
　　或高級中等以上學校畢業，持有畢業證書，身體健康，服畢兵役的男
　　性青年，都可應徵。

三、報名日期：○年○月○日至○月○日（星期六下午及星期日照常辦
　　理）。

四、報名地點：臺北市青島東路十號。

五、其他詳見甄選簡章，函索（請附貼足平信郵票和寫好姓名地址的信封
　　一個）即寄。

檔　　號：

保存年限：

考選部　公告

發文日期：中華民國96年1月29日

發文字號：選特字第0961500125號

主旨：公告「特種考試退除役軍人轉任公務人員考試規則第八條修正草案」
　　預告表乙份，請社會各界於預告期間惠示卓見。

依據：《行政程序法》第一百五十四條。

公告事項：

一、擬訂機關：考選部。

二、擬訂依據：公務人員考試法。

三、前開「特種考試退除役軍人轉任公務人員考試規則第八條修正草案」，登載於本部全球資訊網（網址：http://www.moex.gov.tw）之「法規草案公告」網頁。

四、任何人得於民國96年2月2日前以書面或電子郵件向本部特種考試司（地址：臺北市文山區試院路1之1號，電子郵件：0370@mail.moex.gov.tw）表示意見。

檔　　號：

保存年限：

交通部臺灣區國道高速公路局北區工程處　公告

發文日期：中華民國96年1月31日

發文字號：北工字第0960001640號

主旨：為配合國道新建工程局辦理「北宜高速公路第四標工程」驗收作業，國道5號雪山隧道預定於96年02月01日上午08時至下午17時管制北上外側車道，96年02月02日上午08時至下午17時管制南下外側車道。

說明：本路段交通管制期間請駕駛人合作，隨時注意本路段資訊可變標誌及警示標誌，並請撥聽1968電話及收聽警廣電台插播。

聯絡單位：國道高速公路局北區工程處頭城工務段（段長楊熾宗）。

承辦人：林佳煜。

<pre>
                                              檔　　號：
                                              保存年限：
</pre>

臺北市政府建設局　公告

發文日期：中華民國96年1月29日
發文字號：北市建二字第09630226700號

主旨：公告臺北市政府建設局96年度氣體燃料導管裝管技工考驗有關事項。
依據：「臺北市氣體燃料承裝業管理辦法」第二十七條。
公告事項：

　一、報名資格：凡中華民國年滿16歲以上（民國80年4月21日以前出生
　　　者），並符合簡章資格規定者。

　二、自96年2月5日起至96年2月14日止，一律以報名專用信封個別通訊辦
　　　理，以郵戳為憑。

　三、考試時間：

　　　（一）筆試：96年4月22日上午10:00至11:40。

　　　（二）術科：預定於96年5月期間（由臺北市政府勞工局職業訓練中
　　　　　　心排定檢定日期場次後另行通知）。

　四、簡章發售期間及地點：自96年2月1日起至14日，於臺灣區氣體管工程
　　　工業同業公會、臺北市政府勞工局職業訓練中心、臺北市政府建設局
　　　第二科發售。

　五、其他事項詳見簡章。

　六、如有疑問可逕洽本局第二科（02）2725-6609查詢。

檔　　號：

保存年限：

國立嘉義大學　公告

發文日期：中華民國96年1月8日

發文字號：嘉大總字第0960400017號

主旨：公告本校九十六年度徵商事宜。

依據：

公告事項：

一、徵商項目：蘭潭校區嘉大美食館。

二、收件截止日期：民國96年1月19日下午5時前送達或寄達本校。

三、寄件地址：600嘉義市學府路300號國立嘉義大學 總務處事務組。電話：05-2717111，傳真：05-2717115。

四、前揭徵商內容及應檢附之資料，可至本校總務處膳食管理委員會網頁（http://140.130.82.8/foodaid/index.htm）招商公告之國立嘉義大學餐廳甄選規範中查詢，或洽詢承辦人：鍾先生。

五、初審合格廠商，將通知至本校參加評選作業，不合格者恕不另行通知。

六、參加應徵之廠商，請註明應徵校區及項目。

檔　　號：

保存年限：

臺灣高雄地方法院　公告

發文日期：中華民國96年1月23日

發文字號：95雄院隆民莊95執字第16935號

主旨：定期拍賣債務人歐郭春貝之所有不動產

依據：強制執行法第81條。

公告事項：

一、案號：本院95年度執字第16935號。

二、不動產所在地及種類拍賣最低價額保證金及他項權利設定情形如附
　　表。

三、投標日時：民國96年3月5日下午2時30分起將投標書黏貼繳納保證金收
　　據或保證金同額之票據，祕密封妥於開標前投入本院民事執行處投標室
　　指定票匭內。

四、開標日期：當日下午3時30分在本院民事執行處當眾開標。

五、其餘事項，詳閱本院公告欄揭示公告（拍賣標的所在地及拍賣當日投
　　標室亦有相同之公告）。

六、本公告錄登事項如與本院公告欄揭示之公告不符時以後者為準。

民事執行處法官　洪碩垣

95年度執字第16935號　財產所有人　歐郭春貝									
編號	土　地　坐　落					地目	面積 平方公尺	權利範圍	最低拍賣價格（新臺幣元）	備考
	縣市	鄉鎮市區	段	小段	地號					
1	高雄市	三民區	中華	二	205	建	98.00	全部	2,592,000元	

附記

一、上開不動產一宗拍賣請投標人分別出價。

二、拍賣最低價額合計新臺幣貳佰伍拾玖萬貳仟元以總價最高者得標。

三、保證金新臺幣伍拾壹萬九仟元。

四、設定他項權力情形：拍定後抵押權塗銷。

五、本件土地上未保存登記建物乙間，非債務人所有不在拍賣範圍。拍定後不點交。

六、上開土地設有地上權存續期間自86.05.08起至186.05.07止拍定後不塗銷。

七、本件土地上有地上樓人承租人依土地法第104條第1項規定有優先承購權。

八、投標日期中華民國96年3月5日下午2時30分至3時30分（第二次拍賣）。

檔　　號：
保存年限：

臺北市立圖書館圖書招標　公告

發文日期：中華民國96年5月20日

發文字號：北市圖採字第一八五二號

主旨：本館購置九十六年度第一次圖書招標公告。

依據：「機關營繕工程及購置定製變賣財物稽案條例」。

公告事項：

投 標 廠 商 資 格	說明文件 工本費	領取說明文件 日期及地點	押標金	開標日期 及地點	備註
一、持有出版事 業登記證。 二、持有營利事 業登記證 （財團法人 為營業登記 證）。 三、資本額新臺 幣三十萬元 以上。	新臺幣一百 元整	自即日起至 九十六年五月 廿日止辦公時 間內向本館合 作社購領	新臺幣 五十萬元 整	於九十六年 五月廿日上 午十時正， 在本市汀州 路五○七號 本館一樓視 聽室當眾開 標	詳投 標須 知

第六節
其他廣義公文

一、書函

　　「書函」為「書」與「函」之結合，代替過去之「便函」、「備
忘錄」、「簡便行文表」。其用語、用字與「函」相同，僅款式、結
構上較具彈性。

（一）書函的意義

　　1.於公務未決階段需要磋商、徵詢意見或通報時使用「書函」。

　　2.代替過去之便函、備忘錄、簡便行文表。「書函」的適用範圍較

「函」為廣泛，舉凡答覆簡單案情、寄送普通文件、書刊，或為一般公務聯繫、查詢等事項，行文時均可使用，其性質不如函之正式性，因此在歷屆考題中，尚未出過書函之試題，唯其因體例較特殊，學生仍需要注意其製作要領。

（二）書函的寫作要領

1. 書函之結構，99年3月新修正之「文書處理手冊」規定之格式，應用二段式製作，即「主旨段」及「說明段」，不再使用條列式。

2. 書函之用語，比照平行函之規定。

3. 書函後之署名以機關或單位之條戳，即機關或單位之全銜，不必簽署機關首長之職銜及簽字章，此與函的格式最主要不同之處。

4. 書函僅適合於平行文或下行文。對直接隸屬之上級機關不得使用。

5. 除上述之外的其他規格，則完全比照函之制式規格製作。

（三）書函之標準格式

```
                                      檔    號
                                      保存年限

              ○ ○ ○      書 函

                          地址  ：
                          聯絡方式：（承辦人電話、傳真、e-mail）
郵 遞 區 號 ：
受 文 地 址 ：
受  文  者 ：○ ○ ○
發  文  日  期 ：中 華 民 國 ○ 年 ○ 月 ○ 日
發  文  字  號 ：○ ○ 字 第 ○ ○ ○ 號
速     別 ：○ ○
```

密	等	及	解	密	條	件	或	保	密	期	限	：	○	○		
附	件	：	（如有附件則應註記附件名稱與數量）													
主	旨	：	○	○	○	○	○	○	○	○	，	請	查	照	。	
說	明	：														
	一	、	○	○	○	○	○	○	○	。						
	二	、	○	○	○	○	○	○	○	。						
	三	、	○	○	○	○	○	○	○	。						
正	本	：														
副	本	：														
（	機	關	或	單	位	條	戳	）								

（四）書函作法範例

　　　　　　　　　　　　　　　　　　　　檔　　號：
　　　　　　　　　　　　　　　　　　　　保存年限：

教育部　書函

　　　　　　　　　　　　　地址：臺北市中山南路5號
　　　　　　　　　　　　　傳真：02-23977022
　　　　　　　　　　　　　聯絡人：孫偉文
　　　　　　　　　　　　　聯絡電話：02-23565937

郵遞區號：
受文者地址：
受文者：國立中興大學
發文日期：中華民國95年9月18日
發文字號：臺人（二）字第0950136883號
速別：
密等及解密條件或保密期限：普通

附件：原函影本、原函附件（136883來函附件.PDF、136883來函.PDF，共兩個電子檔案）

主旨：行政院人事行政局書函轉銓敘部本（95）年9月7日部法二字第0952695643號書函副本，公務人員依證人保護法規定列為祕密證人，其受保護期間得否核給公假疑義乙案，檢附來函影本乙份，請　查照。

說明：依行政院人事行政局本（95）年9月13日局考字第0950025048號書函辦理。

正本：部屬機關學校（含附設醫院及國立高級中等以下學校）

副本：本部人事處（含附件）

（教育部條戳）

檔　　號：

保存年限：

教育部　書函

地址：臺北市中山南路5號

傳真：02-23977022

聯絡人：姚佩芬

聯絡電話：02-23565937

郵遞區號：

受文者地址：

受文者：國立陽明大學

發文日期：中華民國94年9月2日

發文字號：臺人（二）字第0940114315A號

速別：普通件

密等及解密條件或保密期限：普通

附件：名單一份（940629行政中立訓練情形（本部）0824訓練名單.XLS，共1個電子
　　　檔案）

主旨：本部訂於（94）年9月14日（星期三）上午9時30分至11時30分，假中
　　　央聯合辦公大樓南棟18樓第5會議室舉辦「行政中立」專題演講，邀
　　　請行政院人事行政局吳副局長三靈擔任講座，請　查照並轉知尚未受
　　　訓之同仁（如附件）務必參加。

說明：

　一、為確保公務人員嚴守行政中立，貫徹依法行政、執法公正、不介入黨
　　　派紛爭，依公務人員行政中立訓練辦法第七條規定，自該辦法發布旅
　　　行之日起3年內，各機關（構）學校應安排所屬人員，至少參加本訓
　　　練一次。另依同辦法第十條規定：「各機關（構）學校應安排所屬人
　　　員於規定時間內接受本訓練，無故不接受訓練者，由各機關（構）學
　　　校列入年終考績（成）之參考。」

　二、無法參加本次演講之同仁，請務必於本（94）年9月30日前，逕至本
　　　部e學院（http://ecollege.ncsigov.tw/）完成線上學習。

　三、參加同仁請於本（94）年9月11日前至公務人員終身學習入口網站
　　　（http://lifelonglearn.cpa.gov.tw）辦理線上報名，出席同仁核發終身學
　　　習時數2小時。

正本：本部各單位、部屬機關學校（不含附件）

副本：本部人事處、中央聯合辦公大樓南棟18樓

（教育部條戳）

檔　　號：

保存年限：

行政院人事行政局　書函

地址：10051臺北市中正區濟南路
1段2-2號10樓

傳真：02-23975565

承辦人：○○○

電話：（○○）○○○○○

e-mail：jvs19790730@cpa.gov.tw

郵遞區號：

受文者地址：

受文者：教育部

發文日期：中華民國95年8月28日

發文字號：局給字第0950023165號

速別：普通件

密等及解密條件或保密期限：普通

附件：

主旨：有關編制內教職員於留職停薪期間，得否請領公務人員健康檢查費補
　　　助疑義一案，復請　查照。

說明：

一、復貴部民國95年8月22日臺人（三）字第0950119547號書函。

二、查行政院民國89年11月9日臺89院人政給字第211130號函規定，自民
　　國90年1月1日起擴大辦理公務人員健康檢查，檢查對象為中央各機關
　　編制內40歲以上之公務人員。上開院函規定係為顧及公務人員工作辛
　　勞，且為推動公務人員自主性健康管理所規劃辦理，是以，上開健康
　　檢查對象仍應限於中央各機關編制內現職之公務人員。故本案公務人
　　員於留職停薪期間尚不合請領上開健康檢查補助。

正本：教育部

副本：

（行政院人事行政局條戳）

檔　　號：

保存年限：

法務部統計處　書函

地址：100臺北市重慶南路1段130號

承辦人：○○○

電話：（○○）○○○○○

傳真：○○○○○○○○

郵遞區號：

受文者地址：

受文者：臺灣臺南地方法院檢察署統計室

發文日期：中華民國94年09月27日

發文字號：法統處字第0941502805號

速別：最速件

密等及解密條件或保密期限：普通

附件：法務部統計處擴大讀書會參加人員名冊（1502805A00_ATTCH4.xls，共一個
　　　電子檔案）

主旨：為配合行政院「型塑學習型政府行動方案」，提升本處及所屬同仁專
　　　題分析撰寫能力即經驗分享，訂於94年9月29日（星期四）上午9時30
　　　分於本部第二辦公室B1會議室辦理「法務部統計處94年第3季擴大讀
　　　書會（法務部統計專題分析研討會）」，請查照。

說明：

　一、依據本部推動組織學習中程計畫及本處第10次處務會報指示事項辦

理。

二、本項訊息業於94年9月22日公告於「法務統計園地」，並以e-mail通告所屬統計同仁踴躍參與。

三、檢附本處所屬同仁參加人員名冊乙份。專題分析報告摘要已公告於「法務統計園地」，請自行下載參考，並請報名人員準時與會。

正本：最高法院檢察署統計室、臺灣高等法院檢察署統計室、臺灣士林地方法院檢察署統計室、臺灣桃園地方法院檢察署統計室、臺灣苗栗地方法院檢察署統計室

副本：本處第一科、本處第二科、本處第三科

（法務部統計處條戳）

檔　　號：

保存年限：

臺北市○○國民中學　書函

地址：○○○○○○○○○

聯絡方式：（承辦人、電話、傳真、e-mail）

100

臺北市○○區○○路○段○○○號

受文者：臺北市市立動物園

發文日期：中華民國○○年○○月○○日

發文字號：（○○）○○字第○○○○號

速別：最速件

密等及解密條件或保密期限：

附件：

主旨：本校二年級學生計150人，訂於○年○月○日前往貴園參觀，屆時請

　　　　派解說員引導參觀，請　查照。

說明：

　　一、為培養學生愛護動物，了解動物生態，本校本學期校外教學，將選定
　　　　參觀臺北市市立動物園。

　　二、本校定於○年○月○日，由張○○老師、李○○老師帶領二年級學生
　　　　150人前往貴動物園參觀。

　　三、屆時請派出解說員兩位，以引導參觀。

　　四、有關本次參觀之細節、請聯絡本校聯絡人○○○老師，電話：（○
　　　　○）○○○○○○。

正本：臺北市市立動物園

副本：臺北市政府教育局

（臺北市○○國民中學條戳）

二、簽與稿

（一）簽、稿的意義

　　「簽」是機關內部的幕僚為處理公務，表達意見，以供上級了解案情，並作為抉擇之依據。換言之，即本機關內之幕僚承辦人員，究其主管之業務，經查明案情後，簽註意見、或報告案情、或研擬處理方案請示上級，對於案情涉及其他機關或單位者，則須事先協調或會簽，以提供上級了解案情後，作為抉擇依據之文書。

　　「簽」乃是過去「簽呈」演變而來，民國62年「公文程式條例」修正後，「呈」僅限於對總統有所請求或報告時使用，一般公文不可再用「簽呈」二字；只能用「簽」；雖然「簽呈」與「簽」的結構、文字要求、格式完全相同。

目前仍有部分機關用「簽呈」字樣，文末尚以「謹呈　○長」，最後還加以「職○○○　謹呈」，此不僅有違政府公文改革的旨意，而且也違背「公文程式條例」之規定。

「稿」是擬發公文之草本，撰擬後應依各機關規定程序，送陳上級核閱，批改、判行，然後照稿繕發。

（二）簽之性質

簽為幕僚處理公務表達意見，以供上級了解案情，並作抉擇之依據，分為下列兩種：

1.機關內部單位簽辦案件：依分層授權規定核決，簽末不必敘明陳某某長官字樣。

2.具有幕僚性質的機關首長對直屬上級機關首長之「簽」，文末得用「右陳○○長」○○長應另行抬頭，以示尊敬。○○長之下不必加「姓」，亦不必寫「鑑核」之類客套話，僅寫「職稱」即可。

（三）簽、稿擬辦方式

承辦人於辦理簽、令、函、書函、開會通知單、公告稿等，應將簽辦情形例如「簽」、「簽稿併陳」、「先簽後稿」或「以稿代簽」於「左上角」標示。一文多稿應於「左上角」標示「一文○稿第○稿」。例如：一文有5稿應於第1稿「左上角」標示「一文5稿第2稿」依此類推。以上標示主要方便審核及長官批示以免遺漏。

使用「簽」之制式（規定）用紙，按「主旨」、「說明」、「擬辦」三段式簽擬，一般稱為「大簽」。簽經長官裁示後，再依裁定情形，撰擬發文之公文稿，或據以辦理實際作為。

1.先簽後稿

 一般使用簽的公文，內容包含有下列：

(1) 制訂、訂定、修正、廢止法令案件。

(2) 有關政策性或重大興革案件。

(3) 牽涉較廣，會商未獲結論案件。

(4) 擬提決策會議討論案件。

(5) 重要人事案件。

(6) 其他性質重要必須先行簽稿的案件。

2.簽稿併陳

簽稿併陳係於上簽時敘稿併陳，或於辦公文稿時附加簡簽併陳核判，使核判之上級人員，了解案情後據以判發，並加速公文之處理。使用便條之簽條，應附貼於公文文稿或來文原件之右上方，一般稱為「角簽」。使用角簽最好以一張便條撰述，至多不宜超過三張紙，簽末應留空白處作為上級批示位置。

(1) 文稿內容須另為說明，或對以往處理情形需酌加析述之案件。

(2) 依法准駁，但案情特殊須加說明之案件。

(3) 須限時辦發不及先行請示之案件。

3.以稿代簽或一般存參

為一般案情簡單，或例行承轉之案件，可「以稿代簽」即不必上簽，直接辦稿核判後繕發，本來應在稿面右欄外適當位置註明「以稿代簽」字樣，使核稿及判行之上級人員一目了然，現在大都未加註明。

案情簡單之文件，得於來文原件「擬辦欄」或原文空白處簽擬存參兩字。

（四）簽之撰擬要領

簽的撰擬，採用「主旨」、「說明」、「擬辦」三段式，能用「主旨」一段完成者，或能用「主旨」、「說明」二段完成者，勿硬性分為二段，三段。

1. 「主旨」：扼要敘述，概括「簽」的整個目的與擬辦，不分項，一段完成。

2. 「說明」：對案情之來源、經過與有關法規或前案，以及處理方法之分析等，作簡要之敘述，並視需要分項條列。

3. 「擬辦」：為「簽」之重點所在，應針對案情，提出具體處理意見，或解決問題之方案。意見較多時分項條列。

4. 「簽」之各段應截然畫分，「說明」一段不提擬辦意見，「擬辦」一段不重複「說明」。

簽之「主旨」用字不宜過長，一般以不超過五、六十字為原則。「說明」段對於不同意見，應加以整理並作結論。文字力求精簡，如內容複雜，可盡量使用「附件」方式處理，以免過於冗雜。「擬辦」可就案情提出一個，或一個以上之方案，陳供上級長官裁示。

（五）稿之撰擬要領

「稿」之撰擬，除表格化公文外，一律使用制式公文稿紙，按各種文別之結構草擬。並將原「簽」或長官指示之條諭、或來文（含附件）附於稿後，循行政系統陳核，並依該機關分層負責、授權規定判行後始可繕發。

1. 按行文事項之性質，選用公文名稱，如「函」、「書函」、「公告」等。

2. 一案須辦數文時，依下列原則辦理：

(1) 設有幕僚之機關，分由機關首長及幕僚長署名之發文，分稿

　　擬辦。

　　(2) 一文之受文者有數機關時，內容大同小異的，同稿併敘，將
　　　　不同文字列出，並註明某處文字針對某機關；內容小同大異
　　　　者，用同一稿面分擬。如以電子方式處理者，可用數稿。

　3.「函」之正文，除按規定程式撰擬外，並應注意下列事項：

　　(1) 受文者為公務機關或各級學校者：請書寫受文機關全銜（勿
　　　　簡稱），以便發電子公文。

　　(2) 公文稿應確實標明決行層級，以利公文遞送速度，及確定公
　　　　文決行層級。

　　(3) 承辦人請繕打聯絡人及電話，以方便聯絡。

　　(4) 承辦人欄簽名勿過於潦草，或勿以私章代替「單位職名
　　　　章」，方便辨識承辦人姓名及單位。

　　(5) 公文稿如有會辦單位者，請於會辦單位欄標明，並依序於
　　　　「簽稿會核單」上書明會核順序。

　　(6) 民國94年起，啟用橫式公文書，數字用法有明確及嚴格規
　　　　定，各承辦人應熟悉並遵守「公文書橫式書寫數字使用原
　　　　則」，並依「數字用法舉例一覽表」之規定使用（行政院93
　　　　年9月17日院臺祕字第0930089122號函）。

　　(7) 核發公文受文單位，請承辦人盡可能提供地址書寫於函稿
　　　　上，以便正確快速寄發公文。

　　(8) 稿末首長、主管簽署，或蓋機關單位條戳，應加書明，不可
　　　　遺漏。

（六）簽的分類

　　「簽」係機關內部人員對其上級之報告，或請求。依其性質可分
為下列兩種，其規格稍有不同，寫作時應特別注意：

　　1.機關內部人員簽辦案件之簽

　　機關內部人員或單位主管對機關首長之報告或請求之簽，如內政部司長或科員對其部長之簽。依各機關分層負責授權之規定核判，簽末不必敘明右陳（敬陳）○○長官之字樣。

　　2.具有幕僚性質之機關首長，對直屬上級機關首長之簽

　　對外發出之「上行文」，文末可用「右陳（敬陳）○○長」字樣，如內政部部長向行政院院長之簽。此種簽宜比照一般文稿處理，即簽經首長裁定後可另行繕發，並編列發文字號。原簽之稿則予以存檔備查。

（七）簽的標準格式

　　1.機關內部人員簽辦案件之簽

		簽		於○○○					（單　位　名　稱　）				
主	旨	：	○	○	○	○	○	○	○	○	，	請	核　示　。
說	明	：											
	一	、	○	○	○	○	○	○	○	。			
	二	、	○	○	○	○	○	○	○	。			
	三	、	○	○	○	○	○	○	○	。			
擬	辦	：	如	奉	核	可	，	擬	照	案	實	施 。	敬　請
			核	示	。								
			敬	陳									
○	長		○	○	○								
承　辦　單　位					會　辦　單　位					決　　行			
	簽	註	意	見	職　　章								
	年	月	日										

2.具有幕僚性質之機關首長對直屬上級機關首長之簽

				簽		於○○○				（單	位	名	稱	）
主	旨	：	○	○	○	○	○	○	○	○	，	請	核	示 ｡
說	明	：												
	一	、	○	○	○	○	○	○	○	｡				
	二	、	○	○	○	○	○	○	○	｡				
	三	、	○	○	○	○	○	○	○	｡				
擬	辦	（	或	建	議	）	：	○	○	○	○	○	｡	
		敬	陳											
○	長	：	（	職	位	由	小	而	大	）				
○	長	：												
職		○	○	○				（	日	期	）			
				職　章										
			（日期亦可放在此）											

【製作說明】

1.文別：簽為機關內部文書，因此不必填列發文機關，直接以文別為首，其製作應於首行首格書寫，並採用比較大的字體標示。

2.簽辦地點：簽辦公文，承辦人應將單位名稱敘明，並書寫於文別右邊，以資明確其製作規則要領。

3.正文：簽的結構應採三段式，其撰擬要領如下：

(1)「主旨」：扼要敘述，概括簽之整個目的與擬辦，不分項，一段完成。

(2)「說明」：對案情之來源、經過與有關法則或前案，以及處理方法之分析等，作簡要之敘述，並視需要分項條列。

(3)「擬辦」：為簽之重點所在，應針對案情，提出具體可行之意見，或解決問題方案。意見較多時，可分項條列，擬辦也可改為建議。

簽之各段應截然畫分，「說明」一段不提擬辦意見，「擬辦」一段不重複「說明」。

4.「敬陳　○長」字樣

簽末是否敘明「敬陳　○長」之字樣，應視簽的性質而定，如屬於機關內部單位簽辦案件，依分層負責授權規定核決，簽末不一定要敘明陳某某長官字樣；唯如屬於具有幕僚性質的機關長官，對直屬上級機關首長之簽，文末得用「敬陳　○長」字樣。

5.署名

簽的署名方式，應視簽的性質而定，其情形如下：

(1) 機關內部單位主管或人員向其機關長官之簽：署名於簽末最後一行首格的位置，蓋承辦人之職名章，並於職名章下註明時間（例如11月8日16時，得縮記為 $\frac{1108}{1600}$ ），以明責任。

(2) 具有幕僚性質之機關首長對直屬上級機關首長之簽：署名於簽末最後一行首格的位置，簽署機關首長的姓名，加蓋職章，並於職章下方以國字註明日期（如九○年二月八日）。

（八）簽的範例

1.機關內部人員簽辦案件之簽

簽　於臺南市政府

主旨：檢陳本市橫式公文書、開會通知單（稿）、令（稿）及公告（稿）各
　　　一份，擬奉核可後，公布於總務處文書組網頁提供同仁參考，請　鑑
　　　核。

說明：

　一、本公文範例係依據行政院研究發展考核委員會於網頁公布之「文書處
　　　理手冊橫式公文範例」建立。

　二、橫式公文將於九十四年一月一日起正式施行。

　　　　敬請
核示

承辦單位	會辦單位	決行

　┌──────┐
　│職　　章│
　└──────┘

　　九三年十二月十五日

簽　於○　○　○

主旨：為提高員工休假意願，及提倡正當休閒活動，謹擬具「高雄市政府民
　　　政局公務同仁團體休假旅遊實施計畫草案」一種（如附件），簽請鑑
　　　核。

說明：

一、依據本局第○○○次局務會議決議辦理。

二、據統計本局所屬員工應休假而未休假之人數比率甚高，影響休假制度
　　美意，亦無法提高工作效率，爰此加強貫徹休假制度，以激勵員工士
　　氣，實屬刻不容緩之要務。

三、為匡正此一缺失，經研擬本局同仁團體休假旅遊實施計畫草案一種，
　　謹將該草案內容摘陳如下：

　　（一）目的：為提高員工休假意願，提倡正當休閒活動以激勵員工士
　　　　　氣，進而提高工作效率，特訂定本實施計畫。

　　（二）參加資格：本局暨所屬具有休假資格之現職人員。

　　（三）活動地點：經邀請各機關具有休假資格代表，協商活動地點擬前
　　　　　往溪頭及杉林溪風景線。

　　（四）活動時間：擬訂於本年6、7月間舉辦，活動時間定為2日1夜，並
　　　　　視實際狀況分梯次舉辦。

　　（五）參加辦法：本活動採員工自由參加方式，並由各機關於活動前一
　　　　　個月將各該機關參加人員送承辦單位彙辦。

　　（六）經費來源：本活動所需經費，擬以每人補助1,000元支應。

　　（七）本實施計畫如有未盡事宜，得隨時修正補充之。

擬辦：奉核定後，擬照案實施。

承辦單位	會辦單位	決行
職　章 0208 ――― 1630		

簽　於○　○　○

主旨：茲將出席社會處民眾服務會議經過之詳情會報，並檢附會議紀錄一份，簽請　核示。

說明：

一、職奉派於六月十日出席社會處民眾服務會議，會中對加強便民服務諸多提案討論，並經會議作成決議，其觀念與作法頗具參考價值。

二、會後承主辦單位檢送會議紀錄一份。

擬辦：將會議紀錄傳閱各單位研究辦理。敬請

核示。

承辦單位	會辦單位	決行
職　　章 0920 ──── 1100		

簽　於○　○　○

主旨：職張傑民現任本局第六科科員，因學用不合，擬請改派第二科工作，簽請　核示。

說明：

一、職係民國90年高考分發本處服務，當時以第六科缺人，故派職於六科工作，迄今已滿3年6個月，久任該職，缺乏歷練。

二、職係臺灣大學社會學系畢業，高考錄取科目為社會行政人員，而現任工作則為財產管理，與所學相差太遠，無法發揮所長。

三、今聞二科劉科員芳平已辭職，該職位係辦理社區發展工作，與職所學甚合，由職遞補該職缺，當有助士氣提升。

擬辦：如奉核准，擬請人事室依程序作業。敬請

核示

承辦單位	會辦單位	決行
職　章		

0920
―――
1100

簽　　於○　○　○

主旨：請准予公假三天，以便參加本年度中央機關薦任升等考試。請核示。

說明：

一、本年度中央機關薦任升等考試自七月一日至七月三日在臺北市舉行，考期計三天，職已報名應考，試場排在臺北商專。

二、職已商得林科員自強君同意，為職請假期間職務代理人。敬請

核示

承辦單位	會辦單位	決行
職　章		

0920
―――
1100

2.具有幕僚性質之機關首長對直屬上級機關首長之簽

簽　　於人事室

主旨：檢陳中秋節慰勞本縣駐防國軍經過情形。簽報鑑核。

說明：

一、職奉命於中秋節前一天，攜帶加菜金十萬、電冰箱兩台、洗衣機三台、香蕉十簍等，並聘請影視歌星組成康樂隊，慰勞縣境八二〇三駐防國軍。

二、晨九時抵達八二〇三部隊營門，受到部隊長王〇〇少將及眾官兵熱烈之歡迎，九時半聽簡報介紹，十時參觀各項軍事裝備，並校閱部隊，頗為該部隊高昂之士氣及整齊畫一之動作而讚賞。

三、中午和該部隊官兵一齊共進午餐，菜餚頗豐盛。

四、下午二點舉行軍民同樂大會，節目非常精彩。

五、下午四點半同樂大會結束，在該部隊長王〇〇少將及全體官兵送別下，依依不捨的離開該部隊。

　　敬陳

縣長

職　〇　〇　〇

職　章

日　期

簽 於學務處

主旨：本校電機系三年級學生梁雲昇協助緝賊有功，擬記大功乙次並頒發獎金新臺幣5000元整，請 核示。

說明：

　一、本校電機系學生梁雲昇於5月10日下午六時在臺南市立圖書館閱覽室發現竊賊後，即機警反應並協助館方將其捕獲送交警方，勇氣可嘉。

　二、依據學生獎懲辦法第○條第○款之規定，梁生之義行得記大功乙次；按照規定記大功之獎勵須提交學校訓育委員會議決。

擬辦：梁生之獎勵案，擬援例於核可後即依附陳之公告稿先行公告記大功乙次，再提交最近一次之訓委會議追認；獎金伍佰元則由學輔經費支應，並請 鈞長於○月○日○○學院升旗時親自頒發與表揚。

　　　敬　陳

校長

職　　○　○　○　　| 職　章 |

　　　　　　　　　日　期

簽 於○　○　科

主旨：職擬返高雄故里省親，請准事假一星期。請 核示。

說明：

　一、家母年邁已高，近日又體弱多病，日夜輾轉床褥，朝不保夕。

　二、今年春節，本應返里省親，適有公務，不能分身，深自愧疚。現家母病重，請准自本（○）月○日起至○日止請事假一週，俾便返里探視，藉盡人子之責。

三、事假期間，職主管業務，已徵得本科科員○○○同意，代為處理。

　　　　敬陳

科長

職　○○○　┌─────────┐
　　　　　　│ 職　　章 │
　　　　　　└─────────┘

　　　　　　日　期

簽　於教務處

主旨：本校教師白梅莊教學認真，深得學生喜愛，並製作教具，裨益教學，
　　　請核獎。

說明：

　一、本校教師白梅莊平日教學認真，誨人不倦，近更利用授課餘暇，自製
　　　國文科教具，裨益教學至鉅，請給予適當獎勵。

　二、檢附該教師所製國文科教具三件暨說明書一分。

　　　右　陳

校長

職　○○○　┌─────────┐
　　　　　　│ 職　　章 │
　　　　　　└─────────┘

　　　　　　日　期

簽　於訓導處

主旨：本校學生○○○，損毀公物，侮慢師長，擬勒令退學，請核示。

說明：本校三年級丁班學生○○○，性行頑劣，昨竟攀折校園花木，經一年
　　　甲班教師○○○女士，見而勸阻，該生反以惡語相加，恣意頂撞，殊
　　　屬非是。

```
┌─────────────────────────────────────────────┐
│ 擬辦：擬依本校學則第○條規定，予以勒令退學，以示懲戒。   │
│      敬陳                                      │
│                                               │
│ 校長                                           │
│                                               │
│ 職　○　○　○　┌──────┐                        │
│               │職　章│                        │
│               └──────┘                        │
│           日　期                               │
└─────────────────────────────────────────────┘
```

三、報告

　　報告書的性質和簽一樣，為內部單位幕僚向主管有所陳情或報告時使用，其內容大皆屬個人私己之事，如請假、休學、辭職……等，非屬公務性的，用報告書，若屬公務性的則用簽，至如報告之格式與簽之格式完全相同。

（一）報告的範例

```
┌─────────────────────────────────────────────┐
│              報告　　於第一科                   │
│                                               │
│ 主旨：職母病危，連電促歸，請准事假一週，俾返故里省親，藉盡人子之 │
│      責。請核示。                              │
│ 說明：                                         │
│  一、請假日期自本（○）月○日起至同月○日止。請假期間，職之職務由 │
│      ○○○代理。                              │
│  二、檢附電報一紙。                            │
│      敬　陳                                    │
│ 科長                                           │
│ 處長                                           │
│ 職　○　○　○　┌──────┐                        │
│               │私　章│                        │
│               └──────┘                        │
│           日　期                               │
└─────────────────────────────────────────────┘
```

報告　於○　○　○司

主旨：職考取國立臺灣大學化工研究所，即須報到入學，敬請　賜准辭職。

說明：

一、職自經高等考試及格，奉分發本部服務以來，瞬逾五載，猥承匡導，幸免隕越。茲以日常處理業務，每感學識淺陋，力不從心，亟思重返學府，以資進修。

二、檢附臺灣大學化工研究所錄取通知書一份。

　　敬　陳

司長

部長

職　○　○　○　│私　章│

　　　　日　期

報告　於舍間

主旨：生患肺疾重病，擬請假休學一年。請　准核假。

說明：

一、生近日身體發高燒，面現紅暈，體重驟減，不思飲食，夜晚咳嗽不止，難以入眠。經臺南市肺病防治院以X光透視，診斷為第二期肺疾，亟須住院長期療養。

二、附臺南市肺病防治院診斷書暨生家長函各一紙。

　　敬　陳

導師

系主任

學務長

資管系二年級學生○○○　　私　章

　　　　　　　　　　　　日　期

報告　於男舍

主旨：生返故里省親，為葛莉颱風所阻，致延期返校，請　賜准補假兩日。

說明：

　一、生於本（十）月五日（星期六），返臺東縣○○鎮故里省親，擬於翌

　　　（六）日返校，然因遭葛莉強烈颱風侵襲，河水陡漲，東部交通斷

　　　絕，迄八日交通恢復，始克返校。請准七、八兩日補假。

　二、檢附生家長證明書一紙。

　　　謹　陳

導師

系主任

學務長

日文系學生○○○　　私　章　敬上

　　　　　　　　　　日　期

附錄一 歷屆高、普、特考「公文」試題及解答

民國九十四年

試擬行政院函內政部、外交部、經濟部、國防部公文一篇：針對釣魚臺問題，希四部會共同研究如何伸張我國之主權，以確保國家之主權及漁民之利益。（九十四年高考二級）

檔　　號：
保存年限：

行政院　函

地址：○○市○○路○○○號
聯絡方式：（承辦人、電話、
傳真、e-mail）

郵遞區號：
受文者地址：
受文者：內政部、外交部、經濟部、國防部
發文日期：中華民國○○年○○月○○日
發文字號：（○○）○○字第○○○○號
速別：速件
密等及解密條件或保密期限：○○
附件：

主旨：針對釣魚臺問題，四部會應共同研商如何伸張我國之主權，以確保漁民利益及維護國家主權，希查照。

說明：

　一、釣魚臺列島於日據時期屬於臺北州轄區，隨著日本戰敗投降，

國民政府來臺接收回歸，理應將釣魚臺列島一併收回，成為我國領土。後日本政府竟片面主張釣魚臺為其領土，中國大陸政府亦視其為領土之一，爆發海內外保釣運動，紛爭延續至今，仍無法得到妥善解決。此不僅侵害我國主權、縮小我國海域線，也損及漁民利益及生計。

二、邇來發生多起臺灣漁民於上述海域捕魚時，遭受日本軍艦驅逐及扣船，誇言我國漁民違反國際海域規定，入侵日本領土，使臺灣漁民權益受損，進而影響其生計。四部會應將此一問題列為年度重要工作，會商相關單位，提出確保我國家主權及漁民利益之辦法。

三、四部會應研究相關國際法資訊，提出釣魚臺列島為我國領土主權之事實及法源，並向國際法庭申訴，以求得領土之確認，解決此一歷史紛爭。在釣魚臺列島主權未確認前，現階段應請海巡署保護臺灣漁民在釣魚臺列島海域補魚及活動之安全。

正本：內政部、外交部、經濟部、國防部

副本：

院長　○○○

隨著全球化時代來臨，臺灣經濟邁向自由化，社會日趨多元化，國人跨國聯姻日益增多。截至94年5月底，我國外籍及大陸配偶已達三十四萬八千餘人，遂衍生這些外來配偶及其子女生活、教育及社會適應等相關問題，亟待妥善解決。內政部已於92年整合有關機關意見，研擬「外籍及大陸配偶照顧輔導措施」，分生活適應輔導、醫療優生保健、保障就業權益、提升教育文化、人身安全保護、健全法令制度等六大面向訂定具體措施，函報行政院核定由各部會分工推動。試擬行政院致內政部函，提示政策理念，並促請會商有關機關配合當前需要，研擬修正充實「外籍及大陸配偶照顧輔導措施」報院核定賡續推動，使其能融入我國社會，與國人共組美滿家庭，並尊重其人權，共創多元文化價值的國家，落實我國人權治國之理念。（九十四年高考三級）

檔　　號：
保存年限：

行政院　函

地址：○○市○○路○○○號
聯絡方式：（承辦人、電話、傳真、e-mail）

郵遞區號：
受文者地址：
受文者：內政部
發文日期：中華民國○○年○○月○○日
發文字號：（○○）○○字第○○○○號
速別：速件
密等及解密條件或保密期限：○○
附件：

主旨：請有關機關配合當前需要，研擬修正充實「外籍及大陸配偶照顧輔導措施」報院核定賡續推動，使其能融入我國社會，與國

人共組美滿家庭，並尊重其人權，共創多元文化價值的國家，落實我國人權治國之理念，請查照。

說明：

一、隨著全球化時代來臨，臺灣經濟邁向自由化，社會日趨多元化，國人跨國聯姻日益增多。截至94年5月底，我國外籍及大陸配偶已達三十四萬八千餘人，其衍生之外來配偶及其子女生活、教育及社會適應等相關問題，亟待妥善解決。

二、貴部已於92年整合有關機關意見，研擬「外籍及大陸配偶照顧輔導措施」，分生活適應輔導、醫療優生保健、保障就業權益、提升教育文化、人身安全保護、健全法令制度等六大面向訂定具體措施，業經本院核定由各部會分工推動。

三、邇來時傳有外籍及大陸配偶受虐待或被詐騙之情事，探究原因乃為國人對外籍及大陸新娘之心態，普遍存有買賣婚姻之陋習，不能互敬互愛，另一則是「外籍及大陸配偶照顧輔導措施」之規定未能周全，以致無法徹底落實及配合實際需要，亟待修正以利執行。

四、為持續照顧外籍及大陸配偶，應研擬修正充實「外籍及大陸配偶照顧輔導措施」，使其能融入我國社會，建立美滿家庭，共創多元文化價值國家，並可落實我國人權治國理念，為貴部年度首要工作。

辦法：

一、請貴部組成「外籍及大陸配偶照顧輔導措施」研商小組，並儘速會同相關機關研擬修正。

二、本修正案應於三個月內報院核定。

正本：內政部

副本：

院長　○○○

臺灣四面環海，地狹人稠，國土約有三分之二爲山坡地，雨季水流湍急，遇有颱風豪雨來襲，山區國土保育不良者，土石流災害頻傳，平地城鄉地勢低窪者，亦常積水成災，甚至屋損人亡，現已屆颱風豪雨季節，全民尤應加強危機意識。

請試擬行政院致所屬機關及直轄市、縣（市）政府，提示政府部門及民眾應注意之重點，促請加強相關防範應變準備措施，並廣爲宣導民眾就其應注意事項共同配合遵循，期能有效防災、備災、減災、應變，維護民眾生命財產之安全。（九十四年普考）

檔　　號：

保存年限：

行政院　函

地址：○○市○○路○○○號
聯絡方式：（承辦人、電話、
傳真、e-mail）

郵遞區號：

受文者地址：

受文者：所屬機關及直轄市、縣（市）政府

發文日期：中華民國○○年○○月○○日

發文字號：（○○）○○字第○○○○號

速別：最速件

密等及解密條件或保密期限：○○

附件：

主旨：因應颱風季節來襲，提示政府部門及民眾應注意之重點，促請

加強相關防範應變準備措施，並廣為宣導民眾就其應注意事項共同配合遵循，期能有效防災、備災、減災、應變，維護民眾生命財產之安全，希查照。

說明：

一、臺灣四面環海，地狹人稠，國土約有三分之二為山坡地。雨季水流湍急，山區國土保育不良者，每遇有颱風豪雨來襲，山坡地輒發生土石流及低窪地區積水成災，造成民眾生命財產損失甚鉅。

二、時值颱風豪雨季節，各縣市政府及相關機關應於颱風來襲前，加強防範應變準備措施，喚起全民危機意識，有效防災、備災、減災、應變，並維護民眾生命財產之安全。

辦法：

一、各單位於颱風來襲之前應成立「緊急災害應變小組」，並做好各單位聯繫工作，加強相關防範應變準備措施。

二、請各縣市政府詳加查察轄內國土保育不良者，加強保育工作，及嚴懲濫墾、濫葬不法份子。並於易發生災難之地區，事前做好防颱工作。

三、利用大眾傳播媒體及社區通報系統，於颱風豪雨期間呼籲民眾加強危機意識，修補建物之破損處，並儲存防颱應具備之食物及飲水等。

正本：本院所屬機關及直轄市、縣（市）政府

副本：

院長　　〇〇〇

試擬行政院研究發展考核委員會致函行政院各部會：請盡速建立網路使用規範及稽核制度，以防止公務員利用網路從事非公務用途。（九十四年初等考試、一般行政）

檔　　號：
保存年限：

行政院研究發展考核委員會　函

地址：○○市○○路○○○號
聯絡方式：（承辦人、電話、傳真、e-mail）

郵遞區號：
受文者地址：
受文者：行政院各部會
發文日期：中華民國○○年○○月○○日
發文字號：（○○）○○字第○○○○號
速別：速件
密等及解密條件或保密期限：○○
附件：

主旨：請盡速建立網路使用規範及稽核制度，防止公務員利用網路從事非公務用途，希查照。

說明：

一、二十一世紀為網路資訊時代，各項資訊皆可由網路中取得，十分便利。為促進公務簡化、增進行政效率，各公務單位已全面推動電腦網路化。

二、邇來發現有少數公務員輒利用網路從事非公務活動，不僅易使公務機密資訊外洩，延宕公務處理，且違反公務電腦化之美意。

三、目前各公務單位輒未制定網路使用規範及稽核制度，或雖制定，但卻未盡完善落實，使不法公務人員有機可乘，利用網路從事非公務用途，背離公務人員職守。

四、各單位應依公務之性質，制定合宜之電腦網路使用規範，並建立完整之稽核制度，請轉知所屬徹底執行。

正本：行政院各部會

副本：

主任委員　○○○

試擬教育部致各縣市教育局函：要求各校加強對國、高中中輟生動向之關切，積極輔導中輟生重回校園。（九十四年初等考第二梯次）

檔　　號：

保存年限：

教育部　函

地址：○○市○○路○○○號

聯絡方式：（承辦人、電話、傳真、e-mail）

郵遞區號：

受文者地址：

受文者：各縣市政府教育局

發文日期：中華民國○○年○○月○○日

發文字號：（○○）○○字第○○○○號

速別：最速件

密等及解密條件或保密期限：○○

附件：

主旨：要求各校加強對國、高中中輟生動向之關切，積極輔導中輟生
　　　重返校園，請照辦。

說明：

一、由於社會大環境之變革，許多父母都忙於工作，疏於照顧家中
　　　子女，以致許多孩童輒發生學習中斷而成為中輟生。

二、根據學者研究，中輟生犯罪比率，約為在學青少年的三至五
　　　倍，成為目前危害社會治安的主要原因，各級學校輔導中輟生
　　　重返校園，為本部近程施政目標之一。

三、依據以往輔導經驗，中輟生重回學校學習之意願甚低，有關單
　　　位輒未盡積極輔導之責，徹底探究中輟生不願回校再學習之
　　　因，以致中輟生日益增多；各縣市教育局應積極輔導中輟生，
　　　幫忙解決中輟之原因，使其能重返校園。

辦法：

一、各校應成立「中輟生輔導小組」，由專業輔導老師，針對中輟
　　　生個案積極關切，使其能恢復正常課業，並隨時追蹤學習成
　　　效，以免學習無效而喪失信心。

二、各縣市教育局應造冊列出轄內中輟生名單，交由相關單位了解
　　　其動向，並協請社工人員輔導，使其勿排斥學習，保障其受教
　　　權。

三、應要求各級學校規劃彈性多元的課程，以提供復學之中輟生，
　　　在學校學習能有所成就。

四、各校應本有教無類原則，不得拒收中輟生或以其他方式排擠中
　　　輟生，違者將依法嚴懲。

五、要求各級學校應結合附近社區資源，例如少輔組、派出所、鄰
　　　里長、地方團體相互合作，以營造安全的學區，杜絕中輟生的

　　產生。

正本：各縣市教育局

副本：本部各司、處

部長　○○○

請試擬內政部警政署致各縣市警察局函：邇來電話詐騙事件層出不窮，致善良人民蒙受損失。請加強宣導並積極查緝，以保障人民財產之安全。（九十四年地方特考三等）

內政部警政署　函

地址：○○市○○路○○○號
聯絡方式：（承辦人、電話、
　　　　　　傳真、e-mail）

郵遞區號：

受文者地址：

受文者：各縣市警察局

發文日期：中華民國○○年○○月○○日

發文字號：（○○）○○字第○○○○號

速別：最速件

密等及解密條件或保密期限：○○

附件：

主旨：請加強宣導及積極查緝電話詐騙事件，保障人民財產之安全，
　　　請查照。

說明：

一、邇來民眾遭遇詐騙集團電話詐欺事件層出不窮，各以中獎、退稅、退健保費及家人綁架等理由，使善良人民遭到財物損失。

二、政府理應保障人民權益為先，並維護社會正義及伸張政府公權力，各單位應以加強查察詐騙為首要之務，並與民眾共同打擊犯罪，保障民眾生命財產安全。

辦法：

一、各單位應設立反詐騙諮詢專線，廣蒐資訊，加強查緝，並提供民眾隨時求證，指導民眾辨識歹徒詐騙手法，使其免於受騙，保障自身權益。

二、製作各類宣導資料如影片、手冊、海報等，於各大媒體播放宣導，加強民眾警覺性，防範民眾被騙。

三、請直轄市暨各縣市政府全力配合，加強防詐騙通報系統，掌握時效，主動出擊，凡遇民眾檢舉，必主動查察，凍結歹徒帳戶、破獲詐欺歹徒，並嚴予懲處。

正本：各縣市警察局

副本：各縣市暨直轄市政府

署長　○○○

試擬內政部警政署致全國各縣市警察局函：請加強取締違法偷渡或逾期滯留的外籍人口，以確保治安。（九十四年地方特考四等）

檔　號：

保存年限：

內政部警政署　函

地址：○○市○○路○○○號
聯絡方式：（承辦人、電話、
傳真、e-mail）

郵遞區號：

受文者地址：

受文者：全國各縣市警察局

發文日期：中華民國○○年○○月○○日

發文字號：（○○）○○字第○○○○號

速別：最速件

密等及解密條件或保密期限：○○

附件：

主旨：請加強取締違法偷渡或逾期滯留的外籍人口，以確保治安，請查照。

說明：

一、邇來偷渡到臺灣人口及逾期滯留之外籍人士，有日漸增多之趨勢，不法居留者輒破壞國家法制，嚴重敗壞社會秩序，造成治安惡化，各級警政單位應以查緝工作為年度首要任務。

二、外籍人士非法居留期間或打工或賣淫，甚而成為詐騙集團成員，成為治安之死角，為保障人民生命安全及整頓治安，請嚴格加以取締。

辦法：

一、應檢視現行對違法偷渡或逾期滯留之外籍人士之法令是否完備，若有缺漏，應速立法補正，以便取得違法取締之正式法令依據。

二、製作各類宣導資料：如影片、手冊、海報等，於各大媒體加強
　　播放宣導，以利民眾了解此類非法居民之危害性，並鼓勵民眾
　　主動檢舉，共同維護社會治安。

三、各縣市政府應全力協助檢警機構，加強村里之聯繫，積極查察
　　非法居留者。

正本：各縣市警察局

副本：各縣市暨直轄市政府

署長　○○○

試擬行政院衛生署致各縣市衛生局函：各國陸續爆發禽流感疫情，爲有效防範禽流感入侵，請加強宣導社區防疫觀念，並注意避免民眾不必要的恐慌。（九十四年第二次地方三等特考）

檔　　號：

保存年限：

行政院衛生署　函

地址：○○市○○路○○○號
聯絡方式：（承辦人、電話、
　　　　　傳真、e-mail）

郵遞區號：

受文者地址：

受文者：各縣市政府衛生局

發文日期：中華民國○○年○○月○○日

發文字號：（○○）○○字第○○○○號

速別：最速件

密等及解密條件或保密期限：普通

附件：

主旨：各國陸續爆發禽流感疫情，為有效防範禽流感入侵，加強宣導社區防疫觀念，並注意避免民眾不必要的恐慌，請查照。

說明：

一、邇來各國陸續爆發禽流感疫情，其中H5N1病毒，不僅造成各國禽鳥感染，亦傳出以禽傳人病例，甚至有死亡病例，嚴重影響國家經濟及人民生命安全。禽流感自2003年流行以來，已成為全世界關注之焦點，各國家無不加強防疫工作，控制疫情，以防其擴散。

二、臺灣目前尚未傳出相關病例，實屬幸運，但不可掉以輕心，稍有不慎即易感染。為有效防範禽流感入侵，避免民眾不必要的恐慌，而造成國人生命財產之損失，各單位應加強民眾正確防疫觀念。

三、政府理應保障人民身家安全，落實利民政策，本署防疫工作已屆展開，由各鄰里積極噴灑防疫藥水，各單位應以防疫工作為年度首要重務。

辦法：

一、利用大眾傳播媒體，及宣導手冊、影片、標語，加強禽流感宣導工作，教導民眾認識禽流感，保護家養禽鳥，以免除不必要之恐慌。

二、教導民眾做好自我防衛工作：養成良好個人衛生習慣、勤洗手，咳嗽、打噴嚏應遮住口鼻，雙手避免觸摸眼、口、鼻，以避免增加病毒入侵的機會。出現發燒、呼吸道症狀（如咳嗽、喉嚨痛）請即戴上口罩，盡速就醫，並注意飲食均衡，適當運動及休息，維護身體健康。

三、設立禽流感防疫通報專線，供民眾提供查詢及通報，有效的控制

疫情。

四、加強與本署疾病管制局聯繫，取得最新資訊，使防疫工作滴水
　　不漏。

正本：各縣市衛生局

副本：行政院衛生署疾病管制局

署長　○○○（蓋職章）

試擬行政院文化建設委員會函全國各縣市政府：請研擬有效措施，保護
轄區內古文物與建築，並整理歷來文獻，使本地的傳統文化能與現代化
結合。（九十四年地方特考四等第二次）

檔　　號：

保存年限：

行政院文化建設委員會　函

地址：○○市○○路○○○號

聯絡方式：（承辦人、電話、

傳真、e-mail）

郵遞區號：

受文者地址：

受文者：各縣市政府

發文日期：中華民國○○年○○月○○日

發文字號：（○○）○○字第○○○○號

速別：普通

密等及解密條件或保密期限：○○

附件：

主旨：請研擬有效措施，保護轄區內古文物、建築，並整理歷來文

獻，使本地的傳統文化能與現代化結合，請查照。

說明：

一、臺灣保有多元民族之古老珍貴文物，例如中國傳統建築之雕刻、塑像等文物、文獻，及原住民傳統文物，和日本等外族政權之文獻、建築等，此皆為臺灣特有之國寶，理應妥善保存，傳之後世。

二、由於臺灣四周為海，氣候潮溼炎熱，許多文物、建築長期遭到海風、溼氣等自然氣候及人為之破壞，逐漸侵蝕、腐朽，實為可惜，亦為國家之遺憾。

三、對於臺灣祖先所留下之古建築、文獻及傳統文物、我們有責任保護，並請學者專家整理歷來文獻，以數位化方式使其公諸於世，並使傳統文化與現代文化相結合，不僅有利於學術研究，且能承續傳統文化，以利文化事業發展。

四、請各縣市轉知所屬文化局處單位，邀請相關學者共同研擬有效保護臺灣文物之措施，以達成保護臺灣古文化之目的。

正本：全國各縣市政府

副本：

主任委員　○○○

試擬行政院新聞局致函各電視公司：頃頻接檢舉，謂電視臺之廣告，舉凡塑身、減肥、美容、健身等宣傳，每多誇大不實，使觀眾蒙受損失，請予重視，並加改進。（九十四年身心障礙人員特考四等）

<table>
<tr><td></td><td>檔　　號：</td></tr>
<tr><td></td><td>保存年限：</td></tr>
</table>

行政院新聞局　函

地址：○○市○○路○○○號
聯絡方式：（承辦人、電話、
傳真、e-mail）

郵遞區號：

受文者地址：

受文者：各電視公司

發文日期：中華民國○○年○○月○○日

發文字號：（○○）○○字第○○○○號

速別：速件

密等及解密條件或保密期限：○○

附件：

主旨：頃頻接檢舉，謂電視臺之廣告，舉凡塑身、減肥、美容、健身等宣傳，每多誇大不實，使觀眾蒙受損失，請予重視，並加改進，希照辦。

說明：

一、本局頃頻接檢舉函，言各電視臺之廣告，舉凡塑身、減肥、美容、健身等宣傳，每多誇大不實，使觀眾蒙受身體之傷害及金錢之損失。

二、電視臺為公眾媒體，深受人民信賴，不可因廣告利益豐厚而播出誇大不實之宣傳廣告，使民眾無法察覺，進而受騙。此舉不僅使民眾權益受損，亦損及電視臺之聲譽，各電視臺應予以重視。

辦法：

一、各電視臺應組成「廣告宣傳監控小組」，對臺內所託播之廣

　　告，進行嚴格審查，凡有誇大不實之嫌，應一律拒播。

二、針對美容產品及口服食品之廣告，無法立即得知成效者，應再
　　三確認其公司合法性及產品屬性，並加註說明提醒消費者之自
　　身權益，以免誤信產品成效，而發生身體與金錢之損失。

正本：各電視公司

副本：

局長　　○○○

試擬交通部觀光局函各縣市政府：請加強取締觀光景點之無照流動攤
販，以維風景名勝區之整潔及秩序。（九十四年身心障礙人員特考五
等）

<table>
<tr><td></td><td>檔　　號：</td></tr>
<tr><td></td><td>保存年限：</td></tr>
</table>

交通部觀光局　函

地址：○○市○○路○○○號
聯絡方式：（承辦人、電話、
　　　　　傳真、e-mail）

郵遞區號：

受文者地址：

受文者：各縣市政府

發文日期：中華民國○○年○○月○○日

發文字號：（○○）○○字第○○○○號

速別：

密等及解密條件或保密期限：○○

附件：

主旨：請加強取締觀光景點之無照流動攤販，以維風景名勝區之整潔及秩序，希照辦。

說明：

一、由於週休二日，國人旅遊風氣盛行，國內各觀光名勝地區成為國人假日休閒去處，為各地區增進豐沛之觀光稅收，並促進周邊城鎮繁榮。

二、邇來各地風景區有許多無照流動攤販設攤，造成滿地垃圾，破壞環境整潔，並使合法攤販生計無法維持，為符合公正原則，並還國人乾淨旅遊勝地，各縣市政府應加強無照攤販之取締。

辦法：

一、在各地風景名勝區，應加派巡邏人員不定期取締流動攤販，對於無照者一律依法嚴懲，絕不寬貸。

二、在各地風景名勝區張貼標語，呼籲遊客勿食流動攤販食物，以確保飲食衛生。

三、各風景區應編製經費，聘請清潔工隨時打掃，以維風景區之整潔。

正本：各縣市政府

副本：

局長　○○○

試擬行政院致內政部函：加強警政署及各縣市政府所屬外事單位人員之外語能力，並積極儲訓口譯人員，強化涉外事件中之人權觀念，以維司法公信暨人權外交。（九十四年調查局暨外交特考）

<table>
<tr><td></td><td align="right">檔　號：
保存年限：</td></tr>
</table>

行政院　函

地址：○○市○○路○○○號
聯絡方式：（承辦人、電話、
　　　　　傳真、e-mail）

郵遞區號：
受文者地址：
受文者：內政部
發文日期：中華民國○○年○○月○○日
發文字號：（○○）○○字第○○○○號
速別：速件
密等及解密條件或保密期限：○○
附件：

主旨：加強警政署及各縣市政府所屬外事單位人員之外語能力，並積
　　　極儲訓口譯人員，強化其人權觀念，希查照。

說明：

　一、外事人員理應具有優秀之外語能力及正確人權觀念，方能精確
　　　傳達政府政策、執行公務。

　二、邇來傳有部分外事人員處理公務時，因語言能力不佳，無法處
　　　理外事公務；或不重視人權，任意推拖，延宕公務；或言語輕
　　　挑無禮，使外國在臺人士權益受損。

　三、涉外事件中以處理外籍勞工及外籍新娘之事頗有缺失，嚴重破
　　　壞政府形象及司法公信力。為振興臺灣之國際形象、實踐人權
　　　外交，貴部應加強外事人員之外語能力及人權觀念，以期公正
　　　有效的處理涉外事件。

```
正本：內政部

副本：


院長　　○○○
```

試擬法務部致所屬檢調機關函：請積極整合各項司法資源及人力，針對年底舉辦之三合一地方選舉，提出實際可行的查察賄選計畫並落實執行，以端正選風。（九十四年司法特考三等）

檔　　號：
保存年限：

法務部　函

地址：○○市○○路○○○號
聯絡方式：（承辦人、電話、
傳真、e-mail）

郵遞區號：

受文者地址：

受文者：所屬檢調機關

發文日期：中華民國○○年○○月○○日

發文字號：（○○）○○字第○○○○號

速別：最速件

密等及解密條件或保密期限：○○

附件：

主旨：請積極整合各項司法資源及人力，針對年底舉辦之三合一地
　　　方選舉，提出實際可行的查察賄選計畫並落實執行，以端正選
　　　風，希查照。

說明：

　一、民主制度之可貴，在於有選舉，此為人民表達權利之法，各民

主國家莫不以公平、公正之選舉，展現國家民主之風範。

二、臺灣歷年選舉輒發生賄選、暴力等情事，年底即將舉辦三合一地方選舉，現已傳出疑似賄選及暴力破壞情事，致使選舉公正性遭受民眾質疑，破壞國家形象。

三、為維護公平正義及端正選風，各檢調單位應整合相關資源及人力，嚴予查察賄選，並落實執行，以建立政府廉能形象。

辦法：

一、會同相關單位共同研擬查察賄選之計畫並落實執行，以維護選舉之公正。各級主管應負起監督之責，防止違法舞弊情事。

二、本案列為專案處理，計算各單位查察賄選績效，並計入年終考核。

正本：所屬各檢調機關

副本：

部長　○○○

試擬行政院致所屬各機關函：為確保人民權益，落實依法行政，各機關作成行政處分，務期確實遵守行政程序、詳查慎處、力求平情適法，俾杜民怨並減訟源。（九十四年司法特考四等）

檔　　號：

保存年限：

行政院　函

地址：○○市○○路○○○號

聯絡方式：（承辦人、電話、傳真、e-mail）

郵遞區號：

受文者地址：

受文者：所屬各機關

發文日期：中華民國○○年○○月○○日

發文字號：（○○）○○字第○○○○號

速別：

密等及解密條件或保密期限：○○

附件：

主旨：為確保人民權益，落實依法行政，各機關作成行政處分，務期確實遵守行政程序、詳查慎處、力求平情適法，降低民怨及訟源，希查照。

說明：

一、公務人員依法行政，乃為執行公務之必要條件，理應落實。行政處分乃中央或地方行政機關基於本身職權，就特定之具體事件所發布之行政作為。各單位依業務所需作成行政處分，必須以保障民眾權益為優先。

二、邇來傳有行政機關未依法行政，或執行過當，招致民眾檢舉並引起訴訟，破壞政府形象，浪費社會資源。各單位應即刻改善，要求所屬處理行政事務時，應遵守行政程序，詳查慎處，力求平情適法，落實政府改造計畫，以建立政府廉能之形象為要務。

三、各機關應設立「馬上辦」專線，提供民眾檢舉及專業諮詢，俾杜絕民怨，並減低訟源。

正本：所屬各機關

副本：

院長　　○○○

> 邇來每逢週末，各地飆車族群聚道路飆車，甚或引發暴力事件，嚴重影響用路人安全及居家安寧，試擬內政部警政署函發各縣市警察機關，有效取締飆車現象，遏止飆風。（九十四年基層行政警察人員特考）

檔　　號：
保存年限：

內政部警政署　函

地址：○○市○○路○○○號
聯絡方式：（承辦人、電話、
　　　　　傳真、e-mail）

郵遞區號：

受文者地址：

受文者：各縣市警察機關

發文日期：中華民國○○年○○月○○日

發文字號：（○○）○○字第○○○○號

速別：最速件

密等及解密條件或保密期限：○○

附件：

主旨：各單位應有效取締道路飆車現象，遏止此歪風，以維用路人之安全及居家安寧，希查照。

說明：

一、邇來每逢週末，各地飆車族群聚道路飆車，不僅車速快、且群聚叫囂，極易發生交通事故，甚而引發暴力鬥毆事件，嚴重影響用路人安全及居家安寧。為保障民眾權益，各單位應加強取締飆車，尤其對飆車引發之暴力事件，更應移送法辦。

二、各單位對於易飆車路段，應加以改善，或設置顛簸路面，或設置紅綠燈裝置，讓飆車者無法長驅直駛。

三、嚴格取締飆車，尤其是聚眾飆車，若警力無法改善此一狀況，各單位應針對現行飆車行徑，深入研商，行有效之策，維護社會治安。

辦法：

一、各單位應成立「取締飆車小組」，專責於取締飆車工作，並於重要路段設置路障，加強臨檢及現場蒐證工作，杜絕飆風。

二、設立檢舉專線，提供民眾檢舉飆車族出沒地點、時間，便於相關單位作業。

三、與各修車廠、改裝車廠加強聯繫工作，確實掌握飆車族所使用機型及車種性能，了解飆車族使用工具，制訂防範策略，以收實效。

四、利用大眾傳播媒體，宣導飆車行為之不當，及暴力事件發生後，造成性命財產損失，使大眾對飆車行徑不再存有莫名幻想，共同排斥，以還給用路人之安全空間。

五、對於目前取締懲處飆車行徑之法令，若有不足者，應透過立法院研擬修法改善。

正本：各縣市警察機關

副本：內政部、各縣市政府

署長　○○○

請試擬行政院原住民族委員會致行政院勞工委員會函：為保障原住民族地區就業機會，增進原住民收入，請研議是否可於公共工程招標規定中，明定非專業技術工的原住民雇用百分比。（九十四年原住民特考三等）

檔　　號：

保存年限：

行政院原住民委員會　函

地址：○○市○○路○○○號

聯絡方式：（承辦人、電話、

傳真、e-mail）

郵遞區號：

受文者地址：

受文者：行政院勞工委員會

發文日期：中華民國○○年○○月○○日

發文字號：（○○）○○字第○○○○號

速別：普通

密等及解密條件或保密期限：普通

附件：

主旨：為保障原住民族地區就業機會，增進原住民收入，請研議公共工程招標規定，須明定非專業技術工的原住民雇用百分比，請查照。

說明：

一、原住民族群就業機會向來較其他民眾為低，因而需要政府制定相關政策，以輔導其就業、增進其收入，減輕社會負擔。

二、政府為帶動經濟建設，以發展公共工程為主，增加不少社會就業機會，目前就業服務法規定僅對雇主任用原住民施以補助或津貼，無法有效增加原住民就業機會。為保障原住民族地區就業機會，各公共工程理應雇用一定比率人數之原住民，以協助解決原住民就業問題。

辦法：邀請專家學者研議公共工程雇用原住民之相關辦法，以增加原住民工作之機會。

正本：行政院勞工委員會

副本：

主任委員　○○○

試擬行政院原住民族委員會致原住民族地區鄉鎮市公所函：為盡快完成原住民族籍身分登記，請督促所屬積極宣導。（九十四年原住民特考四等）

<table>
<tr><td></td><td>檔　　號：</td></tr>
<tr><td></td><td>保存年限：</td></tr>
</table>

行政院原住民委員會　函

地址：○○市○○路○○○號
聯絡方式：（承辦人、電話、
　　　　　傳真、e-mail）

郵遞區號：

受文者地址：

受文者：原住民族地區鄉鎮市公所

發文日期：中華民國○○年○○月○○日

發文字號：（○○）○○字第○○○○號

速別：最速件

密等及解密條件或保密期限：普通

附件：

主旨：請督促所屬積極宣導，盡快完成原住民族籍身分登記，請查
　　　照。

說明：

　　一、臺灣原住民原有十族，由於時代因素，許多原住民都離開其居
　　　　地而到都市謀生，與漢人通婚者日多，逐漸失去其原住民族

籍，殊為可惜。

二、探討原住民族籍亡失之原因，其一為過去數個政權強制漢化，其二為政府未能落實族籍登記工作，使得眾多原住民無法以本族族籍登錄，輕者使族籍不明，重者失去原住民自尊及文化，增加保存原住民文物之困難，久之，則易使原住民亡族滅種。

三、為恢復原住民身分、提升原住民尊嚴及提高部族歸屬感，本會將鼓勵原住民族盡快完成原住民族籍身分登記。

辦法：

一、利用大眾傳播媒體、發放手冊，宣導鼓勵原住民辦理族籍登記，呼籲原住民踴躍登記，保留其傳統文化。

二、各地區鄉鎮市公所應提撥人員處理原住民族籍登錄，及追蹤未辦理族籍登錄之原住民，並鼓勵他們盡快辦理原住民族籍登記。

正本：各地區鄉鎮市公所

副本：

主任委員　○○○

試擬內政部警政署致教育部函：校園吸毒人口不斷增加，請轉所屬各級學校加強宣導認識毒品及毒品之危害，以維護學子身心之健康。（九十四年警察人員特考二等）

<table>
<tr><td></td><td>檔　　號：</td></tr>
<tr><td></td><td>保存年限：</td></tr>
</table>

內政部警政署　函

地址：○○市○○路○○○號
聯絡方式：（承辦人、電話、傳真、e-mail）

郵遞區號：
受文者地址：
受文者：教育部
發文日期：中華民國○○年○○月○○日
發文字號：（○○）○○字第○○○○號
速別：最速件
密等及解密條件或保密期限：○○
附件：

主旨：近來，校園吸毒人口不斷增加，危害學生身心甚鉅，請轉飭所屬各級學校，加強宣導認識毒品之危害，以維護學子身心之健康，請查照。

說明：

一、毒品近幾世紀戕害人類生命健康甚鉅，不僅使人心智喪失、身心受創，更因來源昂貴，而迫使上癮者不擇手段奪取或騙取財物以購買毒品，嚴重破壞社會治安、敗壞社會風氣。

二、近來毒品漸漸入侵校園，致使校園吸毒人口不斷增加。究其原因乃利用青年學子對毒品之害不甚明瞭，並於好奇心及英雄心理作祟下，進而吸食毒品，以致上癮者，無法自拔。

三、為確保學子身心健康，培育優良下一代，各級學校應教導學生認識毒品，切勿以封閉心態面對，而錯失教育機會。

辦法：

一、貴部應組成「認識毒品教學小組」，專責協助各級學校宣導、教育等工作，以利學子能認識毒品。

二、利用校園傳播媒體及週會、班會時間，播放宣導短片及手冊，另可舉行壁報製作及演講比賽，加強學生對毒品危害之認識。

三、定期開會檢討執行成效，並製作防治績效之成果紀錄，以備查核。

正本：教育部

副本：所屬各級學校

署長　○○○

試擬行政院致所屬政府機關函：夏秋兩季，是臺灣地區颱風季節，請加強宣導防颱救災，以維護民眾生命財產之安全。（九十四年警察人員、社會福利工作人員特考三等）

檔　　號：

保存年限：

行政院　函

地址：○○市○○路○○○號

聯絡方式：（承辦人、電話、傳真、e-mail）

郵遞區號：

受文者地址：

受文者：所屬政府機關

發文日期：中華民國○○年○○月○○日

發文字號：（○○）○○字第○○○○號

速別：最速件

密等及解密條件或保密期限：○○

附件：

主旨：夏秋兩季，是臺灣地區颱風季節，請加強宣導防颱救災，以維護民眾生命財產之安全，希查照。

說明：

一、夏秋兩季是臺灣地區颱風季節，其所挾帶之雨量，每每造成山洪爆發，甚而引起土石流，造成民眾生命財產之損失。

二、請各地方政府平時對基層建設工作，尤其是排水工程、抽水站等品質，要特別加強。在颱風來襲前須派員巡視，檢視其發揮正常排水或抽水之功能。

三、建立颱風預警通報系統，尤其是山區交通不便，或易發生土石流之處；並設置收容所，儲存棉被、食物、飲水等裝備，讓山區或危險地區之居民在颱風來臨時，能有避難之場所。

四、平日應借助廣播或電視媒體，宣導防颱救災的重要，並以圖文並茂方式印製防颱救災的小冊子，發放給民眾，讓民眾能在平時就養成防颱救災的觀念，當颱風來臨遇有災情時，就能從容應付，以確保生命財產之安全。

正本：

副本：

院長　○○○

試擬財政部函請所屬機關加強便民服務，提高工作品質，以建立清新、親切、熱忱之形象。（九十四年關務、稅務人員特考三等）

<table>
<tr><td></td><td align="right">檔　　號：
保存年限：</td></tr>
</table>

財政部　函

地址：○○市○○路○○○號
聯絡方式：（承辦人、電話、
　　　　　傳真、e-mail）

郵遞區號：
受文者地址：
受文者：所屬機關
發文日期：中華民國○○年○○月○○日
發文字號：（○○）○○字第○○○○號
速別：
密等及解密條件或保密期限：○○
附件：

主旨：加強便民服務，提高工作品質，以建立清新、親切、熱忱之形
　　　象，希查照。

說明：

　　一、邇來民眾屢屢反應各財政單位工作流程冗長，及服務態度不
　　　　佳，無法有效迅速處理財稅申報等相關事宜，徒增民眾極大之
　　　　困擾。

　　二、工商社會應講求時效，簡便迅速之作業流程，已為時勢所趨，
　　　　各單位應配合時效，修正不合時宜之規範。

　　三、建立廉能有效的政府，首推行政改革，增強服務內容及提高服
　　　　務品質，乃為改造各級政府首要之務，各單位應配合政府政
　　　　策，要求所屬能以服務、微笑建立政府的新形象。

辦法：

　　一、各單位應組成「改造作業流程暨增強服務能力工作小組」，針

　　　對轄內事務進行檢討，並設計符合人性及現代需求之作業流程。

二、盡量利用網路上傳或下載各項表格，使其易於事前作業，並於網路中排列時程，安排取件時程，節省到場排隊時間。

三、各單位應安排進修課程，加強所屬員工職能訓練及職業道德教育，並以微笑、服務來建立政府的新形象。

正本：所屬機關

副本：

部長　　○○○

試擬行政院衛生署致所屬衛生機關函：近來香港澳門地區流行性感冒病例持續攀升，已發生集體感染與流行，而國人每日出入港澳為數頗多，極易帶來病毒，造成臺灣全島之傳染，請加強防範與應變措施，以維護人民生命之安全。（九十四年關務、稅務人員特考四等）

檔　　號：

保存年限：

行政院衛生署　函

地址：○○市○○路○○○號
聯絡方式：（承辦人、電話、傳真、e-mail）

郵遞區號：

受文者地址：

受文者：所屬衛生機關

發文日期：中華民國○○年○○月○○日

發文字號：（○○）○○字第○○○○號

速別：最速件

密等及解密條件或保密期限：○○

附件：

主旨：加強流行性感冒防範與應變措施，以維護人民生命之安全，希
　　　查照。

說明：

　一、近來香港、澳門地區流行性感冒病例持續攀升，已發生集體感
　　　染與流行，疫情並持續擴大，而國人每日出入港澳為數頗多，
　　　極易帶來病毒，造成臺灣全島之傳染，引發國人恐慌。

　二、為保障國人生命安全、有效控制疫情，對出入港澳之旅客，應
　　　在機場出入境加強疫檢，避免病毒流入臺灣，造成臺灣全島之
　　　傳染。

辦法：

　一、利用大眾傳播媒體播放標語、手冊、宣導短片，加強宣傳流感
　　　預防工作，使民眾皆有自我防範概念，降低病毒入侵。

　二、協請各航空公司對於香港、澳門出入境客人，要求其具健康安
　　　全證明，並做好健康管理，防止病毒趁隙而入。

　三、設立流感防治專線，對於疑似感染病毒者，鼓勵民眾通報，各
　　　醫療院所應設置隔離室，對病情嚴重者，應予隔離。

正本：所屬衛生機關

副本：交通部

署長　○○○

民國九十五年

根據統計，目前30歲至49歲之信用卡持卡人，60%以上係因創業需求、投資失敗或失業等因素背負卡債，行政院金融監督管理委員會經邀請內政部、經濟部、行政院勞工委員會、行政院經濟建設委員會及中華民國銀行公會等相關單位研商，達成提供工作機會及創業貸款等相關配套方案。

試為行政院金融監督管理委員會擬函，盡速將該方案報請行政院核備，並准予轉知各直轄市及縣（市）政府宣導辦理。（九十五年高考三級）

檔　　號：
保存年限：

行政院金融監督管理委員會　函

地址：○○市○○路○○○號
聯絡方式：（承辦人、電話、
　　　　　　傳真、e-mail）

郵遞區號：
受文者地址：
受文者：行政院
發文日期：中華民國○○年○○月○○日
發文字號：（○○）○○字第○○○○號
速別：最速件
密等及解密條件或保密期限：○○
附件：

主旨：研擬「提供工作機會及創業貸款」配套方案，報請行政院核
　　　備，並准予轉知各直轄市及縣市政府宣導辦理，請鑑核備查。

說明：

一、臺灣經濟景氣欠佳已有多年，加上石油價格不斷攀升，許多工
　　廠紛紛外移，導致國內失業率繼續增高，許多勞工被迫失業，

紛紛賦閒在家或自行創業以求生機。

二、根據統計，目前30歲至49歲之信用卡持卡人，60%以上係因創業需求、投資失敗或失業等因素背負卡債，無力償還，非為惡意積欠債務，此時正需政府以政策輔導之，協助其償還債務，解除個人經濟問題，並免於家庭悲劇發生，安定社會民心。

三、本委員會邀請內政部、經濟部、行政院勞工委員會、行政院經濟建設委員會及中華民國銀行公會等相關單位研商，希望能達成提供工作機會及相關貸款以解決其生活困境。

辦法：

一、請各銀行及聯合發卡中心詳加清查整理其客戶之卡債狀況，並發函通知無力償還卡債者，逕自與該行接洽，進入協商管道，以合情合理方式償還其債務。

二、各地方政府應撥出預算，提供若干工作機會，讓失業勞工申請，以提供就業機會。

三、提供免費法律諮詢，對於無法協商及長期失業者，以法律途徑解決，如採用破產法，亦告知其內容及要點，供民眾選擇。

四、本方案係以無力償還卡債及長期失業或自行創業者為優先協商，各銀行對惡意倒債、不願清償者則另行法律途徑，不適於配套措施保障。

正本：行政院

副本：內政部、經濟部、行政院勞工委員會、行政院經濟建設委員會、中華民國銀行公會、各直轄市及縣（市）政府

主任委員　○○○

觀光產業是世界各國普遍重視的服務業，為此政府特於挑戰2008國家發展重點計畫中推出各項觀光發展計畫，希望藉著臺灣特殊條件，彙整各地方觀光特色，行銷國內外。

試擬交通部請各直轄市、縣（市）政府盡速配合辦理函。（九十五年普考）

檔　　號：

保存年限：

交通部　函

地址：○○市○○路○○○號
聯絡方式：（承辦人、電話、
　　　　　　傳真、e-mail）

郵遞區號：

受文者地址：

受文者：各直轄市、縣（市）政府

發文日期：中華民國○○年○○月○○日

發文字號：（○○）○○字第○○○○號

速別：最速件

密等及解密條件或保密期限：○○

附件：

主旨：請盡速配合政府觀光發展計畫，彙整各地方觀光特色，行銷國內外，請查照。

說明：

　一、觀光產業為世界各國普遍重視之無煙囪工業，產值高成本低，各國莫不善盡其天然人文資源，發展觀光事業，以充裕財政，增加人民收益。

　二、臺灣雖土地狹小、河川短促，但山林景勝，風景令人嚮往；且人文素養豐厚，文化資產豐碩。鑑於世界各國皆致力於開發觀

光產業，政府特於挑戰2008國家發展重點計畫中推出各項觀光發展計畫，希望藉著臺灣特殊自然風光和傳統文化之條件，彙整各地方觀光特色，行銷國內外，增加觀光產值及提升國家競爭力。

三、各直轄市暨縣市政府應配合政府政策，詳加規劃該地自然人文特色，提出相關策略為要務，期能創造就業市場及增加稅收。

辦法：

一、各地方政府可邀請專家學者及相關行政單位，審慎評估該地自然景點及文化資產，擬訂該地方觀光發展宣導計畫及相關旅遊配套措施。

二、聘請專業攝影師組成團隊拍攝臺灣各地美麗風光及人文特色，並賦予優美文字說明，利用電子與平面媒體及各國旅遊展覽機會，設計臺灣各類旅遊行程，將臺灣美麗的自然風光、物產及文化古蹟介紹至世界，吸引各國旅客，以增加國際知名度。

正本：各直轄市、縣（市）政府

副本：本部觀光局

部長　○○○

試擬司法院致各級法院函：為利於刑罰教化功能，並有助司法資源分配，對於刑事案件宜妥善運用緩刑制度，以宏司法效能。（九十五年司法特考三等）

檔　　號：
保存年限：

司法院　函

地址：○○市○○路○○○號
聯絡方式：（承辦人、電話、
傳真、e-mail）

郵遞區號：
受文者地址：
受文者：各級法院
發文日期：中華民國○○年○○月○○日
發文字號：（○○）○○字第○○○○號
速別：速件
密等及解密條件或保密期限：○○
附件：

主旨：為利於刑罰教化功能，並有助司法資源分配，對於刑事案件宜
　　　妥善運用緩刑制度，以宏司法效能，請查照辦理。

說明：

　　一、邇來治安惡化，犯罪事件層出不窮，日前多起刑事案件雖處以
　　　　重刑，仍無法遏止其犯罪行為，及有效降低犯罪率。且因微罪
　　　　皆舉，亦使監獄人滿為患，無法有助於司法資源之分配。

　　二、刑罰之目的乃以刑教人，使其不再為惡，今若動輒處以重刑，
　　　　而不知如何教化或配套措施不夠完善，則處以重刑不僅無法改
　　　　善治安，反使刑罰教化功能不彰，受刑人出獄後，反因獄中牢
　　　　友之調教或社會之歧視，無法重新做人，只能繼續為惡，如此
　　　　社會治安將持續惡化，人民仍然生活於恐懼之中。

　　二、為落實刑罰教化功能、降低社會成本、減省政府開支、保障人
　　　　民生命安全，並有助司法資源分配，各單位應妥善運用緩刑制

度，或微罪不舉，或重罪重教，使受刑人能有機會改過向善，以收司法之效。

辦法：

一、各單位於分案時必先清楚案件類別，把握微罪不舉之原則，妥善運用緩刑制度，以免造成資源重複，浪費司法資源。

二、法官審理案件應求詳細、公正、嚴明，不得關說。對於惡行重大者，仍處以重刑；對於一時失手者，則給予自新機會，利用緩刑達成教化目標。

正本：各級法院

副本：

院長　○○○

試擬法務部致所屬各監院所函：為強化矯正教化功能，落實人性化管理，請結合民間公益團體，善加運用社會資源，加強辦理監、院、所之受刑人、收容人各項關懷活動。（九十五年司法特考四等）

檔　　號：

保存年限：

法務部　函

地址：○○市○○路○○○號

聯絡方式：（承辦人、電話、傳真、e-mail）

郵遞區號：

受文者地址：

受文者：所屬各監、院、所

發文日期：中華民國○○年○○月○○日

發文字號：（○○）○○字第○○○○號

速別：速件

密等及解密條件或保密期限：○○

附件：

主旨：為強化矯正教化功能，落實人性化管理，請結合民間公益團體，善加運用社會資源，加強辦理監、院、所之受刑人、收容人各項關懷活動，請查照辦理。

說明：

一、長久以來監、院、所之管理備受民眾詬病，一來不合人權教化，動輒以非人手段虐之，無法落實人性管理；二來單靠教化內容無法使受刑人、收容人行為得到矯正，故各監、院、所之管理，實有改進之必要。

二、請結合民間公益團體，善加運用社會資源，辦理監、院、所之受刑人、收容人各項關懷活動，以落實矯正教育，改善其行為，待其刑期結束回歸社會後，能不再犯罪，使其成為良民，減少社會問題。

三、藉由各種關懷活動的參與，讓受刑人接觸正當的休閒活動，體驗人與人互動中人際的和諧關係，並激發個人榮譽感、培養團隊精神，俾助其回歸社會後，重建和諧之人際關係。

辦法：

一、各監、院、所應定期舉辦文康活動、讀書會、懇親會等各類活動。

二、與各公益團體聯合舉辦關懷活動，使受刑人、收容人樂於參與，學習付出與關懷別人，樂於和別人互動，尤其是弱勢族群，藉由活動中肯定自我價值。

　三、與宗教團體合作，利用宗教信仰淨化心靈，安排課程供受刑人
　　　選擇其信仰之宗教，期使收容人達「互相關懷、互助合作」之
　　　境。
　四、邀請各界有成就人士至監、院、所演講，鼓勵受刑人，使收容
　　　人有奮發向上之動力，開創自己人生。

正本：所屬監、院、所

副本：

部長　○○○

擬：劉君，因公司經營上需要，奉派肯亞（國名）之國外分公司主持業
務，全家因而遷居肯亞。民國94年底，從友人口中獲悉必須換發國民身
分證。劉君因一時無法回國，又不知如何辦理手續，爰書妥信函一封，
寄達其原來所轄之戶政事務所，請求戶政事務所告知其如何辦理手續。
假設您是該戶政事務所承辦人員，請您參照附件資料（第三張至第五
張），以戶政事務所正式公文回覆劉君。（九十五年初等考第一梯次）

檔　　號：
保存年限：

○○市○○區戶政事務所　函

地址：○○市○○路○○○號
聯絡方式：（承辦人、電話、
　　　　　　傳真、e-mail）

郵遞區號：

受文者地址：

受文者：劉君

發文日期：中華民國○○年○○月○○日

發文字號：（○○）○○字第○○○○號

速別：最速件

密等及解密條件或保密期限：○○

附件：如說明四

主旨：關於臺端詢問旅居國外人民，如何申辦換發國民身分證，茲答
　　　覆如說明事項，請查照。

說明：

一、依據臺端○年○月○日劉君信函辦理。

二、政府為加強便民服務，提高便民措施，對當事人無法親自申請
　　換發新證，請依制式格式出具委託書（樣張並已登載於內政部
　　網站http://www.ris.gov.tw，劉君可自行下載使用或向各地戶政
　　事務所索取）委託他人辦理，受委託人除應攜帶當事人上列文
　　件辦理外，還應攜帶個人印章（可簽名）、國民身分證或身分
　　文件。

三、臺端長年旅居肯亞，無法親自返國申請換發國民身分證，自可
　　依所附相關附件之規定辦理。

四、檢送「94年全面換發國民身分證通知單」、「94年全面換發國
　　民身分證委託書」、「94年全面換發國民身分證相片規格」各
　　一份，以便參照辦理。

正本：劉君

副本：

主任　○○○

《性騷擾防治法》業於今（95）年2月5日施行，內政部家庭暴力及性侵害防治委員會特製作宣傳圖檔光碟及宣傳廣播帶光碟各一片，發送相關機關宣導。試擬內政部函各直轄市、縣市政府，加強法令宣導，並督促所屬注意行為規範。

※參考條文：

第二十條規定：「對他人為性騷擾者，由直轄市、縣（市）主管機關處新臺幣一萬元以上十萬元以下罰鍰。」

第二十一條規定：「對於因教育、訓練、醫療、公務、業務、求職或其他相類關係受自己監督、照護之人，利用權勢或機會為性騷擾者，得加重科處罰鍰至二分之一。」

第二十五條規定：「意圖性騷擾，乘人不及抗拒而為親吻、擁抱或觸摸其臀部、胸部或其他身體隱私處之行為者，處二年以下有期徒刑、拘役或科或併科新臺幣十萬元以下罰金。前項之罪，須告訴乃論。」

（九十五年初等各類科）

檔　　號：
保存年限：

內政部　函

地址：○○市○○路○○○號
聯絡方式：（承辦人、電話、
　　　　　　傳真、e-mail）

郵遞區號：

受文者地址：

受文者：各直轄市、縣市政府

發文日期：中華民國○○年○○月○○日

發文字號：（○○）○○字第○○○○號

速別：

密等及解密條件或保密期限：○○

附件：《性騷擾防治法》第二十條、二十一條、第二十五條條文

主旨：《性騷擾防治法》業於今（95）年2月5日施行，本部特製作有
　　　關家庭暴力及性侵害防治委員會宣傳圖檔光碟及宣傳廣播帶光
　　　碟各一片，發送相關機關宣導，請照辦。

說明：

一、最近社會上性騷擾事件頻傳，不僅造成受害人身心受創，亦導
　　致人人自危，嚴重影響社會治安，本部特制定《性騷擾防治
　　法》，以防治性侵害及保護被害人之權益。

二、95年2月5日通過之《性騷擾防治法》，將性騷擾之防治責任制
　　度化，有助於保障民眾基本人權，建立兩性平權的社會，各機
　　關、單位、公司、行號應確實配合遵守相關規定。

三、各縣市政府應配合《性騷擾防治法》之條文內容（見附件），
　　以舉行座談會、張貼海報、傳單、小冊子及網站宣傳之方法，
　　使民眾能迅速得知該法之要旨及罰則。

四、對性騷擾之歹徒，應持速審、嚴懲，並給予適當之教化，以防
　　止其出獄後再犯。

正本：各直轄市、各縣市政府

副本：

部長　〇〇〇

民國九十六年

> 試擬內政部警政署致各縣市政府警察局函：應配合新修正之「道路交通管理處罰條例」之施行，對民眾加強宣導有關取締行車秩序、路口淨空及行人安全違規項目之教育工作，以共同維護交通安全。（九十六年高考三級行政、技術各類科）

檔　　號：
保存年限：

內政部警政署　函

地址：○○市○○路○○○號
聯絡方式：（承辦人、電話、
傳真、e-mail）

郵遞區號：
受文者地址：
受文者：各縣市政府警察局
發文日期：中華民國○○年○○月○○日
發文字號：（○○）○○字第○○○○號
速別：
密等及解密條件或保密期限：○○
附件：「道路交通管理處罰條例」修正版

主旨：為共同維護交通安全，請配合新修正之「道路交通管理處罰條例」之施行，對民眾加強宣導有關取締交通違規項目之教育工作，請查照。

說明：

一、邇來由於車輛增多，交通混亂，車輛與行人往往在路口相互搶道，輒易發生車禍，造成許多生命財產之損失。

二、民國94年12月28日修正公布之「道路交通管理處罰條例」，其修正目的之一，為藉加強取締交通違規及提高罰鍰標準，讓民

眾養成遵守路權習慣，減少交通事故之發生，以維護生命財產
之安全。

三、各級警察機構應依相關法令規定，除維持交通秩序外，還須派
出警力，依新修正之「道路交通管理處罰條例」協助道路交通
安全之宣導，尤應注意取締行車秩序、路口淨空及行人安全違規
項目之教育工作，讓用路人能知法守法，以共同維護交通安全。

辦法：

一、請各縣市政府警察局於公共場所，如車站、戲院、餐廳、百貨
公司等地設置跑馬燈，或發放新修訂之「道路交通管理處罰條
例」之傳單或貼紙，廣為宣傳，讓民眾能了解交通管理處罰條
例之相關規範。

二、與學校、社區合作，於朝會或里民大會加強宣導有關取締行車
秩序、路口淨空及行人安全違規項目之教育工作，以保障用路
人生命之安全。

三、請各縣市政府警察局對轄區內之交通事故探討其發生原因並歸
納研究，將其結果陳報本署以供參考，並製成大型海報，予以
宣導。

四、透過網路即時宣傳，並藉由線上互通方式，傳達「道路交通管
理處罰條例」之正確交通安全觀念，以強化宣導效果。

五、本署將辦理評比，對成效績優之單位或個人予以獎勵；對執行
不力之單位或個人則予以議處。

正本：直轄市政府警察局、各縣（市）政府警察局

副本：、交通部政司、本署交通組

署長　○○○

試擬行政院衛生署致各縣市政府衛生局函：為配合《菸害防制法》之修正，應對民眾加強有關室內公共場所禁菸之宣導教育工作，以利該法之施行。（九十六年普考各類科）

檔　　號：

保存年限：

行政院衛生署　函

地址：○○市○○路○○○號

聯絡方式：（承辦人、電話、

傳真、e-mail）

郵遞區號：

受文者地址：

受文者：各縣市政府衛生局

發文日期：中華民國○○年○○月○○日

發文字號：（○○）○○字第○○○○號

速別：

密等及解密條件或保密期限：○○

附件：《菸害防制法修正版》

主旨：為配合《菸害防制法》之修正，應對民眾加強有關室內公共場所禁菸之宣導教育工作，以利該法之施行，請查照。

說明：

一、近年來，癌症躍升為國人十大死亡原因之一，其中尤以肺癌最甚。根據醫學報導肺癌與吸菸有密切之關係，為維護國人健康、降低肺癌罹患率，於室內及公共場所禁菸，勢所必須。

二、有鑑於二手菸對人體健康及空氣品質所造成之重大傷害，立法院目前已通過《菸害防制法》之修正，在室內及公共場所全面禁菸。

三、為配合此法之修正，各縣市政府衛生局應加強宣導，避免癮君

　　　子在室內及公共場所吸菸，誤觸法網而不自知。

辦法：

　一、各縣市政府衛生局應盡速成立「禁菸宣導小組」，加強室內及
　　　公共場所全面禁菸之宣導。

　二、透過學校、社團、機關、社區之宣導，落實禁菸教育之工作，
　　　告知民眾在室內及公共場所吸菸之害處，並勇於向菸害說
　　　「不」，提高民眾防制菸害之意識。

　三、印製「室內及公共場所禁菸」之手冊及標語，免費發放給民
　　　眾，並透過媒體及公共場所之跑馬燈宣導吸菸之害，不僅汙染
　　　空氣，影響民眾之健康，且會觸犯法網。

　四、提供在室內及公共場所吸菸之檢舉管道及獎金，鼓勵拒吸二手
　　　菸之民眾勇於檢舉。

　五、茲附上《菸害防制法修正版》乙份，以供參詢。

正本：各縣市政府衛生局

副本：

署長　　○○○

日前藝人吸食毒品事件，敗壞世風，震驚社會。試擬內政部警政署函各
警察機關，務必有效取締毒品之買賣與吸食，以維持社會治安，端正社
會風氣。（九十六年第一次司法四等特考）

檔　案：

保存年限：

內政部警政署　函

地址：○○市○○路○○○號
連絡方式：（承辦人、電話、
　　　　　傳真、e-mail）

郵遞區號：

受文者地址：

受文者：台北市警察局

發文日期：中華民國○○年○○月○○日

發文字號：（○○）○○字第○○○○號

速別：最速件

密等及解密條件或保密期限：○○

附件：

主旨：務必有效取締毒品之買賣與吸食，以維持社會治安，端正社會
　　　風氣，請查照辦理。

說明：

一、目前藝人吸食毒品事件，敗壞世風，震驚社會，頗令社會觀感
　　不佳。毒品之氾濫，甚至連注重形象之藝人亦吸食毒品，在在
　　顯示毒品之泛濫已無所不在，深入社會各階層，亟需有關單位
　　澈底掃除。

二、毒品為害社會甚鉅，不僅破壞社會治安，更因吸食者之身分地
　　位而影響社會風氣。近年來發生多起搶超商事件，當事人皆因
　　想購買毒品而犯案，因而掃毒、緝毒向為本署首要之任務。

三、維護社會治安、保障人民生命財產安全，乃警政單位之天職，
　　毒品若氾濫，則將導致社會紊亂、國力衰微，故有效取締毒品
　　乃當務之急。

辦法：

一、各單位應組成「緝毒小組」落實查緝毒品之買賣及吸食之政策，並負責規劃宣導遠離毒品，使民眾認識毒品之害。

二、設立檢舉專線，以供民眾檢舉。對於檢舉者應採匿名及勿枉勿縱之策略，並詳加查察訊息來源，不可態度輕忽，而錯失良機。

三、利用大眾傳播媒體，並製作防毒宣導短片，強調毒品之惡，並請各階層人士，尤其可請潔身自愛的藝人代言拒毒活動。

四、製作相關手冊及網站，供民眾查詢，並了解毒品項目及其戕害身心之例，使民眾更明確了解毒品種類及其毒性，以免誤食毒品而上癮難戒。

五、本案列為專案處理，年終考核計算各單位防毒之績效。

正本：全國各警察機關

副本：行政院海岸巡防署、財政部關稅總局、各縣市暨直轄市政府

署長　○○○

立法院於民國95年12月12日修正通過「教育基本法」，納入學生不受任何體罰之附帶決議，引發社會廣泛討論。教育部為避免因禁止校園體罰立法後，學校教師放棄輔導與管教責任；或認為體罰等同違法，未來恐無法管教學生，旋即函請各直轄市及縣市政府轉請所屬各國民中、小學，強調零體罰不代表不必管教，教師須以更積極的教育專業輔導學生，並請各校也應訂定學校教師輔導與管教學生辦法，經校務會議通過後實施。

試為臺北縣立板橋國民中學擬致該縣政府，檢陳該校教師輔導與管教學生辦法一份，請准予備查函。（九十六年一般行政初等考試）

檔　案：

保存年限：

台北縣立板橋國民中學　函

地址：○○市○○路○○○號

連絡方式：（承辦人、電話、

傳真、e-mail）

郵遞區號：

受文者地址：

受文者：台北縣政府

發文日期：中華民國○○年○○月○○日

發文字號：（○○）○○字第○○○○號

速別：最速件

密等及解密條件或保密期限：○○

附件：「台北縣立板橋國民中學教師輔導與管教學生辦法」乙份

主旨：檢陳本校教師輔導與管教學生辦法一份，請　准予備查。

說明：

一、依據　鈞府○○年○○月○○日○○○○字第○○○○號函轉
教育部行文辦理。

二、立法院於民國95 年12 月12 日修正通過「教育基本法」，納入
學生不受任何體罰之附帶決議，引發社會廣泛討論。本校師長
亦唯恐此法誤導學生不必受罰，反使學生更不受教，增加校園
管教困難，並損及守法學生之權益。

三、教育部強調零體罰不代表不必管教，各校可自訂輔導管教措
施，本校經師、生、家長代表三方面多次開會研擬，並經校
務會議通過「台北縣立板橋國民中學教師輔導與管教學生辦
法」。

辦法：

一、本校將即日起依照「輔導與管教學生辦法」，開始實施，並利
用朝會、班會、及發放手冊等，告知學生權益及管教輔導原
則，使其明瞭權益所在。

二、本校將定期開會檢討執行成果，並向　鈞府報告，以備查察。

正本：

副本：

校長〇〇〇

試擬行政院函所屬各機關：因應地球環境氣候變遷，加強節約能源，研
擬具體措施，確實執行。（九十六年經濟部專利商標審查人員特考二
等）

檔　案：
保存年限：

行政院　函

地址：〇〇市〇〇路〇〇〇號
連絡方式：（承辦人、電話、
傳真、e-mail）

郵遞區號：

受文者地址：

受文者：所屬各機關

發文日期：中華民國〇〇年〇〇月〇〇日

發文字號：（〇〇）〇〇字第〇〇〇〇號

速別：最速件

密等及解密條件或保密期限：〇〇

附件：

主旨：因應地球環境氣候變遷，加強節約能源，研擬具體措施，確實執行，請　查照辦理。

說明：

一、邇來地球氣候變化異常，冷熱失調，究其原因乃人類過度耗費能源，造成二氧化碳、甲烷及臭氧等氣體充斥大氣層中，造成溫室效應，致使地表熱度無法消散。

二、又因人類過度砍伐雨林，破壞森林調節氣候功能，使大氣層內溫度逐年上昇，其中又以二氧化碳為害最甚。

三、由於全球二氧化碳濃度不斷上升，在國際上引起極大的爭議，於是，在1997年12月日本京都「第三次締約國大會」中簽署「京都議定書」，規範38個國家及歐盟，以個別或共同的方式，控制人為排放之溫室氣體數量，以期減少溫室效應對全球環境所造成的負面影響。

四、本院配合國家政策，提倡節能減炭，各單位應研發有效節能措施，即刻實行。

辦法：各單位依相關法令及單位需求，訂定節約能源條款

正本：所屬各單位

副本：

院長　○○○

時序漸入春夏，為防範各種傳染疾病及維護飲食衛生。試擬行政院衛生署函所屬各機關，加強因應措施。（九十六年經濟部專利商標審查人員特考三等）

檔　　案：
保存年限：

行政院衛生署　函

地址：○○市○○路○○○號
連絡方式：（承辦人、電話、
　　　　　傳真、e-mail）

郵遞區號：
受文者地址：
受文者：所屬各機關
發文日期：中華民國○○年○○月○○日
發文字號：（○○）○○字第○○○○號
速別：最速件
密等及解密條件或保密期限：○○
附件：

主旨：為加強防範各種傳染疾病及維護飲食衛生，請　查照。

說明：

一、時序進入夏季，各類病媒蚊活動力旺盛，民眾戶外活動相對增
　　多，旅遊、戲水、外食等皆增加疾病傳染機會，如登革熱、日
　　本腦炎、腸病毒，等疾病大為流行，甚至奪取寶貴之生命。

二、我國外食人口日益增加，各類便當成為傳染病溫床，尤以路邊
　　販售之便當，其製造工廠不明，路邊衛生條件不佳，極易成為
　　細菌滋生的溫床，往往成為查驗之死角，影響民眾身體健康甚
　　巨。

三、維護民眾身體健康為本署重要之工作，夏季既為各類傳染病活
　　動之旺季，各單位應配合本署政策，達成保健任務。

辦法：

一、各單位應派員組成專案小組，負責宣傳預防、監控傳染疾病，

並不定期抽驗各類食物之衛生，以做到滴水不漏，保障人民生命之安全。

二、利用大眾傳播媒體，加強宣導各類疾病之預防辦法，以收控制疾病傳染之實效。

三、各醫療院所機構應加強傳染疾病監測通報，並預先準備病床，籌組傳染病醫療小組，做好橫向聯繫，便於追蹤治療，杜絕傳染病。

四、本案列為專案管哩，計算各單位績效，並計入年終之考核。

正本：所屬各機關

副本：

署長　○○○

試擬內政部警政署致該署刑事警察局函，請加強犯罪案件之偵查，提高破案率，以改善治安。（於函內請署名加強犯罪偵查之辦法）（九十六年第二次警察人員二等考試）

<table>
<tr><td></td><td>檔　　案：</td></tr>
<tr><td></td><td>保存年限：</td></tr>
</table>

內政部警政署　函

地址：○○市○○路○○○號
連絡方式：（承辦人、電話、
傳真、e-mail）

郵遞區號：

受文者地址：

受文者：刑事警察局

發文日期：中華民國○○年○○月○○日

發文字號：（○○）○○字第○○○○號

速別：最速件

密等及解密條件或保密期限：○○

附件：

主旨：請加強犯罪案件之偵查，提高破案率，以改善治安，請　查照辦理。

說明：

一、邇來社會治安不佳，犯罪案件逐年增多，犯罪年齡降低，犯罪者之社經地位亦逐年擴大，造成嚴重社會問題，並使民眾心生恐懼。

二、為建立安寧祥和的社會，使人民擁有免於恐懼的自由，政府將持續實施「強化改善治安辦法」等專案行動，以優質警力與先進偵察犯罪裝備，結合刑事鑑識與勤務指揮資訊，以提升防制犯罪能力，有效遏制詐欺、竊盜等案件發生，並嚴正交通執法、取締酒醉駕車，維護公權力，加強為民服務，以提供民眾免於恐懼，安居樂業的的生活環境。

辦法：

各單位應組成專案小組，負責犯罪之偵查事務，並加強以下重點：

(一)強化校園安全維護及校園事件危機應變，各警察局應結合教育單位與學校共同加強執行相關防範措施與巡邏勤務，以落實校園安全環境檢測，並建立預防機制。

(二)加強預防、保護女性安全措施及偵辦性侵害案件之職能，增加搜證能力，並嚴守保密規定，避免造成當事人二度傷害。

(三)與各地海巡單位、關稅總局合作，加強毒品、偷渡、走私之搜查工作，確實執行相關工作計畫。

(四)加強取締賭博性電玩、網咖及各類賭場，掃蕩黑幫、檢肅黑槍、壓制組織犯罪等工作。

(五)拍攝防範犯罪之宣導短片、辦理各項教育訓練，強化打擊犯罪能力，提升各級警員執勤效率，並確保其執勤時之安全。

(六)增添新式警力裝備，設立專線供民眾提供線索及查賄工作，以有效的打擊犯罪。

正本：刑事警察局

副本：

署長　○○○

警察人員管理條例修正案，業經立法院三讀通過，總統公布。內政部並已接到行政院民國96年7月○日○○字第○○○號函，檢送該條例修正條文。請試擬內政部致該部警政署函，檢送該條例修正條文，希轉知所屬各警察機關，依修正條文確實執行。副本抄送銓敘部。

（修正重點為：警員、巡佐年功俸提高二級；增列升官等訓練，升警監者，得於5年內先升後訓；比照公務人員任用法，增列不得任用警察官之條款。）（九十六年退除役軍人轉任公務人員特考三等暨第二次警察人員特考三等）

檔　　案：

保存年限：

內政部　函

地址：○○市○○路○○○號

連絡方式：（承辦人、電話、

傳真、e-mail）

郵遞區號：

受文者地址：

受文者：警政署

發文日期：中華民國○○年○○月○○日

發文字號：（○○）○○字第○○○○號

速別：速件

密等及解密條件或保密期限：○○

附件：警察人員管理條例修正條文

主旨：轉知所屬各警察機關，依警察人員管理條例修正條文確實執行，請　查照辦理。

說明：

一、警察人員管理條例修正案，業經立法院三續通過，依據行政院民國96年7月○日○○字第○○號函，檢送該條例修正案。

二、鑑於原「警察人員管理條例」中，對於警察人員升等年限較公務人員考績法之相關規定多一年，及自公務人員俸給法修正後，部分職等警察人員之俸額反較同職等之公務員為低，而復鑑於警察人員自警察學校或警專畢業後，升遷之位階亦受到不合理限制，且全國各縣市警察人員加班勤務加給給付亦不合理，打擊員警士氣、耗損戰鬥力甚巨。

三、警察為維護社會治安第一線打擊犯罪者，政府理應強化警察人力、裝備、並合理調整待遇與保險。

四、本修正條例，其修正重點如下：

(一)警員、巡佐年功俸提高二級。

(二)增列晉升官等訓練，升警監者，得於5年內先升後訓。

(三)比照公務人員任用法，增列不得任用警察之條款。

```
正本：警政署
副本：銓敘部


部長　○○○
```

近來發現，由大陸地區走私販售之漁獲，常添加有害人體健康之化學物質，為此，請試擬行政院致內政部，要求加強對不法走私進口海產之查緝；以維護國民之健康。（九十六年退除役軍人轉任公務人員特考四等，暨第二次警察人員特考四等）

```
                                       檔　　案：
                                       保存年限：

                行政院　函

                              地址：○○市○○路○○○號
                              連絡方式：（承辦人、電話、
                                        傳真、e-mail）

郵遞區號：
受文者地址：
受文者：內政部
發文日期：中華民國○○年○○月○○日
發文字號：（○○）○○字第○○○○號
速別：最速件
密等及解密條件或保密期限：○○
附件：


主旨：要求加強對不法走私進口海產之查緝；以維護國民之健康，請
      查照辦理。
說明：
  一、國人喜食海鮮，各類型海產店林立，漁民為求利益，供應國內
```

龐大需求量，鋌而走險，走私大陸地區海產，以獲取暴利。

二、近年來多起不法分子利用走私大陸漁獲牟取暴利，經相關單位調查，此類走私海產，為維持賣相漂亮，輒添加有害人體健康之化學物質如甲醛等，食用後將產生頭暈、嘔吐、上腹疼痛，嚴重者甚至出現大量腸胃出血、昏迷、休克等危險症狀。

三、走私漁獲不僅使民眾食用海產無法得到保證，並打擊國內水產事業，使市場價格低落，讓國內合法海產業無以為計。

四、為保障國人身體健康，並打擊不法走私情事，貴部應即刻實施相關辦法，加強查察走私進口之海產，並杜絕後患。

辦法：

一、全國警政單位應與各地海巡隊配合，不定期檢查緝全國港口、海上活動，遇可疑分子應本勿枉勿縱精神，詳加盤查。

二、與各地衛生單位合作，不定期檢驗各地餐廳海產是否違法添加有害物質，並持續追蹤其貨源。

正本：內政部

副本：行政院海岸巡防署、行政院衛生署

院長　○○○

試擬司法院致所屬各級法院函：為保護法官安全，使其暢所欲言，同時避免不同意見成為上訴理由及維護司法裁判的威信，爰於法院組織法第103條及第106條第1項規定評議不公開及嚴守秘密。倘有違反上述規定情事者，應交由法官自律委員會調查議處，請依照規定處理。（九十六年第二次司法人員特考四等）

檔　案：

保存年限：

司法院　函

地址：○○市○○路○○○號
連絡方式：（承辦人、電話、
傳真、e-mail）

郵遞區號：

受文者地址：

受文者：各級法院

發文日期：中華民國○○年○○月○○日

發文字號：（○○）○○字第○○○○號

速別：速件

密等及解密條件或保密期限：○○

附件：

主旨：為保護法官安全，使其暢所欲言，並維護司法裁判的威信，違
　　　反法院組織第103條及第106條第1項規定評議不公開及嚴守秘
　　　密之情事者，應交由法官自律委員會調查議處，請　查照辦
　　　理。

說明：

　一、憲法規定法官須超出黨派以外，依據法律獨立審判，不受任何
　　　干涉，明文揭示法官從事審判僅受法律之拘束，不受其他任何
　　　形式之干涉；法官之身分或職位不因審判之結果而受影響。

　二、法院組織法第103條及第106條第1項規定裁判之評議不公開及
　　　嚴守秘密，屬絕對機密之事項，此為保護法官安全，使其暢所
　　　欲言，同時避免不同意見成為上訴理由及維護司法裁判的威
　　　信，亦不受當事人無謂猜測及對法官之恩怨，以昭信於當事人
　　　及大眾。

辦法：各級法院應依照規定處理，倘若違反上述規定情事者，應交由
　　　法官自律委員會調查議處。

正本：所屬各級法院

副本：

院長　○○○

試擬行政院致公平交易委員會函，邇來民生物資價格波動，為維護交
易秩序及消費者利益，如有廠商不法囤積、人為操縱、壟斷市場及聯
合哄抬物價等違反公平交易法規定之具體事證者，應依法嚴加處分。
（九十六年調查局三等考試）

檔　　案：

保存年限：

行政院　函

地址：○○市○○路○○○號

連絡方式：（承辦人、電話、

傳真、e-mail）

郵遞區號：

受文者地址：

受文者：公平交易委員會

發文日期：中華民國○○年○○月○○日

發文字號：（○○）○○字第○○○○號

速別：最速件

密等及解密條件或保密期限：○○

附件：

主旨：邇來民生物資價格波動，為維護交易秩序及消費者權益，如有

　　廠商不法囤積、人為操縱、壟斷市場及聯合哄抬物價等違反公平交易法規定之具體事證者，應依法嚴加處分，請　查照。

說明：

一、政府明定公平交易法即為保障民眾權益，不受廠商剝削及欺瞞，防止寡佔事業，建立市場合理機制，以加強經濟自由化及國際化競爭力，維護交易秩序、確保公平競爭，促進經濟之安定與繁榮。

二、邇來民生物資價格波動，民眾紛紛反映許多不肖廠商為牟取暴利，大量囤積貨物，以待高價出售，增加民眾負擔，嚴重違反公平交易法規。

三、為維護交易秩序與消費者利益，如有廠商不法囤積、人為操縱、壟斷市場及聯合哄抬物價等違反公平交易法規定之具體事證者，應依法嚴懲，絕不寬貸。

辦法：

一、應不定期抽查各類貨品之市場價格及貨物供應情事，有無寡佔或囤積現象，一經查察，即予嚴懲。

二、各類貨物之定價計算合理利潤，詳查其計算方式，並將同業定價一併送查，避免廠商聯合哄抬物價，壟斷市場。

三、設立專線供民眾檢舉，本勿枉勿縱精神，舉凡檢舉事證，應嚴加查察，以維護公平。

正本：行政院公平交易委員會

副本：

院長　○○○

民國九十七年

> 97年8月14日行政院第3105次會議劉兆玄院長提示：為穩定國內大宗物資價格，預防業者囤積哄抬物價，行政院消保會應會同內政部、經濟部、行政院農委會及行政院公平會等相關部會，協調地方政府共同打擊業者不法的情事。試擬以行政院消費者保護委員會函，請縣（市）政府訂定具體措施，配合共同打擊不法業者，穩定國內大宗物價。（九十七年高等考試、一級暨二級考試）

　　　　　　　　　　　　　　　　　　　　檔　　案：

　　　　　　　　　　　　　　　　　　　　保存年限：

行政院消費者保護委員會　函

地址：○○市○○路○○○號
連絡方式：（承辦人、電話、
　　　　　傳真、e-mail）

郵遞區號：

受文者地址：

受文者：各縣（市）政府

發文日期：中華民國○○年○○月○○日

發文字號：（○○）○○字第○○○○號

速別：最速件

密等及解密條件或保密期限：○○

附件：

主旨：訂定具體措施，配合共同打擊不法業者，穩定國內大宗物價。
　　　請照辦。

說明：

　　一、近來由於金融海嘯，使得許多進口大宗物資漲價，許多業者皆乘機囤積哄抬物價，賺取更多利益，影響社會經濟、民生甚巨。

二、行政院97年8月14日第3105次會議劉兆玄院長提示：為穩定國內大宗物資價格，預防業者囤積哄抬物價，行政院消保會應會同內政部、經濟部、行政院農委會及行政院公平會等相關部會，協調地方政府共同打擊業者不法的情事。

三、為穩定物價，請相關單位調查國內所缺之物資，並加速開放大宗物資直接進口，立即運至市場銷售。以減緩物價。

四、若有不肖商人囤積物資，想要哄抬物價，則請相關單位會同地方政府查緝，並即送至司法機關嚴懲。

辦法：

一、請各地方政府配合消保會成立物價督導小組，隨時至市場訪查物價。如自然因素漲價，則請政府相關單位迅速進口，以平抑物價。如非自然因素漲價，則請調查機關查察，是否有不肖商人囤積物品。

二、農委會應採計畫經濟，預先透過農會，鼓勵農友有計畫栽種農作物，避免產多價賤傷農，或產少價貴傷民。

三、加強大宗物資產銷之暢通，避免中間商人剝削。

正本：各縣（市）政府

副本：內政部、經濟部、行政院農委會及行政院公平會等相關部會

主任委員　○○○（蓋職章）

試擬經濟部能源局致全國各機關學校函：鑑於全球暖化對環境永續威脅日益嚴重，特配合「世界環境日」，推動夏月「全民節能減碳從燈做起」運動，倡導全民養成隨手關燈生活習慣，朝向低碳經濟與低碳生活，以紓緩全球氣候變遷危機。（九十七年高等考試各類科、三等）

```
                                          檔  案：
                                          保存年限：

              經濟部能源局　函

                              地址：○○市○○路○○○號
                              連絡方式：（承辦人、電話、
                                        傳真、e-mail）
郵遞區號：
受文者地址：
受文者：全國各機關學校
發文日期：中華民國○○年○○月○○日
發文字號：（○○）○○字第○○○○號
速別：最速件
密等及解密條件或保密期限：○○
附件：
```

主旨：鑑於全球暖化對環境永續威脅日益嚴重，特配合「世界環境日」，推動夏月「全民節能減碳從燈做起」運動，倡導全民養成隨手關燈生活習慣，朝向低碳經濟與低碳生活，以紓緩全球氣候變遷危機。請查照。

說明：

一、由於科技進步，製造許多耗費能源之科技產品，以致使地球溫度不斷攀升，臭氧層遭到破壞，北極冰層暖化崩落速度加快，將使得人類生存環境愈形困難。

二、我們只有一個地球，為避免人類無意或有意的破壞大自然，並鑑於全球暖化對環境之威脅日益嚴重，特配合「世界環境日」，推動夏月「全民節能減碳從燈做起」運動。

辦法：

一、倡導全民養成隨手關燈、隨手關水之生活習慣。並鼓勵民眾換

　　　裝高效率之電器用品，朝向低碳經濟與低碳生活，以紓緩全球
　　　氣候變遷危機。

二、鼓勵人民多搭乘大眾運輸工具，盡量少開車，以達節能省碳之
　　　功效。

三、嚴格控制山坡地之開發，並禁止隨意亂伐森林，亂填塞湖泊。

四、鼓勵科學家發明替代能源，淘汰高污染、耗能源之產品，培養
　　　人民能維護自然資源，並身體力行的養成節能省碳之習慣，讓
　　　大自然得以生息。

正本：全國各機關學校

副本：

局長　○○○（蓋職章）

行政院衛生署依據民國96年7月11日修正公布之「菸害防制法」第35條第2項規定，自公布後18個月施行，將對政府機關、各級學校、醫療機構、大眾運輸、金融機構、旅館、商場、餐飲店或三人以上共用之室內工作等公共場所全面禁菸。試擬該署致全國各機關學校函，請宣導確實遵守各公共場所全面禁止吸菸。（九十七年普通考試）

檔　案：

保存年限：

行政院衛生署　函

地址：○○市○○路○○○號

連絡方式：（承辦人、電話、
　　　　　　傳真、e-mail）

郵遞區號：

受文者地址：

受文者：全國各機關學校

發文日期：中華民國○○年○○月○○日

發文字號：（○○）○○字第○○○○號

速別：最速件

密等及解密條件或保密期限：○○

附件：

主旨：請宣導確實遵守各公共場所全面禁止吸菸。請查照。

說明：

一、近來癮君子，不管是否為公共場所，就洋然自得的抽煙，等於
　　強迫他人吸二手煙，妨害人們健康甚巨。

二、依據民國96年7月11日修正公布之「菸害防制法」第35條第2項
　　規定，自公布後18個月施行，將對政府機關、各級學校、醫療
　　機構、大眾運輸、金融機構、旅館、商場、餐飲店或三人以上
　　共用之室內工作等公共場所全面禁菸。

三、各機關學校應極力宣導二手煙之害處，確實遵守各公共場所全
　　面禁止吸菸之規定。並派出巡察小組，隨時到公共場所巡視，
　　如有發現抽煙者，應加以阻止，如有不服，則依「菸害防制
　　法」予以告發。

正本：全國各機關學校

副本：董氏基金會

署長　○○○（蓋職章）

在這充滿未知、挑戰及無限可能的二十一世紀，知識與學習是社會永續發展與持續進步的核心。請試擬教育部致各直轄市、縣市政府教育局函，發起「終身學習、健康台灣！」鼓勵廣設社區大學、樂齡學院、讀書會等組織或機構，共同推展終身學習社會之理想，使民眾了解學習是每個人生活的一部分；建構處處是教室、時時可學習之學習社會。於年度終了將評鑑甄選特優二名（獎金五百萬元），優等三名（獎金三百萬元）。（九十七年初等考試、一般行政）

教育部　函

地址：○○市○○路○○○號
聯絡方式：（承辦人、電話、
傳真、e-mail）

郵遞區號：

受文者地址：

受文者：各直轄市、縣市政府教育局

發文日期：中華民國○○年○○月○○日

發文字號：（○○）字第○○○○○號

速別：

密等及解密條件或保密期限：

附件：

主旨：發起「終身學習、健康台灣！」鼓勵各縣市政府，廣設社區大學、樂齡學院、讀書會等組織或機構，共同推展終身學習社會之理想，使民眾了解學習是每個人生活的一部分；建構處處是教室、時時可學習之學習社會。於年度終了將評鑑甄選特優二名，優等三名。請查照。

說明：

一、在這充滿未知、挑戰及無限可能的二十一世紀，知識與學習將是社會永續發展與持續進步的核心。

二、鼓勵直轄市與各縣市政府，發起「終身學習、健康台灣！」活動，廣設社區大學、樂齡學院、讀書會等組織或機構，共同推展終身學習社會之理想，使民眾了解學習是每個人生活的一部分。建構處處是教室、時時可學習之社會。

三、所需經費由直轄市或各縣市政府編列，不足之處，由本部補助。

四、年度終了，本部將聘請專家學者予以評鑑甄選，選出特優二名，各給予獎金五百萬元，優等三名，各給予獎金三百萬元。

正本：

副本：

部長　○○○（蓋職章）

新任國立臺灣文學館館長為落實該館推廣與教育功能，請試擬該館館長致臺南縣、市政府教育局函，邀請所轄各國民中、小學校長蒞館參觀並座談。（九十七年初等考試、社會行政、人事行政、教育行政、財稅行政、金融保險、統計、會計、經建行政、地政、圖書資訊管理、政風、電子工程）

檔　　案：

保存年限：

國立臺灣文學館　函

地址：○○市○○路○○○號

連絡方式：（承辦人、電話、傳真、e-mail）

郵遞區號：

受文者地址：

受文者：臺南縣、市政府教育局

發文日期：中華民國○○年○○月○○日

發文字號：（○○）○○字第○○○○號

速別：最速件

密等及解密條件或保密期限：○○

附件：

主旨：邀請所轄各國民中、小學校長蒞館參觀並座談。請查照。

說明：

一、本館以保存臺灣先民之文物，包括手稿、遺墨、遺照及近代臺灣文藝作家之作品、手稿等為主，資料甚為珍貴。

二、本館之成立，除保存文物外。還負有推廣社會與教育之功能。

三、請臺南縣、市政府教育局安排時間，邀請轄內各國民中、小學校長蒞館參觀並予座談。本館將安排解說員負責解說。

正本：臺南縣、市政府教育局

副本：

臺灣文學館長　○○○（蓋職章）

試擬法務部致所屬檢調機關函：邇來頻傳不法集團侵入購物網站，竊取客戶個人資料，從事詐騙行為，請積極查緝，以維護民眾身心與財產之安全，並符合國際社會保護個人資料之要求。（九十七年第一次司法人員、司法事務官、海岸巡防人員特考、三等）

法務部　函

地址：○○市○○路○○○號
聯絡方式：（承辦人、電話、
　　　　　傳真、e-mail）

郵遞區號：

受文者地址：

受文者：所屬檢調機關

發文日期：中華民國○○年○○月○○日

發文字號：（○○）字第○○○○○號

速別：

密等及解密條件或保密期限：

附件：

主旨：邇來頻傳不法集團侵入購物網站，竊取客戶個人資料，從事詐
　　　騙行為，請積極查緝，以維護民眾身心與財產之安全，並符合
　　　國際社會保護個人資料之要求。請查照。

說明：

　一、邇來頻傳不法集團侵入購物網站，竊取客戶個人資料，從事詐
　　　騙行為。引起社會不安，嚴重影響網路交易之信譽。

　二、請網羅電訊網路之專才，積極查緝網路詐騙行為，並訴之以
　　　法，以維護民眾身心與財產之安全，且符合國際社會保護個人
　　　資料之要求。

　三、透過媒體宣導，鼓勵被詐騙者勇於檢舉，並將被詐騙事實公
　　　布，以避免人們被騙，防止詐騙集團得逞。

正本：所屬檢調機關

副本：

部長　○○○（蓋職章）

試擬內政部警政署致所屬各警察機關函：邇來歹徒之詐騙手法日益翻新，迭有民眾蒙受鉅大之財物損失，請持續加強從事反詐騙之宣導工作，以維護民眾之權益。（九十七年第二次司法人員特考、三等）

檔　　案：
保存年限：

內政部警政署　函

地址：○○市○○路○○○號
連絡方式：（承辦人、電話、
傳真、e-mail）

郵遞區號：

受文者地址：

受文者：所屬各警察機關

發文日期：中華民國○○年○○月○○日

發文字號：（○○）○○字第○○○○號

速別：最速件

密等及解密條件或保密期限：○○

附件：

主旨：邇來歹徒之詐騙手法日益翻新，迭有民眾蒙受鉅大之財物損失，請持續加強從事反詐騙之宣導工作，以維護民眾之權益。請查照。

說明：

一、邇來歹徒之詐騙手法日益翻新，有假冒司法檢調人員，或假冒受害者子女被綁架等，迭有民眾受騙，蒙受鉅大之財物損失。

二、請各警察機關持續以電子媒體或報紙，加強從事反詐騙之宣導工作。並提醒郵局及銀行人員，對於解除定存鉅款之客戶，應關心其用途，避免讓詐騙集團詐騙得逞，以維護民眾之權益。

三、請將反詐騙電話165告知一般民眾，若民眾報案有關詐騙之事
　　及電話，應視為重大刑案，予以追查，以消弭歹徒存僥倖之
　　心。

正本：所屬各警察機關

副本：

署長　　○○○（蓋職章）

試擬司法院致所屬各級法院函：為解決一般民眾對法律不熟悉，產生諸多疑惑與困擾，甚至心生畏懼，請督促所屬及志工提供親切服務，做好法律諮詢工作，以維護民眾權益。（九十七年第二次司法人員特考、四等）

　　　　　　　　　　　　　　　　　　　　　　檔　　案：
　　　　　　　　　　　　　　　　　　　　　　保存年限：

司法院　函

　　　　　　　　　　　　　　地址：○○市○○路○○○號
　　　　　　　　　　　　　　連絡方式：（承辦人、電話、
　　　　　　　　　　　　　　　　　　　傳真、e-mail）

郵遞區號：

受文者地址：

受文者：所屬各級法院

發文日期：中華民國○○年○○月○○日

發文字號：（○○）○○字第○○○○號

速別：最速件

密等及解密條件或保密期限：○○

附件：

主旨：為解決一般民眾對法律不熟悉，產生諸多疑惑與困擾，甚至心生畏懼，請督促所屬及志工提供親切服務，做好法律諮詢工作，以維護民眾權益。請查照。

說明：

一、一般民眾對法律不熟悉，遇到有司法訴訟之事，輒感困擾，心生恐懼，往往被司法黃牛所騙，嚴重影響對司法之信心。

二、為解決民眾對法律案件之疑惑與困擾，心生畏懼，請督促所屬法院成立馬上辦中心，或服務窗口，由法律志工提供親切之服務，做好法律諮詢工作，以維護民眾權益。

正本：所屬各級法院

副本：

院長　○○○（蓋職章）

近年來，青少年犯罪有上升的趨勢，其原因多半是環境的影響，但更重要的是青少年對於法律認知的不足以及價值觀念的偏差。為了防患於未然，請以縣市政府的名義，行文所屬中小學校，具體落實法治教育，引導正確觀念，以免學生誤陷法網。（九十七年第二次司法人員特考、五等）

```
                                              檔　　案：
                                              保存年限：
```

○○縣（市）政府　函

```
                                    地址：○○市○○路○○○號
                                    連絡方式：（承辦人、電話、
                                                傳真、e-mail）
```

郵遞區號：

受文者地址：

受文者：所屬中小學校

發文日期：中華民國○○年○○月○○日

發文字號：（○○）○○字第○○○○號

速別：最速件

密等及解密條件或保密期限：○○

附件：

主旨：具體落實法治教育，引導正確觀念，以免學生誤陷法網。請查
　　　照。

說明：

　一、鑑於青少年對於法律認知的不足，以及價值觀念的偏差，輒觸
　　　犯法網而不自知。諸如影印整本教科書、拷貝MP3網路音樂或
　　　剛上市電影，或隨意將色情圖片傳輸、轉貼他人網頁，或盜拷
　　　他人文章和圖片，甚或在網路上任意詆毀他人名節，已經觸犯
　　　智慧財產權和誣告罪。

　二、請在學校安排法律課程，聘請有法律素養之老師授課，落實法
　　　治教育，引導學生具備正確法治觀念。

　三、各中小學校應編列經費，常常舉辦有關法律常識之有獎問答
　　　等，有關法律常識之測驗或講習，或帶學生參觀法院之出庭，
　　　以提升學生對法律學習之興趣。

正本：所屬中小學校

副本：

縣（市）長　○○○（蓋職章）

鑒於農曆春節來臨，宵小竊盜與暴力犯罪案件增加，試擬內政部函地方各級警政單位：請加強「春節維安工作要點」的執行，讓民眾享有一個平安快樂的春節假期。（九十七年海岸巡防人員、海洋巡護科航海組、基層警察人員特考、四等）

內政部　函

地址：○○市○○路○○○號
聯絡方式：（承辦人、電話、
　　　　　　傳真、e-mail）

郵遞區號：

受文者地址：

受文者：所屬地方各級警政單位

發文日期：中華民國○○年○○月○○日

發文字號：（○○）字第○○○○○號

速別：

密等及解密條件或保密期限：

附件：

主旨：請加強「春節維安工作要點」的執行，讓民眾享有一個平安快樂的春節假期。請查照。

說明：

　一、鑒於農曆春節來臨，宵小竊盜與暴力犯罪案件頻增，使得民眾在慶祝春節新年之時，又會恐懼宵小竊盜與暴力犯罪。

　二、為讓民眾享有一個平安快樂的春節假期，請依「春節維安工作

要點」，增派警力加強巡邏。

辦法：

一、依「春節維安工作要點」之規定，加強警察不定期之巡邏住宅，並開辦春節外出旅遊民眾託管之服務。

二、對登記有案之慣竊犯和暴力犯，應事先注意其行蹤，預防其作案。

三、凡是抓到現行之竊盜與暴力犯，應速審、速結，避免這些罪犯存有僥倖之心理。

正本：所屬各級警政單位

副本：

部長　○○○（蓋職章）

試擬內政部致函各縣市政府，時值年關歲末，為防宵小蠢動，希落實警民守望相助之工作，以維社會治安，並將成效逐案列報，列入冬防考績。（九十七年國防部文職人員特考、二等）

檔　　案：

保存年限：

內政部　函

地址：○○市○○路○○○號

連絡方式：（承辦人、電話、

傳真、e-mail）

郵遞區號：

受文者地址：

受文者：各縣市政府

發文日期：中華民國○○年○○月○○日

發文字號：（○○）○○字第○○○○號

速別：最速件

密等及解密條件或保密期限：○○

附件：

主旨：時值年關歲末，為防宵小蠢動，希落實警民守望相助之工作，以維社會治安，並將成效逐案列報，列入冬防考績。請　查照。

說明：

一、時值年關歲末，正是宵小蠢動之時，偷竊搶奪案件頻增，且利用住戶採買年貨之際闖空門，影響社會治安甚巨。

二、為防宵小蠢動，冬防期間自今年十二月十日起至明年一月底止。請各縣市政府擬定冬防計畫，編列預算，由警察與地方民眾結合，合組社區巡防小組。警察單位負責講習訓練，巡防小組若遇到歹徒，則迅速扭送各地派出所，以維社會治安。

三、對於冬防警民合作維持治安之成效，各縣市政府應隨時查察考核，並逐案列報，列入冬防考績之考核。

正本：各縣市政府

副本：

部長　○○○（蓋職章）

請試擬交通部觀光局致各縣（市）政府函：為落實政府開放大陸觀光客來臺觀光政策，並結合地方文史與民間節慶活動以繁榮經濟，請隨時提供縣（市）最具地方民俗傳統之節慶活動訊息，俾官方網頁統一規劃發揮有效宣傳。（九十七年鐵路人員、公路人員各類科特考、高員三級）

交通部觀光局　函

地址：○○市○○路○○○號
聯絡方式：（承辦人、電話、
　　　　　傳真、e-mail）

郵遞區號：
受文者地址：
受文者：各縣（市）政府
發文日期：中華民國○○年○○月○○日
發文字號：（○○）字第○○○○○號
速別：最速件
密等及解密條件或保密期限：
附件：

主旨：為落實政府開放大陸觀光客來台觀光政策，並結合地方文史與
　　　民間節慶活動以繁榮經濟，請隨時提供縣（市）最具地方民俗
　　　傳統之節慶活動訊息，俾官方網頁統一規劃發揮有效宣傳。請
　　　查照。

說明：

　一、政府已於今年七月四日開放兩岸週末包機首航，其後並將於七
　　　月十八日正式開放兩岸包機直航，預期將帶來無限之觀光商
　　　機。

　二、台灣是個美麗寶島，不僅阿里山、日月潭、花蓮等觀光景點，
　　　為大陸觀光客必遊之處，其餘各縣市也有許多歷史古蹟和民間
　　　有特色之節慶活動，如白河蓮花節、苗栗桐花節等值得向陸客
　　　介紹。

　三、請各縣市政府有系統介紹轄內之觀光景點，並結合地方文史工
　　　作者將各景點與節慶活動之歷史傳說與訊息，製成網頁，彙寄

本局，以便官方網頁統一規劃，發揮有效宣傳。

正本：各縣市政府

副本：

局長　○○○（蓋職章）

試擬交通部致觀光局函：爲因應暑假國內旅遊旺季，請協調各鐵、公路及航空局等相關單位，實施車、機票及餐飲住宿配套優惠措施，並研議具體施行、推廣辦法。（九十七年鐵路人員、公路人員各類科特考、員級）

交通部　函

地址：○○市○○路○○○號
聯絡方式：（承辦人、電話、
傳真、e-mail）

郵遞區號：

受文者地址：

受文者：觀光局

發文日期：中華民國○○年○○月○○日

發文字號：（○○）字第○○○○○號

速別：

密等及解密條件或保密期限：

附件：

主旨：爲因應暑假國內旅遊旺季，請協調各鐵、公路及航空局等相關單位，實施車、機票及餐飲住宿配套優惠措施，並研議具體施行、推廣辦法。請查照。

說明：

一、時值暑假國內旅遊旺季，許多人皆苦於一票難求，或一宿難
覓，而放棄觀光旅遊，實為可惜。

二、請協調各鐵、公路及航空局等相關單位，實施車、機票及餐飲
住宿配套優惠措施，以發展觀光，並活絡經濟。

三、以簡便、套裝、優惠為原則，只要購買一張聯票，食宿交通都
不成問題，並有導遊介紹台灣各地景點及文物。請研議具體施
行、推廣之辦法，以吸引暑假觀光客，藉以發展國內旅遊活
動。

正本：觀光局

副本：

部長　○○○（蓋職章）

試擬行政院衛生署致所屬衛生機關函：今年度各地區腸病毒病例持續攀
升，已出現多起幼童重症病例，邇來氣候日漸炎熱，將進入感染高峰
期，恐造成全國大流行，請加強宣導防範，並採取應變措施，以維護民
眾安全。（九十七年鐵路人員、公路人員各類科特考、佐級）

檔　　案：
保存年限：

行政院衛生署　函

地址：○○市○○路○○○號
連絡方式：（承辦人、電話、
　　　　　　傳真、e-mail）

郵遞區號：
受文者地址：
受文者：所屬衛生機關
發文日期：中華民國○○年○○月○○日
發文字號：（○○）○○字第○○○○號
速別：最速件
密等及解密條件或保密期限：○○
附件：

主旨：今年度各地區腸病毒病例持續攀升，已出現多起幼童重症病
　　　例，邇來氣候日漸炎熱，將進入感染高峰期，恐造成全國大流
　　　行，請加強宣導防範，並採取應變措施，以維護民眾安全。請
　　　查照。

說明：

一、今年度氣候異常，各地區腸病毒病例持續攀升，已出現多起幼
　　童重症病例。

二、邇來氣候日漸炎熱，腸病毒將進入感染高峰期，恐造成全國大
　　流行，請加強宣導民眾要多洗手，公眾聚集地方，應避免帶幼
　　童出入，藉以防範，並採取應變措施，以維護民眾安全。

三、各地衛生機關應發函提醒轄內各醫院，有關腸病毒之疑似病
　　狀，需特別注意，並將疑似病例，陳報上級。

四、各地衛生機關應檢視轄內各醫院腸病毒疫苗之存量，如有不

足，請儘速陳報，以便統一對外採購調配。

正本：所屬衛生機關

副本：

署長　○○○（蓋職章）

試擬彰化市警察分局函彰化縣警察局：有關轄區加強社區守望相助之輔導計畫，是否可行，敬請核示。（須有附件內容）（九十七年警察人員、關務人員各類別特考、二等）

檔　　號：
保存年限：

彰化市警察分局　函

地址：○○市○○路○○○號
聯絡方式：（承辦人、電話、
　　　　　　傳真、e-mail）

郵遞區號：

受文者地址：

受文者：彰化縣警察局

發文日期：中華民國○○年○○月○○日

發文字號：（○○）字第○○○○○號

速別：

密等及解密條件或保密期限：

附件：附「彰化市社區守望相助之輔導計畫」一份

主旨：有關本分局擬定轄區加強社區守望相助之輔導計畫，是否可行，敬請　核示。

說明：

一、社區守望相助，是近年來各民主國家結合社區發展，以推動人們互助、互信之美德，美化環境，發揮人溺己溺之精神，並配合警力，以消弭犯罪。

二、本分局轄區由於幅原廣大，警力有限，為維護轄區治安，本分局極力推動輔導「社區守望相助」活動，結合社區守望相助，注重環保，美化社區，並減輕犯罪事件。

三、本分局為加強「社區守望相助」功能，特擬定社區守望相助之輔導計畫，請上級予以指正。

正本

副本

分局長 　○○○（蓋職章）

附件：

附件名稱：「彰化市社區守望相助之輔導計畫」

　　目的：本分局為加強「彰化市社區守望相助」功能，特擬定社區守望相助之輔導計劃。

　　依據：彰化市社區發展會議第三次會議決議

　　主辦機構：彰化市警察分局

　　承辦機構：彰化縣警察局

　　實施要略：（略）

　　經費：所需經費請上級專案補助。

　　本計畫如有未盡事宜，得簽奉核可後，修正公布之。

試擬內政部警政署函各縣市警察局：如何加強在職進修，以提升工作效率、豐富生活，並請擬定具體可行計畫，報署核准後實施。（九十七年警察人員、關務人員各類別特考、三等）

檔　　號：

保存年限：

内政部警政署　函

地址：○○市○○路○○○號
聯絡方式：（承辦人、電話、傳真、e-mail）

郵遞區號：

受文者地址：

受文者：各縣市警察局

發文日期：中華民國○○年○○月○○日

發文字號：（○○）○字第○○○○○號

速別：

密等及解密條件或保密期限：

附件：

主旨：如何加強在職進修，以提升工作效率、豐富生活，並請擬定具體可行計畫，報署核准後實施。請查照。

說明：

一、現代科技不斷進步，犯罪者行為也層出不窮，日新月異。並引用最新科技產品來觸犯刑法。

二、身為警務人員，平日工作繁重，壓力甚大，針對罪犯輒利用高科技器材犯罪，必須要隨時加強在職進修，瞭解罪犯之犯罪心理和使用之工具，才能提升工作效率，有效偵防犯罪。

三、請所屬各警察局擬定在職進修具體可行計畫，在不影響警力勤

務調配下，儘量鼓勵警員在職進修，以提升工作效率、豐富生活。

正本：各縣市警察局

副本：

署長　○○○（蓋職章）

試擬法務部致所屬各檢調機關函：主動積極偵辦不肖業者哄抬物價、囤積居奇、居間壟斷等不法案件。（九十七年警察人員、關務人員各類別特考、四等）

檔　　號：
保存年限：

法務部　函

地址：○○市○○路○○○號
聯絡方式：（承辦人、電話、
　　　　　　傳真、e-mail）

郵遞區號：

受文者地址：

受文者：所屬各撿調機關

發文日期：中華民國○○年○○月○○日

發文字號：（○○）字第○○○○○號

速別：速件

密等及解密條件或保密期限：

附件：

主旨：主動積極偵辦不肖業者哄抬物價、囤積居奇、居間壟斷等不法
　　　案件，請查照。

說明：

一、近來由於國際油價不斷攀升，導致輸入性通貨膨漲，使得物價普遍上漲，一般人民頗苦於高物價生活。

二、有些不肖業者，更藉機哄抬物價、囤積居奇、居間壟斷，以牟取暴利，使民眾怨聲載道。

三、請各單位嚴加查察，凡是非經濟因素之漲價行為，諸如囤積居奇、居間壟斷，藉以哄抬物價之不肖商人，將予嚴懲，以弭民怨。

辦法：

一、請各單位組成物價查察小組，隨時查察各大超商、百貨公司、及零售商店各類商品之物價，尤其攸關民生之物價，如有漲價不合理，則隨時呈報取締。

二、鼓勵民眾檢舉不合理之漲價商品，及有囤積居奇、居間壟斷之不肖商人，將訴之於法，予以嚴懲。

正本：所屬各撥調機關

副本：

部長　○○○（蓋職章）

試擬財政部致關稅總局函：邇來民生物資價格波動，不法之徒利用海上走私農產品圖利，希嚴加查緝，以維護本國農民權益。（九十七年警察人員、關務人員各類別特考、五等）

<pre>
                                          檔　　案：
                                          保存年限：

              財政部　函

                                  地址：○○市○○路○○○號
                                  連絡方式：（承辦人、電話、
                                           傳真、e-mail）

郵遞區號：
受文者地址：
受文者：關稅總局
發文日期：中華民國○○年○○月○○日
發文字號：（○○）○○字第○○○○號
速別：最速件
密等及解密條件或保密期限：○○
附件：
</pre>

主旨：邇來民生物資價格波動，不法之徒輒利用海上走私農產品圖
　　　利，希嚴加查緝，以維護本國農民權益。請照辦。

說明：

一、邇來因逢梅雨季，農產品輒因雨水泡爛，而致欠收，使得民生
　　物質價格波動，不法之徒遂利用海上走私大陸農產品，牟取暴
　　利，嚴重傷害本國農民生計。

二、請關稅總局配合海巡署等相關單位，在各港口嚴加查緝，所查
　　獲之農產品，定期銷毀，走私者則予以法辦。以杜絕非法海上
　　走私農產品，維護本國農民權益。

正本：關稅總局

副本：

部長　○○○（蓋職章）

試擬台北市政府教育局函所屬各級學校：各級學校已陸續開學，為避免部分學生適應不良，請加強掌握學生身心狀況，並視必要予以適當輔導協助。（九十七年民航人員特考、法務部調查局調查人員特考、三等）

檔　　案：
保存年限：

台北市政府教育局　函

地址：○○市○○路○○○號
連絡方式：（承辦人、電話、
　　　　　　傳真、e-mail）

郵遞區號：
受文者地址：
受文者：所屬各級學校
發文日期：中華民國○○年○○月○○日
發文字號：（○○）○○字第○○○○號
速別：最速件
密等及解密條件或保密期限：○○
附件：

主旨：各級學校已陸續開學，為避免部分學生適應不良，請加強掌握學生身心狀況，並視必要予以適當輔導協助。請查照。

說明：

一、時值九月，各級學校已陸續開學，鑑以以往，輒有學生因適應不良，發生逃學，或在學校霸凌其他同學，或不願學習，產生許多校園問題。

二、各校應遴選有愛心之老師，擔任導師，加強掌握班上學生身心狀況，如發現有學習不良之情形，則配合學校輔導單位，尋訪其原因，協助學生解決困難。

三、各校除正常教學外，也應安排各種團康活動，激發學生參與活動之興趣，以增進學生社交與人相處之經驗。

四、充實各學校輔導單位之人力與設備，並聘請學校附近醫院之心理醫生，協助解決學生身心適應不良之問題。如經費、人力有所不逮，可專案報請本局協助。

正本：所屬各級學校

副本：

局長　○○○（蓋職章）

試擬縣市政府致各鄉鎮公所函：正值颱風季節，為減少颱風侵襲之損失，請勸導鄉鎮民加緊整修房屋，疏濬水道，切實做好防颱措施。（九十七年外交領事人員、外交行政人員及國際新聞人員特考、四等）

檔　　案：

保存年限：

○○縣（市）政府　函

地址：○○市○○路○○○號
連絡方式：（承辦人、電話、傳真、e-mail）

郵遞區號：

受文者地址：

受文者：各鄉鎮公所

發文日期：中華民國○○年○○月○○日

發文字號：（○○）○○字第○○○○號

速別：最速件

密等及解密條件或保密期限：○○

附件：

主旨：正值颱風季節，為減少颱風侵襲之損失，請勸導鄉鎮民加緊整修房屋，疏濬水道，切實做好防颱措施。請照辦。

說明：

一、鑑以以往颱風季節，由於未做好防颱工作，輒使水淹客廳，或引起土石流，造成生命財產之損失。

二、為減少颱風侵襲之損失，當颱風來襲前，各鄉鎮公所應勸導鄉鎮民加緊整修房屋，疏濬水道，如有被沖毀之道路、橋樑、水門等，更應及早陳報上級單位，俾能撥款整修，切實做好防颱措施。

三、如遇土石流警戒地區，各鄉鎮公所更應隨時注意中央防颱公布之訊息，情況危急時，務必緊急撤退鄉鎮民，避免鄉鎮民遭受更大生命之危險。

正本：各鄉鎮公所

副本：

○縣（市）長　○○○（蓋職章）

試擬教育部函各縣市政府教育局：為拓展學生的國際視野，請轉知各所屬學校，採取有效措施，增進學生對國際現勢的認知。（九十七年外交領事人員、外交行政人員及國際新聞人員、國際經濟商務人員、國家安全局情報人員特考、三等）

<table>
<tr><td></td><td>檔　案：</td></tr>
<tr><td></td><td>保存年限：</td></tr>
</table>

教育部　函

地址：○○市○○路○○○號
連絡方式：（承辦人、電話、
　　　　　傳真、e-mail）

郵遞區號：

受文者地址：

受文者：各縣市政府教育局

發文日期：中華民國○○年○○月○○日

發文字號：（○○）○○字第○○○○號

速別：最速件

密等及解密條件或保密期限：○○

附件：

主旨：為拓展學生的國際視野，請轉知各所屬學校，採取有效措施，增進學生對國際現勢的認知。請照辦。

說明：

一、由於交通工具之進步迅速，大大縮小來往兩地之距離時間，天涯若比鄰，使得地球各國猶如村落一般，國際視野更是現代人所必須培養的。

二、為拓展學生的國際視野，請轉知各所屬學校，採取有效措施，如增開有關國際現勢、國際貿易等課程，並加強學生外語訓練，增進學生對國際現勢的認知。

三、各縣市政府教育局應多安排本地學生與外國學生相互交流，甚至安排外國學生Long Stay本地學生家中，從生活中不僅可培養友誼，也可瞭解相互之國情及國際現勢。

```
正本：各縣市政府教育局

副本：


部長　○○○（蓋職章）
```

由外地進口之奶粉、奶精或咖啡，經工廠摻入各種食品銷售，而含毒成分被發現後，造成人心恐慌。請代行政院擬一公文致行政院衛生署及行政院農業委員會，即日起務須嚴格把關，以確保國人健康。（九十七年身心障礙人員特考、三等）

```
                                          檔　　案：
                                          保存年限：

                 行政院　函

                              地址：○○市○○路○○○號
                              連絡方式：（承辦人、電話、
                                        傳真、e-mail）

郵遞區號：

受文者地址：

受文者：行政院衛生署及行政院農業委員會

發文日期：中華民國○○年○○月○○日

發文字號：（○○）○○字第○○○○號

速別：最速件

密等及解密條件或保密期限：○○

附件：
```

主旨：由外地進口之奶粉、奶精或咖啡，經工廠摻入各種食品銷售，而含毒成分被發現後，造成人心恐慌。即日起務須嚴格把關，以確保國人健康。請照辦。

說明：

一、由於大陸三氯氰氨毒奶粉事件，傷害嬰兒健康甚巨，且發現許

多進口之奶粉、奶精或咖啡，經工廠摻入各種食品銷售，而含毒成分過高，嚴重影響人們身體健康。而進口之生鮮蔬菜，含農藥、禁藥比例甚高，更造成國人恐慌不已。

二、自即日起衛生署及行政院農業委員會，對進口之食物、奶製品及生鮮蔬菜，皆應嚴格把關，詳細檢驗，如發現有摻入不明之添加物，或未符檢疫標準，一律禁止銷售，並予以焚燬。

正本：行政院衛生署及行政院農業委員會

副本：各縣市政府食品衛生處、農業處

院長　○○○（蓋職章）

試擬行政院衛生署致各直轄市、縣（市）政府函：

依法檢測各類食品，是否符合國家安全標準，並妥善管理，以確保國民飲食安全及健康。（九十七年身心障礙人員特考、四等）

　　　　　　　　　　　　　　　　　　　　　　檔　　案：

　　　　　　　　　　　　　　　　　　　　　　保存年限：

　　　　　　　　　行政院衛生署　函

　　　　　　　　　　　　　　　　　　地址：○○市○○路○○○號

　　　　　　　　　　　　　　　　　　連絡方式：（承辦人、電話、

　　　　　　　　　　　　　　　　　　　　　　　傳真、e-mail）

郵遞區號：

受文者地址：

受文者：各直轄市、縣（市）政府

發文日期：中華民國○○年○○月○○日

發文字號：（○○）○○字第○○○○號

速別：最速件

密等及解密條件或保密期限：○○

附件：

主旨：依法檢測各類食品，是否符合國家安全標準，並妥善管理，以確保國民飲食安全及健康。請照辦。

說明：

一、近來許多不肖商人在食品中添加各種不明添加物，如防腐劑、塑化劑等，以增加食物之保存期，卻傷害人民健康甚巨。

二、請依法檢測各類食品，是否符合國家安全標準，若未符合，即應將其商品下架，禁止販售，並公布其商品，避免商人因循予以販售。

正本：各直轄市、縣（市）政府

副本：

署長　○○○（蓋職章）

試擬行政院致行政院衛生署函：為避免消費者因輕信媒體誇大不實之醫藥廣告，購買成分或來路不明之藥品，應加強稽查、取締；並呼籲民眾如有病痛應循正常就醫管道，千萬不可誤信密醫、偽藥，以維護身心健康。（九十七年警察人員升官等、鐵路人員升資考、員級晉高員級）

檔　案：

保存年限：

<h1>行政院　函</h1>

地址：○○市○○路○○○號

連絡方式：（承辦人、電話、
傳真、e-mail）

郵遞區號：

受文者地址：

受文者：行政院衛生署

發文日期：中華民國○○年○○月○○日

發文字號：（○○）○○字第○○○○號

速別：最速件

密等及解密條件或保密期限：○○

附件：

主旨：為避免消費者因輕信媒體誇大不實之醫藥廣告，購買成分或來
　　　路不明之藥品，應加強稽查、取締；並呼籲民眾如有病痛應循
　　　正常就醫管道，千萬不可誤信密醫、偽藥，以維護身心健康。
　　　請查照。

說明：

　一、近來許多消費者因輕信媒體誇大不實之醫藥廣告，購買成分或
　　　來路不明之藥品，尤以減肥藥和肝藥，傷害健康至巨，甚或因
　　　而送命。

　二、請衛生署督促各地衛生局應加強稽查廣告販售之藥，如有成分
　　　不符，或誇大藥效，則應嚴加取締，並予以禁售。

　三、透過媒體報紙，呼籲民眾如有病痛，應循正常就醫管道，到醫
　　　院求診，千萬不可誤信密醫、偽藥之誇大不實之療效，以維護
　　　病人身心健康。

四、對製造偽藥、或密醫，各地衛生局應主動查訪，並按醫師法或
　　藥師法予以嚴懲。

正本：行政院衛生署

副本：各縣市衛生處

院長　　○○○（蓋職章）

國立臺灣史前文化博物館教育資源中心已於91年8月17日正式對外開放，館藏考古學、人類學、民族學、自然史及臺灣原住民等相關主題的圖書及影音資料，可提供觀眾學習認知的機會與環境，歡迎各縣市中小學以「戶外教學」方式提出申請，至該館參觀訪問。試擬國立臺灣史前文化博物館致各縣市中小學函。（九十七年原住民族各類科特考、三等）

　　　　　　　　　　　　　　　　　　　　　檔　　案：
　　　　　　　　　　　　　　　　　　　　　保存年限：

國立臺灣史前文化博物館　函

　　　　　　　　　　　　　地址：○○市○○路○○○號
　　　　　　　　　　　　　連絡方式：（承辦人、電話、
　　　　　　　　　　　　　　　　　　傳真、e-mail）

郵遞區號：

受文者地址：

受文者：各縣市中小學

發文日期：中華民國○○年○○月○○日

發文字號：（○○）○○字第○○○○號

速別：最速件

密等及解密條件或保密期限：○○

附件：

主旨：本館教育資源中心已於91年8月17日正式對外開放，館藏考古學、人類學、民族學、自然史及臺灣原住民等相關主題的圖書及影音資料，可提供觀眾學習認知的機會與環境，歡迎各縣市中小學以「戶外教學」方式提出申請，至該館參觀訪問。請查照。

說明：

一、本館教育資源中心已於91年8月17日正式對外開放，館內收藏許多有關考古學、人類學、民族學、自然史及臺灣原住民等相關主題的圖書及影音資料，可提供觀眾學習認知的機會與環境。

二、本館亦將舉辦有關考古學、人類學、民族學、自然史及臺灣原住民等相關主題之學術研討會，邀請學者專家參加。

三、歡迎各地民眾及各縣市中小學以「戶外教學」方式提出申請，至本館參觀訪問，本館將派解說員解說各展項之主題。

四、本館開放時間：週一至週五：上午九點至下午五點。
　　　　　　　　　　週六至週日：上午八點點至下午六點。

正本：各縣市中小學

副本：

館長　○○○（蓋職章）

試擬行政院原住民族委員會致函各直轄市、縣（市）政府：應加強推動原住民歷史文化的蒐羅、保存和展示等藝文活動，以發揚臺灣的原住民文化。（九十七年原住民族各類科特考、四等）

<pre>
                                            檔　　案：
                                            保存年限：

            行政院原住民族委員會　函

                                    地址：○○市○○路○○○號
                                    連絡方式：（承辦人、電話、
                                            傳真、e-mail）

郵遞區號：
受文者地址：
受文者：各直轄市、縣（市）政府
發文日期：中華民國○○年○○月○○日
發文字號：（○○）○○字第○○○○號
速別：最速件
密等及解密條件或保密期限：○○
附件：
</pre>

主旨：應加強推動原住民歷史文化的蒐羅、保存和展示等藝文活動，以發揚臺灣的原住民文化。請查照。

說明：

一、原住民在臺灣居住最久，所留下文化亦最久，然因語言文字關係，許多文化遺跡與慶典資料皆因時代久遠而遺失，殊為可惜。

二、請各直轄市、縣（市）政府加強蒐羅轄內之原住民部落之各項文物，尤其應蒐集原住民轄內豐年祭或收穫祭之影音記錄。

三、在每年固定舉辦原住民文物展，讓原住民和外界從展覽中瞭解原住民文物之特色，藉以發揚臺灣的原住民文化。

<pre>
正本：各直轄市、縣（市）政府

副本：

主任委員　○○○（蓋職章）
</pre>

> 試擬行政院文化建設委員會致各縣市文化局函：為獎勵保存地方文化，請選薦貴縣（市）各類劇團參加本會「金劇獎」選拔。（九十七年地方政府公務人員各類特考、三等）

檔　　案：
保存年限：

行政院文化建設委員會　函

地址：○○市○○路○○○號
連絡方式：（承辦人、電話、
　　　　　傳真、e-mail）

郵遞區號：

受文者地址：

受文者：各縣市文化局

發文日期：中華民國○○年○○月○○日

發文字號：（○○）○○字第○○○○號

速別：最速件

密等及解密條件或保密期限：○○

附件：各類劇團參加本會「金劇獎」選拔之選薦空白表五份。

主旨：為獎勵保存地方文化，請選薦貴縣（市）各類劇團參加本會「金劇獎」選拔。請查照。

說明：

　一、本會「金劇獎」，成立多年，每年補助劇團甚多，造就臺灣劇團之蓬勃發展，也培養許多編劇人才及男女主角。

　二、為獎勵保存地方文化，請選薦貴縣（市）各類劇團參加本會「金劇獎」選拔。

辦法：

　一、本會「金劇獎」選薦之資格，團員必須落籍於本市兩年以上。

　　　　劇團每年必須有兩齣戲公開演出。

　二、「金劇獎」獎金分劇團和個人兩組

　　　　劇團組第一名：獎金一千萬，第二名：獎金八百萬，第三名：

　　　　獎金五百萬。

　　　　個人組第一名：獎金三百萬，第二名：獎金二百萬，第三名：

　　　　獎金一百萬。

　三、劇團選薦報名時間：九月一日至十五日。公布優勝時間：十二

　　　　月一日

正本：各縣市文化局

副本：

主任委員　○○○（蓋職章）

試擬行政院衛生署致所屬機構函：請確實加強食品衛生檢驗，避免再發生中毒事件，以維護全民健康。（九十七年地方政府公務人員各類特考、四等）

　　　　　　　　　　　　　　　　　　　　　　　　檔　　案：

　　　　　　　　　　　　　　　　　　　　　　　　保存年限：

　　　　　　　　　　行政院衛生署　函

　　　　　　　　　　　　　　　　　　　地址：○○市○○路○○○號

　　　　　　　　　　　　　　　　　　　連絡方式：（承辦人、電話、

　　　　　　　　　　　　　　　　　　　　　　　　　傳真、e-mail）

郵遞區號：

受文者地址：

受文者：所屬機構

發文日期：中華民國○○年○○月○○日

發文字號：（○○）○○字第○○○○號

速別：最速件

密等及解密條件或保密期限：○○

附件：

主旨：請確實加強食品衛生檢驗，避免再發生中毒事件，以維護全民健康。請照辦。

說明：

一、近日天候異常，許多食品容易腐敗，連大型餐廳連鎖店如麥當勞、肯得基炸雞店都未能逃過，頻頻發生食物中毒事件。影響居民健康甚巨。

二、為避免再發生食物中毒事件，請各地衛生局加強各餐飲店及量販店、超商等食品衛生檢驗，包含生菌素、食用油之氧化等皆須嚴格化驗，如有不合規定之食品，應要求立即下架，禁止販售。

三、若餐飲店之食品衛生不合規定，則要求限期改善，若未能改善，則取消營業許可，禁止營業。

正本：所屬機構

副本：

署長　○○○（蓋職章）

民國九十八年

> 試擬內政部致各縣政府函，爲鑑於臺灣社會日益工業化與商業化結果，
> 導致青年勞動人口紛紛集中都會地區謀生發展，形成鄉村地區老人與幼
> 兒人口偏多問題；爰請各縣政府加強推動鄉村地區老人及兒童照護服務
> 之創新性措施，以建構健全之社會安全體系。（九十八年高考三級）

　　　　　　　　　　　　　　　　　　　　　　　檔　　案：
　　　　　　　　　　　　　　　　　　　　　　　保存年限：

內政部　函

　　　　　　　　　　　　　　　　　地址：○○市○○路○○○號
　　　　　　　　　　　　　　　　　連絡方式：（承辦人、電話、
　　　　　　　　　　　　　　　　　　　　　　　傳真、e-mail）

郵遞區號：

受文者地址：

受文者：各縣政府

發文日期：中華民國○○年○○月○○日

發文字號：（○○）○○字第○○○○號

速別：最速件

密等及解密條件或保密期限：○○

附件：

主旨：爰請各縣政府加強推動鄉村地區老人及兒童照護服務之創新性
　　　措施，以建構健全之社會安全體系。請照辦。

說明：

　一、為鑑於臺灣社會日益工業化與商業化結果，導致青年勞動人口
　　　紛紛集中都會地區謀生發展，形成鄉村地區老人與幼兒人口教
　　　養諸多問題。

　二、由於鄉村僅剩老人、幼兒，首先面對隔代教養問題，老人無力

指導幼兒功課，以致城鄉教育水準拉大。

三、其次醫療問題，老人和幼兒，抵抗力衰減，容易感染疾病，鄉下地區醫療院所不夠，醫療水準亦參差不齊，故在偏遠鄉下地區，籌建有水準之醫療院所，實刻不容緩。

四、各宵小輒利用鄉下老幼防護力不夠，或詐騙或搶奪、偷竊民間財物，影響治安甚巨。

辦法：

一、請各縣政府推動鄉村地區老人及兒童照護服務之創新性措施。鼓勵教育人才下鄉，輔導偏遠鄉下地區兒童之課業。

二、編列預算在各縣轄下之鄉下地區，籌辦有水準之小型或中型醫療院所，並與城市內大醫院連線，如有嚴重病患可以迅速轉院治療。

三、鼓勵城市大醫院之醫師，經常下鄉義診，並派人隨時下鄉宣導衛生常識，改善環境衛生。

四、各警察單位，應隨時巡察老幼在家之弱勢家庭，避免歹徒偷竊、詐騙等犯罪事件發生。

正本：各縣政府

副本：衛生處、社會處

部長　○○○（蓋職章）

請試擬交通部致民用航空局、觀光局、臺灣鐵路管理局函：為提升國家
形象，強化國際競爭力，營造友善的觀光環境，以吸引各國觀光客，應
督促所屬注意執勤時之工作態度，並加強教育訓練。（九十八年警察人
員、交通事業、鐵路人員、民航人員特考、三等考試、高員三級）

<table>
<tr><td></td><td>檔　　案：</td></tr>
<tr><td></td><td>保存年限：</td></tr>
</table>

交通部　函

地址：○○市○○路○○○號
連絡方式：（承辦人、電話、
　　　　　　傳真、e-mail）

郵遞區號：

受文者地址：

受文者：民用航空局、觀光局、臺灣鐵路管理局

發文日期：中華民國○○年○○月○○日

發文字號：（○○）○○字第○○○○號

速別：速件

密等及解密條件或保密期限：○○

附件：

主旨：為提升國家形象，強化國際競爭力，營造友善的觀光環境，以
　　　吸引各國觀光客，應督促所屬注意執勤時之工作態度，並加強
　　　教育訓練。請照辦。

說明：

　一、世界各國目前都以觀光服務業為無煙囪工業，無不盡力改善觀
　　　光環境，以吸引更多觀光客，我國也不例外，臺灣是個寶島，
　　　觀光資源豐富，應該極力發展觀光，將臺灣之美介紹給世人。

　二、惟觀光資源首重服務，為提升國家形象，強化國際競爭力，故

營造友善的觀光環境以吸引各國觀光客實屬必要。

三、民用航空局、觀光局、臺灣鐵路管理局等各單位應督促所屬注意執勤時之工作態度，並加強教育訓練，以更優質的服務，吸引觀光客。

辦法：

一、各單位應印製以中外語優美圖文並茂的相關簡介，除介紹所屬交通路線外，對於臺灣人文、景觀，文化背景等，應做有系統簡明之介紹，使國外旅客可一目瞭然。

二、各單位應設置常設教育訓練機構，定期舉辦員工之在職訓練，其內容包括外語會話，觀光地理常識、服務態度等，特別應注意值勤時之工作態度。

正本：民用航空局、觀光局、臺灣鐵路管理局

副本：

部長　○○○（蓋職章）

鑑於去（九十七）年卡玫基及辛樂克等颱風，造成臺灣地區嚴重水患及土石流災情，行政院劉院長於院會聽取相關檢討報告後，就目前救災及防汛整備提示加強辦理。行政院院會爰決定：請內政部督導地方政府辦理，並請相關部會配合。試擬內政部致各直轄市、縣市政府函（副知相關部會），請加強辦理減災及防汛整備，以提升防災能力，並將災害降至最低。（九十八年普考）

檔　　案：

保存年限：

內政部　函

地址：○○市○○路○○○號
連絡方式：（承辦人、電話、
　　　　　傳真、e-mail）

郵遞區號：

受文者地址：

受文者：各直轄市、縣市政府

發文日期：中華民國○○年○○月○○日

發文字號：（○○）○○字第○○○○號

速別：最速件

密等及解密條件或保密期限：○○

附件：

主旨：請加強辦理減災及防汛整備，以提升防災能力，並將災害降至
　　　最低。請照辦。

說明：

一、鑑於去（九十七）年卡玫基及辛樂克等颱風，造成臺灣地區嚴
　　重水患及土石流災情，仍有許多沖毀之橋樑或路基，至今未曾
　　修復。而今年雨季和汛汛又將到臨。

二、行政院劉院長於行政院會聽取相關檢討報告後，就目前救災及
　　防汛準備提示加強辦理。並決定：請內政部督導地方政府辦
　　理，並請相關部會配合。

三、對於各縣市政府未曾建好或未發包之地方水利工程設施，應探
　　討其原因，如因法令未能配合，則儘速修改，如因金錢預算不
　　足，則動支預備金，務必在雨季和汛汛來臨前，將防洪工程做
　　好，減低災害之發生。以維護人民生命財產之安全。

辦法：

一、請各直轄市、縣市政府，仔細檢視轄內之水利工程建設，去（九十七）年卡玫基及辛樂克等颱風有否遭到損害，如有，應儘速修復。

二、內政部及各地方政府應設立防汛督導小組，隨時監控颱風訊息，提供人民知曉，可及時防災。並嚴格督導各地方水利工程建設之興建，避免偷工減料，而危害人民生命財產之安全。

正本：各直轄市、縣市政府

副本：各相關部會

部長　○○○（蓋職章）

針對青少年道德價值混淆與偏差行為日益惡化情況，教育部曾訂定「品德教育促進方案」。試擬臺北縣政府教育局致所屬各級學校函：落實品德教育，藉以提升學生道德素養，確立行為準則，進而建構完善優質之校園文化。（九十八年初等考試、一般行政）

檔　案：

保存年限：

臺北縣政府教育局　函

地址：○○市○○路○○○號

連絡方式：（承辦人、電話、傳真、e-mail）

郵遞區號：

受文者地址：

受文者：所屬各級學校

發文日期：中華民國○○年○○月○○日

發文字號：（○○）○○字第○○○○號

速別：最速件

密等及解密條件或保密期限：○○

附件：

主旨：落實品德教育，藉以提升學生道德素養，確立行為準則，進而建構完善優質之校園文化。請照辦。

說明：

一、由於時代風氣影響，學生輒以追求時髦為尚，置倫常道德不顧，道德價值混淆，偏差行為日益惡化，經常在校園發生霸凌事件，不僅影響校譽，甚且危害社會治安。

二、針對青少年道德價值混淆，行為偏差，教育部特訂定「品德教育促進方案」，重建倫理價值，藉以糾正學生之偏差行為。

三、請所屬各級學校將教育部所擬定之「品德教育促進方案」公布週知，並落實此方案之實施。

辦法：

一、各校可用圖畫、演說、徵文、行動劇等方式，來推廣「有品活動」，藉以造成風潮，改變學生不正確之價值觀，進而建構完善有禮優質之校園文化。

二、「有品活動」實施半年後，加以考核，如有窒礙難行者，則加以修正。

正本：所屬各級學校

副本：

局長　○○○（蓋職章）

酒醉駕駛往往造成許多無辜民眾的傷亡，導致家庭的破碎。請試擬內政部警政署函所屬各警察機關，加強宣導並取締酒醉駕駛，以維護民眾生命財產的安全。（九十八年初等考試、社會行政、人事行政、勞工行政、教育行政、財稅行政）

　　　　　　　　　　　　　　　　　　　　檔　　案：
　　　　　　　　　　　　　　　　　　　　保存年限：

內政部警政署　函

　　　　　　　　　　　　　　　　地址：○○市○○路○○○號
　　　　　　　　　　　　　　　　連絡方式：（承辦人、電話、
　　　　　　　　　　　　　　　　　　　　　傳真、e-mail）

郵遞區號：

受文者地址：

受文者：所屬各警察機關

發文日期：中華民國○○年○○月○○日

發文字號：（○○）○○字第○○○○號

速別：最速件

密等及解密條件或保密期限：○○

附件：

主旨：加強宣導並取締酒醉駕駛，以維護民眾生命財產的安全。請照辦。

說明：

　一、臺灣民眾參加宴席慶典，輒喝酒以助興，散席後再帶著酒意開車，由於精神無法集中，屢屢發生車禍而導致無辜民眾的傷亡，家庭的破碎，影響甚巨。

　二、政府雖常宣導酒駕之危險，然效果不彰，為避免酒駕傷人，今後各所屬警察單位，應極力宣導酒駕之害處，並嚴格取締酒

駕。

辦法：

一、各級警察單位可以透過海報、電視、報紙等新聞媒體，刊登廣
　　告方式宣導酒駕之害處以及罰則之重。

二、在容易肇禍之路段設置警網，隨時攔車以臨檢，並嚴加取締喝
　　酒開車之駕駛。

正本：所屬各警察機關

副本：

署長　○○○（蓋職章）

試擬行政院致內政部函：近來屢傳家暴案件，受害者約9成為8歲以下兒
童，應規劃與各地民間社福團體合作，強化主動發掘、關懷家暴受虐童
機制，以及早防治家暴行為發生，並積極介入、輔導改善家暴受虐童之
生活狀況。（九十八年警察人員、交通事業、鐵路人員、民航人員特
考、二等、高員二級）

檔　　案：
保存年限：

行政院　函

地址：○○市○○路○○○號
連絡方式：（承辦人、電話、
　　　　　傳真、e-mail）

郵遞區號：

受文者地址：

受文者：內政部

發文日期：中華民國○○年○○月○○日

發文字號：（○○）○○字第○○○○號

速別：最速件

密等及解密條件或保密期限：○○

附件：

主旨：近來屢傳家暴案件，受害者約9成為8歲以下兒童，應規劃與各
　　　地民間社福團體合作，強化主動發掘、關懷家暴受虐童機制，
　　　以及早防治家暴行為發生，並積極介入、輔導改善家暴受虐童
　　　之生活狀況。請照辦。

說明：

　一、近來因金融危機，屢傳家暴案件，受害者約9成為8歲以下兒
　　　童。傷害國家幼苗甚巨，應及早規劃與各地民間社福團體合
　　　作，強化主動發掘、關懷家暴受虐童機制。

　二、對於家暴行為，絕非單一案件，而存僥倖，以為施暴者下次會
　　　改，以致延誤幼童之安置，往往造成悲劇。故只要一發生家
　　　暴，政府機構與民間社團即應積極介入，探討家暴原因，對受
　　　虐者之生活，即應設法照顧安置。

　三、對於家暴受虐童之心理，政府應聘請專家輔導，避免產生受虐
　　　後遺症。

正本：內政部

副本：民間各社福團體

院長　　○○○（蓋職章）

內政部自98年1月1日起開辦「全額補助中低收入家庭兒童及少年自付健保費」，全額補助中低收入家庭內未滿18歲兒童及少年健保費自付額，以確保兒童及少年醫療權益。試擬內政部致各縣、市政府函，請加強宣導，切實執行，避免兒童及少年因欠繳健保費而喪失應有之醫療照顧。（九十八年稅務人員、關務人員、海岸巡防人員、退除役軍人轉任考試、三等）

檔　　案：
保存年限：

內政部　函

地址：○○市○○路○○○號
連絡方式：（承辦人、電話、
傳真、e-mail）

郵遞區號：

受文者地址：

受文者：各縣、市政府

發文日期：中華民國○○年○○月○○日

發文字號：（○○）○○字第○○○○號

速別：最速件

密等及解密條件或保密期限：○○

附件：

主旨：請加強宣導政府開辦「全額補助中低收入家庭兒童及少年自付健保費」之美意，並切實執行，避免兒童及少年因欠繳健保費，而喪失應有之醫療照顧。請照辦。

說明：

一、近來社會頻傳低收入家庭因繳不起健保費，致使兒童及青少年喪失應有之醫療照顧，而造成許多傷亡之憾事。

二、內政部自98年1月1日起開辦「全額補助中低收入家庭兒童及少

年自付健保費」，全額補助中低收入家庭內未滿18歲兒童及少年健保費自付額，以確保兒童及少年醫療權益。

三、此項美意，各縣市政府相關單位，應加強宣導，並將低收入家庭兒童、少年名單造冊，主動告知當事人，以便申請健保費補助，避免兒童及少年因欠繳健保費而喪失應有之醫療照顧。

正本：各縣、市政府

副本：健保局

部長　○○○（蓋職章）

試擬行政院致行政院文化建設委員會函：請依「文化資產保存法」規定，確實維護古蹟、歷史建築、傳統藝術、民俗及有關文物，以增進國人認識文化資產，充實精神生活。（九十八年基層警察人員、稅務人員、退除役軍人轉任考試、關務人員各類科考試、四等）

檔　　案：

保存年限：

行政院　函

地址：○○市○○路○○○號

連絡方式：（承辦人、電話、傳真、e-mail）

郵遞區號：

受文者地址：

受文者：行政院文化建設委員會

發文日期：中華民國○○年○○月○○日

發文字號：（○○）○○字第○○○○號

速別：最速件

密等及解密條件或保密期限：○○

附件：「文化資產保存法」一件

主旨：請依「文化資產保存法」規定，確實維護古蹟、歷史建築、傳統藝術、民俗及有關文物，以增進國人認識文化資產，充實精神生活。請照辦。

說明：

一、臺灣有不少先民留下之古蹟和歷史建築，以及傳統藝術、民俗及有關文物。由於年久失修或後代子孫不重視，以致於古蹟和歷史建築有不少殘破，傳統藝術、民俗及有關文物，則失傳或遺失，殊為可惜。

二、請依「文化資產保存法」規定，編製預算，修補殘破之古蹟、歷史建築，並保存傳統藝術，民俗文物，以增進國人認識文化資產，充實精神生活。

辦法：

一、對於先民留下之古蹟和歷史建築，可聘請專家予以鑑定分級，有殘破處，則按古法施工，以便回復原貌。

二、各縣市可尋適當地點修建文物館，以保存先民留下之傳統藝術、民俗及有關文物，並予以整理，開放展覽、傳承。

正本：行政院文化建設委員會

副本：

院長　○○○（蓋職章）

試擬行政院衛生署函各縣市衛生局：希依照罰則，確實加強取締各類誇大不實之藥品與健康食品廣告，以維護國民身心健康。（九十八年海岸巡防人員、關務人員考試、五等）

檔　　案：

保存年限：

行政院衛生署　函

地址：○○市○○路○○○號
連絡方式：（承辦人、電話、
　　　　　　傳真、e-mail）

郵遞區號：

受文者地址：

受文者：各縣市衛生局

發文日期：中華民國○○年○○月○○日

發文字號：（○○）○○字第○○○○號

速別：最速件

密等及解密條件或保密期限：○○

附件：

主旨：希依照罰則，確實加強取締各類誇大不實之藥品與健康食品廣告，以維護國民身心健康。請照辦。

說明：

一、近年來許多藥品和健康食品，藉助廣告或名人、影星之代言介紹，誇大不實療效，不僅讓購買民眾破財，並誤導民眾有病延誤就醫，影響國民健康甚巨。

二、請依照罰則，確實加強取締各類誇大不實之藥品與健康食品廣告，並予以下架，禁止販售，嚴懲代言介紹之名人影星，以維護國民身心健康。

辦法：

一、各地衛生局應主動檢驗誇大不實之藥品與健康食品，若與廣告宣稱之療效不符時，則應加以懲處，並發佈新聞讓民眾知道。

二、對於有害健康之食品和藥品，則應禁止製造和販售。

正本：各縣市衛生局

副本：

署長　○○○（蓋職章）

近日媒體報導：國內各名勝古蹟及風景區，隨處可見遊客在牆壁、樹幹等處或畫圖、或塗寫姓名及其他文字，污損古蹟，破壞景區美觀。試擬交通部觀光局致各縣市政府函，請加強宣導國民公德心及正確旅遊觀念。（九十八年身心障礙人員特考、三等）

檔　　案：

保存年限：

交通部觀光局　函

地址：○○市○○路○○○號
連絡方式：（承辦人、電話、傳真、e-mail）

郵遞區號：

受文者地址：

受文者：各縣市政府

發文日期：中華民國○○年○○月○○日

發文字號：（○○）○○字第○○○○號

速別：最速件

密等及解密條件或保密期限：○○

附件：

主旨：請加強宣導國民公德心及正確旅遊觀念。請照辦。

說明：

一、近日媒體報導：國內各名勝古蹟及風景區，隨處可見遊客在牆壁、樹幹等處或畫圖、或塗寫姓名及其他文字，污損古蹟，破壞景區美觀。

二、請各縣市政府加強宣導國民公德心及正確旅遊觀念。可從學校教育做起，並藉助媒體、報紙之廣告，提振國民公德心及正確旅遊觀念。

三、應在國內各名勝古蹟及風景區設置告示牌，禁止遊客隨意亂塗鴉。並隨時派員巡察，凡遊客不守規矩，任意在旅遊區牆壁、樹幹等處或畫圖、或塗寫姓名及其他文字，污損古蹟，破壞景區美觀者，均予以罰款或拘留以嚴懲。

正本：各縣市政府

副本：

觀光局長　○○○（蓋職章）

試擬教育部致各縣市政府教育局函：自去年金融風暴以來，部分家境清寒學生無法繼續就學，輟學人數大幅提高，請務必要求所屬各級學校，加強輔導並進行適當協助，以避免造成校園與社會問題。（九十八年身心障礙人員考試、四等）

檔　案：
保存年限：

教育部　函

地址：○○市○○路○○○號
連絡方式：（承辦人、電話、
　　　　　傳真、e-mail）

郵遞區號：
受文者地址：
受文者：各縣市政府教育局
發文日期：中華民國○○年○○月○○日
發文字號：（○○）○○字第○○○○號
速別：最速件
密等及解密條件或保密期限：○○
附件：

主旨：請務必要求所屬各級學校，加強輔導清寒學生並進行適當協
　　　助，以避免造成校園與社會問題。請照辦。

說明：

　一、自去年金融風暴以來，部分家境清寒學生無法繼續就學，輟學
　　　人數大幅提高，不僅影響學生個人前途，並且浪費學校教育資
　　　源。對私校而言，甚或影響學校之運作。

　二、請各校加強輔導並進行適當協助，對部分家境清寒學生，或以
　　　減免學生學雜費，或增加工讀機會，藉以幫助這些清寒學生，
　　　避免他們中途輟學，而造成校園與社會問題。

正本：各縣市政府教育局
副本：

部長　○○○（蓋職章）

試擬行政院環境保護署函各縣市政府：確實督導各所屬單位積極落實「節能減碳政策」，以順應時代潮流，並為國家永續發展奠定堅實基礎。（九十八年身心障礙人員特考、五等）

檔　　案：
保存年限：

行政院環境保護署　函

地址：○○市○○路○○○號
連絡方式：（承辦人、電話、
　　　　　傳真、e-mail）

郵遞區號：
受文者地址：
受文者：各縣市政府
發文日期：中華民國○○年○○月○○日
發文字號：（○○）○○字第○○○○號
速別：最速件
密等及解密條件或保密期限：○○
附件：

主旨：確實督導各所屬單位積極落實「節能減碳政策」，以順應時代
　　　潮流，並為國家永續發展奠定堅實基礎。請照辦。

說明：

一、在目前科技發達，人類為享受更多自動化設備，以致浪費能
　　源，耗損碳氣，尤以當今能源匱乏之際，惟有落實「節能減碳
　　政策」，方能為國家永續發展奠定堅實基礎。

二、「節能減碳政策」並非口號，各縣市政府應積極訂定節能省碳
　　具體項目，諸如鼓勵員工上班盡量不要開車，而搭乘大眾運輸
　　工具，上樓梯盡量用步行，而非坐電梯；開冷氣不要低於26

度，……舉凡可節能省炭之措施，具體公布，俾員工可以遵
循。

三、每季檢核各單位對「節能減碳」之成效，若未能遵循「節能減
碳」政策之機關或員工，則給予適度之懲罰。

正本：各縣市政府

副本：

署長　○○○（蓋職章）

為規劃及興建臺中都會區捷運系統工程，請依行政院函示，試擬交通部
函致臺中市政府研訂計畫，做好土地測量分割、用地編定公告等各項先
期作業，俾利工程進行。（九十八年交通事業公路人員、港務人員升資
考試、員級晉高員級）

　　　　　　　　　　　　　　　　　　　　　檔　　案：
　　　　　　　　　　　　　　　　　　　　　保存年限：

交通部　函

　　　　　　　　　　　　　　　　　地址：○○市○○路○○○號
　　　　　　　　　　　　　　　　　聯絡方式：（承辦人、電話、
　　　　　　　　　　　　　　　　　　　　　　　傳真、e-mail）

郵遞區號：

受文者地址：

受文者：臺中市政府

發文日期：中華民國○○年○○月○○日

發文字號：（○○）○○字第○○○○號

速別：最速件

密等及解密條件或保密期限：○○

附件：

主旨：為規劃及興建臺中都會區捷運系統工程，請依行政院函示，研
　　　訂計畫，做好土地測量分割、用地編定公告等各項先期作業，
　　　俾利工程進行。請照辦。

說明：

一、臺中都會地區近年來人口暴增，商業活動頻增，路上交通已臨
　　屆飽和，唯有興建都會地區捷運工程，方能紓解交通擁塞。

二、興建臺中都會地區捷運工程，應依行政院函示，先研定計畫，
　　做好土地測量分割、用地編定公告、捷運路線、捷運場址規
　　劃、預算編列等各項先期作業，俾利工程進行。

三、臺中都會區捷運系統工程規劃完成後，須先報部核示後，方展
　　開先期計畫。

正本：臺中市政府

副本：

部長　○○○（蓋職章）

暑假將至，學生戶外活動日多，鑒於以往，迭有意外事故發生，為防患
未然，請試擬內政部警政署函各警察機關，主動配合相關單位，確實執
行安全檢查。（九十八年警察人員、交通事業、鐵路人員、民航人員特
考、四等）

<table>
<tr><td></td><td>檔　案：</td></tr>
<tr><td></td><td>保存年限：</td></tr>
</table>

內政部警政署　函

地址：○○市○○路○○○號
連絡方式：（承辦人、電話、
　　　　　　傳真、e-mail）

郵遞區號：

受文者地址：

受文者：各警察機關

發文日期：中華民國○○年○○月○○日

發文字號：（○○）○○字第○○○○號

速別：最速件

密等及解密條件或保密期限：○○

附件：

主旨：暑假將至，學生戶外活動日多，鑒於以往迭有意外事故發生，
　　　為防患未然，請各警察機關，主動配合相關單位，確實執行安
　　　全檢查。請照辦。

說明：

　　一、暑假將屆，學生戶外活動日多，鑒於以往迭有意外事故發生，
　　　　或山難或溺水，或交通意外，導致許多家庭破碎。

　　二、各警察機關應主動配合相關單位，為防患未然，確實執行各項
　　　　安全檢查，如登山必須辦登山證，還需向學校報備。在海邊則
　　　　力求建立完善之救生設備，並嚴格取締學生之飆車行為，避免
　　　　發生車禍。

辦法：請各警察機關擬定「暑假期間安全檢查辦法」報署審核。

正本：各警察機關

副本：

署長　○○○（蓋職章）

全球金融風暴，國內失業人口驟增，試擬內政部致各縣市政府函：請主動創造就業機會，並積極動員公益社團協助照顧弱勢家庭。（九十八年警察人員、交通事業、鐵路人員、民航人員特考、佐級）

　　　　　　　　　　　　　　　　　　　　　　　　　檔　　案：
　　　　　　　　　　　　　　　　　　　　　　　　　保存年限：

內政部　函

　　　　　　　　　　　　　　　　　　地址：○○市○○路○○○號
　　　　　　　　　　　　　　　　　　連絡方式：（承辦人、電話、
　　　　　　　　　　　　　　　　　　　　　　　　傳真、e-mail）

郵遞區號：
受文者地址：
受文者：各縣市政府
發文日期：中華民國○○年○○月○○日
發文字號：（○○）○○字第○○○○號
速別：最速件
密等及解密條件或保密期限：○○
附件：

主旨：全球金融風暴，國內失業人口驟增，請主動創造就業機會，並
　　　積極動員公益社團協助照顧弱勢家庭。請照辦。

說明：

　　一、全球金融風暴，大大戕傷國內金融、工商企業，使得國內失業
　　　　人口驟增，影響民生甚巨。

　　二、為挽救失業，除中央政府釋放各項利多政策外，以穩定金融秩
　　　　序，各縣市政府應協調轄內各工商企業，避免解雇員工，增加
　　　　失業率，更應主動創造各項就業機會，來雇用失業人口。

　　三、各地方政府應積極動員公益社團，協助照顧弱勢家庭，輔導其

就業，就學俾使其自立自強。

正本：各縣市政府

副本：

部長　○○○（蓋職章）

為加強起訴案件之品質，請以法務部名義，行文所屬各檢調機關，諭令所有偵查案件，應嚴守法律規定，蒐證細密完整，用法適切周延，期能毋枉毋縱，以維護法治，遏止犯罪。（九十八年司法人員特考、三等、軍法官考試）

檔　　案：
保存年限：

法務部　函

地址：○○市○○路○○○號
連絡方式：（承辦人、電話、
傳真、e-mail）

郵遞區號：

受文者地址：

受文者：所屬各檢調機關

發文日期：中華民國○○年○○月○○日

發文字號：（○○）○○字第○○○○號

速別：最速件

密等及解密條件或保密期限：○○

附件：

主旨：所有偵查案件，應嚴守法律規定，蒐證細密完整，用法適切周延，期能毋枉毋縱，以維護法治，遏止犯罪。請照辦。

說明：

一、近來許多司法案件，在偵辦過程中，輒有案情外洩、或蒐證粗率，筆錄簡略，嚴重影響當事人之權益，為人所詬病，也影響一般人對司法之信心。

二、今後檢調機構偵查案件，應嚴守法律規定，蒐證須細密完整，且不可輕易將案情曝光，用法則要適切周延，且要速審速結，期能*毋枉毋縱*，以維護法治，遏止犯罪。

辦法：

一、檢調機構依法務部相關法令，訂定內部作業規定。分案應求公平，對每件案情之偵辦，應嚴守保密之規定。蒐證筆錄須求完整細膩。

二、對各案件應有層層考核之功能，避免因檢調個人之怠惰，而傷害當事人之權益。

正本：所屬各檢調機關

副本：

部長　○○○（蓋職章）

財團法人中華民國消費者文教基金會過去陸續檢測市售一百二十多種瓶裝水，發現標示不符的比例偏高，部分品牌添加多達41種元素，其中還包括放射性元素鈾，飲用過量不僅易引發白血病在內等多種癌症，還會造成遺傳變異，影響國人健康。試擬行政院衛生署函各縣市政府衛生機關，全面稽查及檢驗市售瓶裝水，對不合格瓶裝水，嚴加取締。（九十八年司法人員特考、四等）

檔　案：

保存年限：

行政院衛生署　函

地址：○○市○○路○○○號

連絡方式：（承辦人、電話、

傳真、e-mail）

郵遞區號：

受文者地址：

受文者：各縣市政府衛生機關

發文日期：中華民國○○年○○月○○日

發文字號：（○○）○○字第○○○○號

速別：最速件

密等及解密條件或保密期限：○○

附件：

主旨：全面稽查及檢驗市售瓶裝水，對不合格瓶裝水，嚴加取締。請
　　　照辦。

說明：

一、財團法人中華民國消費者文教基金會過去陸續檢測市售一百二
　　　十多種瓶裝水，發現標示不符的比例偏高，部分品牌添加多達
　　　41種元素，其中還包括放射性元素鈾，飲用過量不僅易引發白
　　　血病在內等多種癌症，還會造成遺傳變異，影響國人健康。

二、各縣市政府衛生機關應加強抽檢市售瓶裝礦泉水，如有不合規
　　　定，即刻令其下架停止販售，並飭其改善品質，重新送檢，通
　　　過後才能上架販售。

辦法：

一、瓶裝水，必須繳交取水處、包裝運輸之衛生合格、標示相符證
　　　明，方能取得販售資格。

二、瓶裝水販售期間，得隨時接受各縣市政府衛生機關之抽檢，以

　　　　確保該品牌之衛生安全。

正本：各縣市政府衛生機關

副本：

署長　　○○○（蓋職章）

　　　　　　　　　　　　　　　　　　　　　　　　檔　　案：

　　　　　　　　　　　　　　　　　　　　　　　　保存年限：

<h2 style="text-align:center">法務部　函</h2>

　　　　　　　　　　　　　　　　　　　　地址：○○市○○路○○○號

　　　　　　　　　　　　　　　　　　　　連絡方式：（承辦人、電話、
　　　　　　　　　　　　　　　　　　　　　　　　　　　傳真、e-mail）

郵遞區號：

受文者地址：

受文者：行政院

發文日期：中華民國○○年○○月○○日

發文字號：（○○）○○字第○○○○號

速別：最速件

密等及解密條件或保密期限：○○

附件：

主旨：本部為提高肅貪成效，端正政風，於所研擬「重大弊案檢討及
　　　制度改進方案」中，在貪污治罪條例中增訂「不違背職務行賄
　　　罪」的處罰規定，請鑒核。

說明：

一、本部為積極肅貪，採速審速結，以正官箴。然在偵審期間輒發現公務員職務上是否圖利他人，頗有灰色地帶。尤以不違背職務行賄，是否有罪，法界議論紛紛。

二、本部為提高肅貪成效，端正政風。避免公務員接受賄賂，但在職務上因無直接圖利，而逃避刑責。故特研擬「重大弊案檢討及制度改進方案」中增訂「不違背職務行賄罪」的處罰規定。藉以懲罰心存僥倖者。

正本：行政院

副本：

法務部長　　○○○（蓋職章）

民國九十九年

根據內政部公布的人口統計資料顯示，2009年臺灣總生育率再創新低，平均每名婦女只生1.03個小孩，為全球第2低，人口問題嚴峻。試擬內政部函，請各直轄市及縣、市政府訂定鼓勵生育補助措施，以提昇生育率。（九十九高等考試一級暨二級考試）

檔　　號：

保存年限：

內政部　函

地址：○○市○○路○○○號

連絡方式：（承辦人、電話、
傳真、e-mail）

郵遞區號：

受文者地址：

受文者：各直轄市及縣、市政府

發文日期：中華民國○○年○○月○○日

發文字號：（○○）○○字第○○○○號

速別：最速件

密等及解密條件或保密期限：○○

附件：

主旨：請訂定鼓勵生育補助措施，以提昇生育率。請照辦。

說明：

一、根據內政部公布的人口統計資料顯示，2009年臺灣總生育率再
　　創新低，平均每名婦女只生1.03個小孩，為全球第2低，人口問
　　題嚴峻。

二、探究生育率降低之原因，包括：1、女性獲得更平等的教育機
　　會，使得年輕一輩女性生育年齡上升，甚至不婚、不生育。
　　2、痛苦的成長經驗，包括校園霸凌、不當處罰及虐童、升學
　　壓力，讓年輕人不想生小孩讓他們受苦。3、房價高漲，社會
　　福利不足。4、工作機會減少及平均薪資下降等因素。

三、針對生育率降低之原因，請擬定獎勵生育補助的構想、政策，
　　以具體行動宣導，藉以提昇生育率。

正本：各直轄市及縣、市政府

副本：

部長　〇〇〇

試擬法務部致所屬各檢調機關函：邇來頻傳兩岸不法集團透過各種管道，蒐集、買賣民眾個人資料，從事詐騙行為，導致社會人心惶惶，應積極查緝，掃蕩不法，有效維護民眾身心、財產之安全。（九十九年高等考試三級）

檔　　號：

保存年限：

法務部　函

地址：〇〇市〇〇路〇〇〇號
連絡方式：（承辦人、電話、
　　　　　傳真、e-mail）

郵遞區號：

受文者地址：

受文者：所屬各檢調機關

發文日期：中華民國〇〇年〇〇月〇〇日

發文字號：（〇〇）〇〇字第〇〇〇〇號

速別：最速件

密等及解密條件或保密期限：〇〇

附件：

主旨：邇來頻傳兩岸不法集團透過各種管道，蒐集、買賣民眾個人資料，從事詐騙行為，導致社會人心惶惶，應積極查緝，掃蕩不法，有效維護民眾身心、財產之安全。請照辦。

說明：

一、邇來頻傳兩岸不法集團透過各種管道，蒐集、買賣民眾個人資料，從事詐騙行為，引起社會人心惶惶。

二、請派員到各機關或學校開設法律講座，講述個人資料保全之重要，不要輕易將個人資料洩露。並分析詐欺犯詐騙之手法，及如何應對之法。

三、對詐欺犯應積極查緝，追根究底，掃蕩不法，並加速偵辦，求處重刑，且將其姓名公諸於世，有效維護民眾身心、財產之安全。

正本：所屬各檢調機關

副本：

部長　〇〇〇

試擬〇〇縣政府致所轄鄉（鎮、市）公所函：嚴冬歲暮將屆，請結合社會福利機構或志願服務團體等民間資源，對轄區內孤苦無依、流落街頭之遊民，定點供應熱食、沐浴、理髮、乾淨衣物等服務，以保障弱勢者之基本生活權利。（九十九年地方政府公務人員考試三等）

檔　　號：

保存年限：

〇〇縣政府　函

地址：〇〇市〇〇路〇〇〇號
連絡方式：（承辦人、電話、
傳真、e-mail）

郵遞區號：

受文者地址：

受文者：各鄉（鎮、市）公所

發文日期：中華民國〇〇年〇〇月〇〇日

發文字號：（○○）○○字第○○○○號

速別：最速件

密等及解密條件或保密期限：○○

附件：

主旨：嚴冬歲暮將屆，請結合社會福利機構或志願服務團體等民間資
　　　源，對轄區內孤苦無依、流落街頭之遊民，定點供應熱食、沐
　　　浴、理髮、乾淨衣物等服務，以保障弱勢者之基本生活權利。
　　　請照辦。

說明：

　一、嚴冬歲暮將屆，邇來時傳有遊民在街頭凍傷，或凍死、餓死之
　　　新聞，引起社會極大之關注。

　二、請結合社會福利機構或志願服務團體等民間資源，對轄區內孤
　　　苦無依、流落街頭之遊民，定點供應熱食、沐浴、理髮、乾淨
　　　衣物等服務，以保障弱勢者之基本生活權利。

正本：各鄉（鎮、市）公所

副本：各社福團體

縣長　○○○

試擬行政院原住民族委員會致各地方政府函：請協助辦理「原住民族
部落社區大學」，以推動原住民族教育、活絡原住民族文化及語言。
（九十九年原住民族特考三等）

檔　　號：

保存年限：

行政院原住民族委員會　函

地址：○○市○○路○○○號

連絡方式：（承辦人、電話、
傳真、e-mail）

郵遞區號：

受文者地址：

受文者：各地方政府

發文日期：中華民國○○年○○月○○日

發文字號：（○○）○○字第○○○○號

速別：最速件

密等及解密條件或保密期限：○○

附件：

主旨：請協助辦理「原住民族部落社區大學」，以推動原住民族教
　　　育、活絡原住民族文化及語言。請照辦。

說明：

　一、台灣原住民族經歷了一連串的文化變遷，截至2008年8月，原
　　　民會共認可14個族群。

　二、數世紀以來，台灣原住民族經歷了各種不同殖民主義的經濟競
　　　爭和軍事衝突。統治者對原住民族進行語言上和文化上的同化
　　　政策，並持續地經由貿易、通婚等等和原住民族進一步接觸，
　　　最終導致大幅度的語言消亡和族群認同的消失。

　三、為推動原住民族教育、保存原住民族文化及語言，並加以活絡
　　　發揚。請協助辦理「原住民族部落社區大學」。所需經費除政
　　　府補助外，企盼國內企業及大眾能踴躍捐獻。

正本：各地方政府

副本：各地方政府教育局

主任委員　○○○

試擬行政院致函教育部：近十餘年來，臺灣人口出生率逐年降低，據內政部統計，1997年之出生率爲千分之15，出生嬰兒33萬人，2009年之出生率爲千分之8.29，出生嬰兒19.1萬人，數年之後，將嚴重影響各級學校之入學招生，請及早未雨綢繆，規劃因應策略。（九十九年警察人員升官等考、交通事業郵政人員升資考）

檔　　號：

保存年限：

行政院　函

地址：○○市○○路○○○號
連絡方式：（承辦人、電話、傳真、e-mail）

郵遞區號：

受文者地址：

受文者：教育部

發文日期：中華民國○○年○○月○○日

發文字號：（○○）○○字第○○○○號

速別：最速件

密等及解密條件或保密期限：○○

附件：

主旨：近十餘年來，臺灣人口出生率逐年降低，數年之後，將嚴重影響各級學校之入學招生，請及早未雨綢繆，規劃因應策略。請照辦。

說明：

一、台灣人民因結婚率下降、遲婚、以及生育意願降低等因素，人口出生率，近十餘年來逐年降低。已經低於全世界的平均值。據內政部統計，1997年之出生率為千分之15，出生嬰兒33萬人，2009年之出生率為千分之8.29，出生嬰兒19.1萬人，未來勢必影響各級學校之入學招生。

二、為因應就學人口減少，各級學校，請及早未雨綢繆，檢視現有規模，或縮減班級，或減少師資聘用，或以獎學金鼓勵擴大招生，仔細規劃未來因應策略。

正本：教育部

副本：各級學校

院長　　○○○

試擬行政院研究發展考核委員會致行政院所屬各部會函：請派員參加本會99年10月14、15日兩梯次「公文線上簽核資訊作業研習營」，以增進各機關同仁公文資訊化之知能。（九十九年外交領事、國際新聞、國際經濟商務、調查局、國家安全情報人員三等考試）

檔　　號：

保存年限：

行政院研究發展考核委員會　函

地址：○○市○○路○○○號

連絡方式：（承辦人、電話、

傳真、e-mail）

郵遞區號：

受文者地址：

受文者：所屬各部會

發文日期：中華民國○○年○○月○○日

發文字號：（○○）○○字第○○○○號

速別：最速件

密等及解密條件或保密期限：○○

附件：

主旨：請派員參加本會99年10月14、15日兩梯次「公文線上簽核資訊
作業研習營」，以增進各機關同仁公文資訊化之知能。請照
辦。

說明：

一、以往行政機關公文往返都是用紙本，不僅要浪費大量紙張，值
此全球講究環保、自然生態保育之際，紙張之使用又將砍伐諸
多森林，且用紙本透過郵遞，都將耗費時間，值此全球電腦資
訊化時代，公文採用線上簽核勢必成為未來趨勢。

二、政府各機關已預計在2011年12月31日正式開始實施公文線上簽
核，在此之前，本院為了以身作則，預計在2009年底就會完成
全院線上公文簽核的計畫。

三、為恐各機關承辦公文業務人員，不瞭解公文線上簽核之方式，
特舉辦有關公文線上簽核資訊講習，請派員參加本會「公文線

上簽核資訊作業研習營」。

辦法：

　一、請各級單位遴派公文業務人員一名，先上網登錄擬參加之梯
　　　隊。並給於參加人員公假，發給差旅費。

　二、受訓完之業務人員返回各單位，再成立營隊，讓單位之人員能
　　　熟悉公文線上簽核作業，俾能順利推展公文作業。

正本：所屬各部會

副本：

主任委員　　○○○

試擬行政院致外交部函：邇來報載少數駐外人員，或怠忽職守，延誤公
務；或言行失儀，貽笑國際。希督促所屬各駐外單位，轉知駐外人員，
應謹言慎行，恪遵職守，以維護國際聲譽，順利推動外交。（九十九年
司法人員特考三等）

　　　　　　　　　　　　　　　　　　　　　　檔　　號：
　　　　　　　　　　　　　　　　　　　　　　保存年限：

行政院　函

　　　　　　　　　　　　　　　　　地址：○○市○○路○○○號
　　　　　　　　　　　　　　　　　連絡方式：（承辦人、電話、
　　　　　　　　　　　　　　　　　　　　　　傳真、e-mail）

郵遞區號：

受文者地址：

受文者：外交部

發文日期：中華民國○○年○○月○○日

發文字號：（○○）○○字第○○○○號

速別：最速件

密等及解密條件或保密期限：○○

附件：

主旨：邇來報載少數駐外人員，或怠忽職守，延誤公務；或言行失儀，貽笑國際。希督促所屬各駐外單位，轉知駐外人員，應謹言慎行，恪遵職守，以維護國際聲譽，順利推動外交。請照辦。

說明：

一、邇來報載少數駐外人員，利用上班日假借招待國內政要，到他處遊覽，怠忽本身職守，延誤公務。或擅自發表不妥之言論，行為失態，傷害我國形象，不僅影響邦交國之友誼，且貽笑於國際。

二、請轉知駐外人員，平日應恪守本身職務，謹言慎行，如要推廣或發表政策，講稿需經外交部審核通過，藉以維護我國聲譽，並順利推動外交。

三、對輕忽職守或發言不當之駐外之外交官，貴部請即調動其職務，避免影響外交業務之推行。

正本：外交部

副本：

院長　○○○

內政部為落實政府扶窮濟急、減少家庭不幸的政策，推出「馬上關懷」專案，並頒訂「馬上關懷急難救助作業要點」。試擬內政部致各直轄市、縣（市）政府函：請運用村（里）在地化通報系統，及早發現遭逢急迫性變故致生活陷於困境之民眾，發揮馬上關懷之精神，提供即時經濟紓困。（九十九年警察、交通事業鐵路人員各類科二等考試）

檔　　號：
保存年限：

內政部　函

地址：○○市○○路○○○號
連絡方式：（承辦人、電話、
傳真、e-mail）

郵遞區號：
受文者地址：
受文者：各直轄市、縣（市）政府
發文日期：中華民國○○年○○月○○日
發文字號：（○○）○○字第○○○○號
速別：最速件
密等及解密條件或保密期限：○○
附件：

主旨：請運用村（里）在地化通報系統，及早發現遭逢急迫性變故致
　　　生活陷於困境之民眾，發揮馬上關懷之精神，提供即時經濟紓
　　　困。請照辦。
說明：
　一、本部為落實政府扶窮濟急、減少家庭不幸的政策，推出「馬上
　　　關懷」專案，並頒訂「馬上關懷急難救助作業要點」，凡是遭
　　　逢急難民眾本人或親人、符合資格者發給1至3萬元的關懷救助

金。

二、請各直轄市、縣（市）政府運用村（里）在地化通報系統，將本部「馬上關懷」專案計畫告知民眾，並積極查訪遭逢急迫性變故致生活陷於困境之民眾，協助其申請急難救助。

辦法：

一、請透過各種媒體大力宣導「馬上關懷」專案計畫。

二、對於需要及難救助或遭受變故，致生活陷於困境之民眾，各村里林幹事應主動陳報，並積極協助申請「馬上關懷」計畫，俾能立即經濟紓困，救助陷於困境之民眾。

正本：各直轄市、縣（市）政府

副本：

部長　○○○

試擬交通部致臺灣鐵路管理局函：為有效區隔臺灣高速鐵路與臺鐵之運輸功能，並配合各縣市政府旅遊觀光節慶活動，請擬具吸引民眾踴躍搭乘臺鐵之可行方案，報部核准後實施。（九十九年警察、交通事業鐵路人員三等考試、高員三級）

檔　　號：
保存年限：

交通部　函

地址：○○市○○路○○○號
連絡方式：（承辦人、電話、傳真、e-mail）

郵遞區號：

受文者地址：

受文者：臺灣鐵路管理局

發文日期：中華民國○○年○○月○○日

發文字號：（○○）○○字第○○○○號

速別：最速件

密等及解密條件或保密期限：○○

附件：

主旨：請擬具吸引民眾踴躍搭乘臺鐵之可行方案，報部核准後實施。
　　　請照辦。

說明：

一、臺灣高速鐵路自興建以來，有效縮短南北交通往來時間，而受
　　到人們之喜愛，以致於台灣鐵路之乘運量節節下滑。

二、然而台灣鐵路之運輸，與高速鐵路運輸功能自有其區隔性，台
　　鐵仍具有短途、班次多、車種多、票價低、搭乘方便之優點。

三、請配合各縣市政府旅遊觀光節慶活動，擬具吸引民眾踴躍搭乘
　　臺鐵之可行方案。報部核准後實施。

辦法：

一、目前各縣市為推廣無煙囪產業，紛紛舉辦各種旅遊觀光節慶活
　　動，以提升各縣市產業之產品，如苗栗舉辦桐花節，白河舉辦
　　蓮花節等，台鐵可配合各縣市之節慶活動，加開列車，或與公
　　車配合推銷套裝行程。

二、可以與各地方公車、旅社配合舉辦鐵路之旅遊活動，如「台鐵觀
　　光一日遊」、「台鐵火車之旅」等活動，吸引民眾搭乘台鐵。

正本：臺灣鐵路管理局

副本：

部長　○○○

試擬臺北市政府致函所屬各級學校：近期全國發生多起黑道勢力進入校園、學生濫用藥物及校園暴力霸凌等事件，嚴重影響學校正常教學，並且引發社會輿論高度關切。本市目前倖無類似事件發生，但宜引為借鏡，及早未雨綢繆，積極防患未然，以期維護校園環境之純淨。（九十九年交通事業郵政人員佐級晉員級升資考）

檔　　號：

保存年限：

臺北市政府　函

地址：○○市○○路○○○號

連絡方式：（承辦人、電話、

傳真、e-mail）

郵遞區號：

受文者地址：

受文者：所屬各級學校

發文日期：中華民國○○年○○月○○日

發文字號：（○○）○○字第○○○○號

速別：最速件

密等及解密條件或保密期限：○○

附件：

主旨：近期全國發生多起黑道勢力進入校園、學生濫用藥物及校園暴力霸凌等事件，嚴重影響學校正常教學，並且引發社會輿論高度關切。本市目前倖無類似事件發生，但宜引為借鏡，及早未雨綢繆，積極防患未然，以期維護校園環境之純淨。請照辦。

說明：

一、近期全國發生多起黑道勢力進入校園、學生濫用藥物及校園暴力霸凌等事件，嚴重影響學校正常教學。並且引發社會輿論高

度關切。

二、本市目前各級學校還未聽聞有黑道勢力進入校園、學生濫用藥物及校園暴力霸凌等類似事件發生，足堪欣慰。

三、然本市各級學校仍應引為借鏡，及早未雨綢繆，積極防患未然，避免黑道、藥物進入校園，發揮輔導功能以防止校園霸凌，藉期維護校園環境之純淨。

正本：所屬各級學校

副本：本市教育局

市長　　○○○

試擬行政院人事行政局致各直轄市、縣（市）政府函：請加強公務倫理宣導。（九十九年身心障礙人員三等考試）

檔　　號：

保存年限：

行政院人事行政局　函

地址：○○市○○路○○○號
連絡方式：（承辦人、電話、
　　　　　　傳真、e-mail）

郵遞區號：

受文者地址：

受文者：各直轄市、縣（市）政府

發文日期：中華民國○○年○○月○○日

發文字號：（○○）○○字第○○○○號

速別：最速件

密等及解密條件或保密期限：○○

附件：

主旨：請加強公務倫理宣導。請照辦。

說明：

一、邇來報載經常有公務員貪贓枉法、或怠惰行政、服務不週等負面新聞，為人民詬病不已。

二、人民希望政府是個有正確決斷、明快回應力、高度執行力的團隊，期待公務人員應當能夠做到「清廉、勤政、愛民」的理想目標。為使國家文官能因應如此重責大任，首要建立正確的價值觀。公務人員具備正確之價值及倫理觀念，乃是建構良好文官制度的基石。

三、為實踐公平正義、廉潔效能，請加強宣導將公務倫理價值觀內化至文官體系之中，型塑成優質之組織文化。

辦法：

一、請各縣市政府設計完備的課程及教材，透過職前訓練、在職訓練等多元途徑，深化公務倫理為公務人員內在的價值觀。

二、建構完善之公務倫理考核機制，從平時考核、年終考績、政風查核等多途徑進行，尤要力求務實有效，且應要求主管人員以身作則。

三、應依文官之核心價值，透過法制建立、宣導訓練、組織學習、參與建議等多種途徑，袪除官場負面文化，強化公民性政府的治理結構，型塑政府機關優質之組織文化。

正本：各直轄市、縣（市）政府

副本：

局長　○○○

據行政院衛生署中央健康保險局規定，公立醫院健保病床比率應占急性總病床數百分之六十五以上，私立醫院為百分之五十，然各醫院多不符合此一規定。試擬中央健康保險局致函各醫院，要求切實依規定辦理，以維護民眾就醫權益。（九十九年身心障礙人員四等考試）

<table>
<tr><td></td><td>檔　　　號：</td></tr>
<tr><td></td><td>保存年限：</td></tr>
</table>

中央健康保險局　函

地址：○○市○○路○○○號
連絡方式：（承辦人、電話、
　　　　　傳真、e-mail）

郵遞區號：

受文者地址：

受文者：各公私立醫院

發文日期：中華民國○○年○○月○○日

發文字號：（○○）○○字第○○○○號

速別：最速件

密等及解密條件或保密期限：○○

附件：

主旨：公立醫院健保病床比率應占急性總病床數百分之六十五以上，
　　　私立醫院為百分之五十，要求切實依規定辦理，以維護民眾就
　　　醫權益。請照辦。

說明：

　一、邇來時聞各公私立醫院病床不夠，尤其各健保病床更是少之
　　　由少，未能達到公立醫院健保病床應占急性總病床數百分之
　　　六十五以上，私立醫院為百分之五十之比率，嚴重影響民眾就
　　　醫之權利。

二、請各醫院健保病床應依照中央健康保險局之規定。如有不符規定，請儘速改善增設，以免被罰。

辦法：

一、本局將調查各醫院健保病床現況，如有不符規定，將累進開罰，如一段時間仍無改善者，將採取吊銷醫院牌照之重懲。

二、鼓勵私人興建大型醫院，只要健保病床數能合於中央健康保險局之規定，政府將予以補助。

正本：各公私立醫院

副本：各地方政府衛生局

局長　○○○

試擬內政部警政署函各縣市警察局，請督導所屬人員執行勤務時宜注意言詞、態度之適切，以避免警民糾紛。（九十九年海岸巡防人員、基層警察人員、關務人員四等）

檔　　號：

保存年限：

內政部警政署　函

地址：○○市○○路○○○號

連絡方式：（承辦人、電話、傳真、e-mail）

郵遞區號：

受文者地址：

受文者：各縣市警察局

發文日期：中華民國○○年○○月○○日

發文字號：（○○）○○字第○○○○號

速別：最速件

密等及解密條件或保密期限：○○

附件：

主旨：請督導所屬人員執行勤務時宜注意言詞、態度之適切，以避免
　　　警民糾紛，請　照辦。

說明：

　一、邇來時聞警察人員在執行勤務時，由於言詞、態度不佳，以致
　　　常與民眾產生衝突，影響警察形象。

　二、請督導所屬人員執行勤務時宜注意言詞、態度之適切；即使民
　　　眾無理取鬧，仍應耐心解說，不可以暴制暴，產生更大衝突。

正本：各縣市警察局

副本：

署長　○○○

民國一百年

試擬內政部函行政院人事行政局轉請考選部於公務人員高等考試三級考
試增設戶政（兩岸組）類科，以應用人機關業務需求。（100年高等考
試一級暨二級考試）

<table>
<tr><td></td><td>檔　號：</td></tr>
<tr><td></td><td>保存年限：</td></tr>
</table>

內政部　函

地址：○○市○○路○○○號
連絡方式：（承辦人、電話、
　　　　　　傳真、e-mail）

郵遞區號：

受文者地址：

受文者：行政院人事行政局

發文日期：中華民國○○年○○月○○日

發文字號：（○○）○○字第○○○○號

速別：最速件

密等及解密條件或保密期限：○○

附件：

主旨：轉請考選部於公務人員高等考試三級考試增設戶政（兩岸組）
　　　類科，以應用人機關業務需求。請照辦。

說明：

一、兩岸自從開放三通以來，來往人數成倍數增，其延伸之問題如
　　就學、就醫、就業、通婚、通商等業務亦逐漸增多，對現有戶
　　政人員業務量已不堪負荷。

二、兩岸由於法律不同，民情也異，亟盼轉請考選部於公務人員高
　　等考試三級考試增設戶政（兩岸組）類科，增額錄取熟悉兩岸
　　事物之戶政人員，以因應用人機關業務需求。。

正本：行政院人事行政局

副本：考選部

部長　　○○○

試擬行政院致經濟部函：針對部分水庫淤積嚴重，出現「淺碟效應」，應依本院核定之「加強河川野溪及水庫疏濬方案」積極辦理水庫清淤作業，以維持既有水庫容量；並須研擬水再生利用、海水淡化、人工湖等新水源多元開發計畫報院。（100年高考三級）

檔　　號：

保存年限：

行政院　函

地址：○○市○○路○○○號

連絡方式：（承辦人、電話、傳真、e-mail）

郵遞區號：

受文者地址：

受文者：經濟部

發文日期：中華民國○○年○○月○○日

發文字號：（○○）○○字第○○○○號

速別：最速件

密等及解密條件或保密期限：○○

附件：

主旨：針對部分水庫淤積嚴重，出現「淺碟效應」，應依本院核定之「加強河川野溪及水庫疏濬方案」積極辦理水庫清淤作業，以維持既有水庫容量；並須研擬水再生利用、海水淡化、人工湖等新水源多元開發計畫報院。請照辦。

說明：

一、根據水利署資料，全台33座重要水庫，有16座淤積超過三成；因地質原因，愈往南淤積愈嚴重。由於淤積嚴重，大部分已「陸化」，且水庫水線上方的山坡都是私有地，無法禁止開

發，註定水庫短壽命運，大雨一來，輒使整片山坡土石滑落躺在水庫裡。

二、水利專家認為，台灣缺水危機，將隨水庫淺碟效應擴大日趨嚴重，解決之道，必須中央與地方政府都投入，不論是清淤還是找水源，都該馬上動手做，否則「未來的旱災是可預期的」。

三、請依本院核定之「加強河川野溪及水庫疏濬方案」積極辦理水庫清淤作業，以維持既有水庫容量；並請和地方政府合作，達到1年疏濬6,500萬立方公尺之執行目標。

四、積極鼓勵民間公司參與研擬水再生利用、海水淡化、人工湖等新水源多元開發計畫。

正本：經濟部

副本：

院長　○○○

試擬行政院致文化建設委員會、客家委員會、原住民族委員會函：加強各地文化館舍活化，有效利用設施，做好經營管理，避免閒置浪費資源，俾提升民眾參觀意願，增進國人多元文化素養。（100年普考）

檔　號：

保存年限：

行政院　函

地址：○○市○○路○○○號
聯絡方式：（承辦人、電話、傳真、e-mail）

郵遞區號：

受文者地址：

受文者：文化建設委員會、客家委員會、原住民族委員會

發文日期：中華民國○○年○○月○○日

發文字號：（○○）○○字第○○○○號

速別：最速件

密等及解密條件或保密期限：○○

附件：

主旨：加強各地文化館舍活化，有效利用設施，做好經營管理，避免
　　　閒置浪費資源，俾提升民眾參觀意願，增進國人多元文化素
　　　養。請照辦。

說明：

　一、長久以來，各地方政府為增加施政政績，紛紛向中央政府，爭
　　　取經費興建各種用途之場館，待館舍興建後，因缺乏經費維持
　　　或管理，致使場館閒置，被譏為「蚊子館」為民眾詬病不已。

　二、加強各地文化館舍活化，有效利用場館設施，做好經營管理，
　　　避免閒置浪費資源，經常舉辦各種有意義的文化活動，提升民
　　　眾參觀意願，增進國人多元文化素養。

辦法：

　一、請各委員會督促地方政府，清查整修轄內蚊子館場館，並編預
　　　算設置管理員。

　二、協助媒介或補助各地方政府舉辦各種文化或藝文表演活動，藉
　　　以提高場館使用率，並鼓勵民眾參觀意願，增進國人多元文化
　　　素養。

正本：文化建設委員會、客家委員會、原住民族委員會

副本：各地方政府

院長　　○○○

行政院致函交通部：因日本311大地震之鑑，請及早規劃鐵路、公路、港務等方面的因應之道。試擬交通部復函行政院，提出因應方案。（100年鐵路、公路、港務交通事業員級晉高員級人員升資考）

　　　　　　　　　　　　　　　　　　　　　　檔　　號：
　　　　　　　　　　　　　　　　　　　　　　保存年限：

交通部　函

　　　　　　　　　　　　　　　　地址：○○市○○路○○○號
　　　　　　　　　　　　　　　　連絡方式：（承辦人、電話、
　　　　　　　　　　　　　　　　　　　　　　傳真、e-mail）

郵遞區號：
受文者地址：
受文者：行政院
發文日期：中華民國○○年○○月○○日
發文字號：（○○）○○字第○○○○號
速別：最速件
密等及解密條件或保密期限：○○
附件：

主旨：本部因應日本311大地震之鑑，已妥善及早規劃鐵路、公路、港務等方面的因應之道。復請核示。

說明：

一、鈞院函告本部為日本311大地震之鑑，應及早規劃鐵路、公路、港務等方面的因應之道。

二、台灣與日本皆屬島國，且同處於東亞地震地帶，此次日本311大地震，災害甚重；同屬地震帶之台灣，近三十年，台灣西部地區人口激增，若再有類似的地震發生，則災情必然將更加慘重。其防災之道應求更加詳備，本部已要求鐵路、公路、港務

等方面在地震來襲時，提出最完善詳備之防災計畫，報部審
核，復請核示。

辦法：

一、地震防災之道可分為三：地震之前本部要求應徹底檢查各鐵
　　路、公路、港務等建築結構、車輛之安全評估，針對缺失進行
　　改善或補強，使能達到耐震設計的標準以及食物、藥物、水、
　　破壞工具之儲藏及電訊暢通、人員疏散之規劃。

二、地震時各鐵路、公路、港務等有完善之因應方法，包括如何停
　　駛、安全疏散旅客、醫療網線等必須能及時啟動，俾使地震傷
　　害降至最低。

三、地震後之疏散旅客、醫療網之急救，建物、車輛之修整重建計
　　畫。以及對創傷後災民心理之重建計畫。

正本：行政院

副本：

部長　　○○○

試擬交通部致函教育部：請各級學校加強宣導交通安全守則，以維護學
生之交通安全。（100年鐵路、公路、港務交通事業佐級晉員級人員升
資考）

<table>
<tr><td></td><td>檔　　號：</td></tr>
<tr><td></td><td>保存年限：</td></tr>
</table>

交通部　函

地址：○○市○○路○○○號
連絡方式：（承辦人、電話、
　　　　　　傳真、e-mail）

郵遞區號：
受文者地址：
受文者：教育部
發文日期：中華民國○○年○○月○○日
發文字號：（○○）○○字第○○○○號
速別：最速件
密等及解密條件或保密期限：○○
附件：

主旨：請各級學校加強宣導交通安全守則，以維護學生之交通安全。
　　　請照辦。

說明：

一、邇來各級學校紛傳學生交通意外事件，死傷比率瀕增，造成社
　　會生命與財產之重大損失，引起社會各界之關注與不安。

二、究其車禍發生原因，大皆是學生騎機車時不明白或忽視交通規
　　則，以致有飆車、闖紅綠燈，或任意蛇行以炫耀，一旦發生意
　　外，輕則受傷，重則車毀人亡。

三、請貴部督促各級學校，應負起交通安全教育宣導之責任，以減
　　輕交通意外事件之發生。

辦法：

一、請督促各級學校成立「交通安全宣導小組」，每學期定期舉辦
　　交通安全宣導活動。

二、嚴禁各級學校學生無照駕駛，各校應不定期抽查學生之行車駕
　　照。並將交通安全教育列入通識之必修課程，以提升學生之交
　　通安全知識。

正本：教育部

副本：各地方政府教育局

部長　　○○○

鑒於學生外食情況相當普遍，營養不均衡及肥胖現象日趨嚴重，將影響
未來國民健康、國家競爭力及整體醫療資源支出。試擬行政院致衛生署
函：請速編製「均衡飲食宣導手冊」，分送各級學校加強宣導，所需經
費由行政院預算支應。（100年身心障礙人員特考三等）

檔　　號：

保存年限：

<h1 style="text-align:center">行政院　函</h1>

地址：○○市○○路○○○號

連絡方式：（承辦人、電話、
　　　　　　傳真、e-mail）

郵遞區號：

受文者地址：

受文者：衛生署

發文日期：中華民國○○年○○月○○日

發文字號：（○○）○○字第○○○○號

速別：最速件

密等及解密條件或保密期限：○○

附件：

主旨：鑒於學生外食情況相當普遍，營養不均衡及肥胖現象日趨嚴重，將影響未來國民健康、國家競爭力及整體醫療資源支出。請速編製「均衡飲食宣導手冊」，分送各級學校加強宣導，所需經費由行政院預算支應。希照辦。

說明：

一、由於社會結構及家庭因素，各級學生外食情況相當普遍，營養不均衡及肥胖現象日趨嚴重。足以影響未來國民健康、國家競爭力及整體醫療資源支出，造成國家財政重大負荷。

二、請速編製「均衡飲食宣導手冊」，分送各級學校學生，以加強宣導健康飲食觀念，避免學生暴食暴飲，以傷害身體健康。所需經費由行政院預算支應。

三、請貴署督促各級學校成立「均衡飲食宣導小組」，每學期定期舉辦校園宣導活動。針對過胖、過重之學生，輔導其注意均衡飲食之攝取，而有效的達成其減胖之績效。

正本：衛生署

副本：

院長　○○○

試擬教育部致函各公私立大學校院：請確實做好校內校外學生住宿輔導與管理工作，對於住宿環境與安全問題尤其應該特別重視，以避免有歹徒入侵或意外災害等。（100年身心障礙人員特考四等）

檔　　號：
保存年限：

教育部　函

地址：○○市○○路○○○號
連絡方式：（承辦人、電話、
　　　　　　傳真、e-mail）

郵遞區號：
受文者地址：
受文者：各公私立大學院校
發文日期：中華民國○○年○○月○○日
發文字號：（○○）○○字第○○○○號
速別：最速件
密等及解密條件或保密期限：○○
附件：

主旨：請確實做好校內、校外學生住宿輔導與管理工作，對於住宿環
　　　境與安全問題尤其應該特別重視，以避免有歹徒入侵或意外災
　　　害等。希照辦。
說明：
　一、邇來報載有些校內外學生，常因住宿環境不佳，或管理鬆懈，
　　　遭竊賊入侵，損失財物，或因瓦斯中毒，傷害生命等不幸之事
　　　故發生。
　二、學生進入各公私立大學院校，各大學有責任管理、維護學生住
　　　的安全，以避免有歹徒入侵或意外災害等事故發生。
辦法：
　一、請各大學院校儘量安排學生住進學校宿舍，並訂定住宿公約，
　　　派專人輔導管理。
　二、對於校外招租公寓或宿舍環境設備，需先經就讀大學學務人員

　　勘查合格，登記在案後始應允學生入住。

三、各大學應在新生入學前，即應公布如何選擇校內外優良住宿環境與安全，需注意事項告知新生。

正本：各公私立大學院校

副本：各地方政府教育局

部長　　○○○

試擬行政院人事行政局報行政院函：擬訂每年九月二十一日為全國自然災害救濟演練日實施要點，報請核定實施。（100年海岸巡防、關務、稅務人員、退除役軍人轉任特考三等）

檔　　號：

保存年限：

行政院人事行政局　函

地址：○○市○○路○○○號
連絡方式：（承辦人、電話、傳真、e-mail）

郵遞區號：

受文者地址：

受文者：行政院

發文日期：中華民國○○年○○月○○日

發文字號：（○○）○○字第○○○○號

速別：最速件

密等及解密條件或保密期限：○○

附件：

主旨：擬訂每年九月二十一日為全國自然災害救濟演練日實施要點，

報請核定實施。

說明：

一、一九九九年九月二十一日凌晨1時47分發生於台灣中部山區的逆斷層型地震，造成2,415人死亡，29人失蹤，11,305人受傷，51,711間房屋全倒，河山易位，死傷累累，是所有台灣人之痛。

二、九二一災後之重建，政府與民間共同協力，至今十餘年，乃勉力安置災民，惟仍有許多未盡事宜。

三、台灣位處東亞地震帶，自然災害瀕傳，九二一大地震之痛，至今台灣人民仍難忘懷，為使傷害減至最低，政府有必要教導民眾做好地震防災演習。

四、本局為紀念九二一震災，擬訂每年九月二十一日為全國自然災害救濟演練日，並頒佈實施要點，要求全國各縣市政府於此日都能舉行防災演習。

辦法：

一、從中央至各地方政府成立「九二一為全國自然災害救濟演練小組」平日宣導民眾認識自然災害及地震防災演練。

二、訂定每年九月二十一日為全國自然災害救濟演練日，並有考核機制，查看地方政府是否有落實自然災害防災訓練。

正本：行政院

副本：行政院各部會

人事行政局長　○○○

臺灣已邁入高齡化社會，政府正積極推行各種老人福利政策，尤其關注獨居老人的生活照料。試擬新北市政府致各區公所函：針對轄內獨居老人之醫病照顧與生活安頓，研擬具體可行辦法，報府核定。（100年海岸巡防人員、關務、稅務人員、退除役軍人轉任特考四等）

檔　　號：
保存年限：

新北市政府　函

地址：○○市○○路○○○號
連絡方式：（承辦人、電話、
傳真、e-mail）

郵遞區號：

受文者地址：

受文者：各區公所

發文日期：中華民國○○年○○月○○日

發文字號：（○○）○○字第○○○○號

速別：最速件

密等及解密條件或保密期限：○○

附件：

主旨：針對轄內獨居老人之醫病照顧與生活安頓，研擬具體可行辦法，報府核定。請照辦。

說明：

　一、臺灣已邁入高齡化社會，政府正積極推行各種老人福利政策，尤其關注獨居老人的生活照料。

　二、邇來報載本市轄內有許多獨居老人，或貧病，或行動不良，以致無法安心生活。甚或還有獨居老人餓死或病死在家，身體發臭，才被人發現，實為人間憾事。

三、請各區公所仔細調查轄內獨居老人之人數，並研擬具體可行安
　　養辦法，有效照顧獨居老人之醫病照顧與生活安頓。

正本：各區公所

副本：各安養機構

市長　○○○

試擬臺中市政府致所屬區公所函：今年以來，觀光人數遽增，請維護轄
區內環境衛生，尤應加強風景區、夜市，以及公共廁所之清潔。（100
年司法人員特考三等）

檔　　號：

保存年限：

臺中市政府　函

地址：○○市○○路○○○號

連絡方式：（承辦人、電話、

傳真、e-mail）

郵遞區號：

受文者地址：

受文者：所屬區公所

發文日期：中華民國○○年○○月○○日

發文字號：（○○）○○字第○○○○號

速別：最速件

密等及解密條件或保密期限：○○

附件：

主旨：今年以來，觀光人數遽增，請維護轄區內環境衛生，尤應加強
　　　風景區、夜市，以及公共廁所之清潔。請照辦。

說明：

一、本市觀光資源豐富，許多風景區如台中公園、大坑森林遊樂區、豐樂雕塑公園等景色宜人，風景秀麗。中華夜市、逢甲夜市更是名聞遐邇，為觀光客之最愛。

二、今年以來，到本市觀光人數遽增，然常有人投書詬病本市各風景區、夜市，以及公共廁所之環境衛生不佳，時聞惡臭，讓觀光客卻步，影響觀光之意願。

三、請各區公所對轄區內之環境衛生應加強維護，尤對風景區、夜市之公共廁所，數量應增多，衛生應加強，更應派專人隨時清潔維護。

四、本府將隨時派人稽查各風景區、夜市公共廁所之衛生，作為年度考察之依據。

正本：各區公所

副本：

市長　○○○

擬內政部致所屬戶政機關函：近年來，我國人口老化趨勢非常明顯，而重要原因之一為生育率過低。請要求戶政機關研擬出有效提升生育率政策，報部研議。（100年司法人員特考四等）

檔　號：

保存年限：

內政部　函

地址：○○市○○路○○○號

連絡方式：（承辦人、電話、
傳真、e-mail）

郵遞區號：

受文者地址：

受文者：所屬戶政機關

發文日期：中華民國○○年○○月○○日

發文字號：（○○）○○字第○○○○號

速別：最速件

密等及解密條件或保密期限：○○

附件：

主旨：請研擬出有效提升生育率政策，報部研議。請照辦。

說明：

一、近年來，我國人口老化趨勢非常明顯，而重要原因之一為生育率過低。探究其原因，或因經濟因素，或家庭與事業難以兼顧，使年輕父母不敢生育。

二、隨著全球面對少子女化危機，我國政府採取的提升生育率政策，大多趨向以關注婦女實際需求、提供完善托育環境、落實兩性工作平等，以及建構完善幼兒托育、幼兒教育環境等，提供兼顧育兒與就業之友善環境等，作為政策規劃之重點。

三、請就轄內探討其生育率低之原因，並研擬出提升生育率具體政策，供部參考。

正本：所屬戶政機關

副本：

部長　○○○

試擬行政院致經濟部函：充分運用閒置之既有工業區，避免因提供產業所需大面積土地開發案而徵收優良農田，以確保農業生產、農民生活及農村生態，並維護未來臺灣發展及生存所需。（100年警察人員、交通事業、鐵路人員特考二等）

　　　　　　　　　　　　　　　　　　　　　　　　　檔　　號：
　　　　　　　　　　　　　　　　　　　　　　　　　保存年限：

行政院　函

　　　　　　　　　　　　　　　　　　　　地址：○○市○○路○○○號
　　　　　　　　　　　　　　　　　　　　連絡方式：（承辦人、電話、
　　　　　　　　　　　　　　　　　　　　　　　　　　傳真、e-mail）

郵遞區號：
受文者地址：
受文者：經濟部
發文日期：中華民國○○年○○月○○日
發文字號：（○○）○○字第○○○○號
速別：最速件
密等及解密條件或保密期限：○○
附件：

主旨：充分運用閒置之既有工業區，避免因提供產業所需大面積土地開發案而徵收優良農田，以確保農業生產、農民生活及農村生態，並維護未來臺灣發展及生存所需。請照辦。

說明：

　一、台灣在六零年代，工業起飛，各地方政府，紛紛徵收農田，設置大型加工區；後因招商不易，或產業外移，使許多工業區閒置，殊為可惜。

　二、對於各地方閒置之工業區，請協助各地方政府再生計畫，媒介產業入住，使既有工業區活化，不僅可增加地方財源，且可有

助於解決失業問題。

三、今後對於大型產業開發，請儘量利用以閒置之場館，避免徵收優良農田，以確保農業生產、農民生活及農村生態，並維護未來臺灣發展及生存所需。

正本：經濟部

副本：各地方政府

院長　　○○○

試擬行政院致所屬各部會函：為因應即將開放大陸地區人民來臺觀光自由行，請轉知所屬機關，從速研擬相關措施，俾妥善處理各種狀況。（100年警察人員、交通事業、鐵路人員特考三等）

檔　　號：

保存年限：

行政院　函

地址：○○市○○路○○○號
連絡方式：（承辦人、電話、傳真、e-mail）

郵遞區號：

受文者地址：

受文者：所屬各部會

發文日期：中華民國○○年○○月○○日

發文字號：（○○）○○字第○○○○號

速別：最速件

密等及解密條件或保密期限：○○

附件：

主旨：為因應即將開放大陸地區人民來臺觀光自由行，請轉知所屬機

　　關，從速研擬相關措施，俾妥善處理各種狀況。希照辦。

說明：

　一、根據交通部觀光局統計自97年7月4日起大陸地區人民來臺觀光
　　　正式實施，全面開放陸客來台觀光迄至100年5月31日止，來
　　　臺陸客總人數為351萬5,629人次。來臺觀光之陸客每日平均有
　　　1700餘人次。全體陸客共創造新臺幣2,033億元（約64.5億美
　　　元）外匯收入。

　二、98.1.17.修正「大陸地區人民來臺從事觀光活動許可辦法」：增
　　　訂大陸人民持大陸地區機關出具之證明文件，亦得申請來臺觀
　　　光，放寬申請資格之認定標準；海基、海協兩會於100.6.21以
　　　換文方式確認「海峽兩岸關於大陸居民赴臺灣旅遊協議修正文
　　　件一」，開放大陸旅客來臺自由行。

　三、開放大陸旅客來臺自由行後，陸客可依自身消費能力，自行規劃
　　　旅遊行程及安排食、宿、交通，預期陸客旅遊將朝都會定點向外
　　　擴展，然而同樣會延伸治安、交通、住宿、醫療等相關問題，請
　　　轉知所屬機關，從速研擬相關措施，俾妥善處理各種狀況之SOP
　　　計畫，報院核定。

辦法：

　一、開放陸客自由行後，將能推升保健醫療、美食、溫泉、休閒農
　　　業、娛樂漁業、文創產業、計程車業等相關產業發展，提升產
　　　業收益。

　二、然而延伸之問題諸如陸客之人身安全、交通、食宿、觀光景點
　　　之規劃、衛生、交通路線之路牌等相關問題甚多，請各所屬單
　　　位能及早研擬相關措施。

正本：所屬各部會

副本：各地方政府

院長　○○○

試擬內政部函警政署，轉知所屬各警察機關，警察人員執行勤務時如遇新移民或外籍勞工，不得使用歧視性言詞，或警員之間刻意以方言交談，以避免不必要之誤會或衝突。（100年警察人員、交通事業、鐵路人員特考四等）

檔　　號：

保存年限：

內政部　函

地址：○○市○○路○○○號

連絡方式：（承辦人、電話、傳真、e-mail）

郵遞區號：

受文者地址：

受文者：警政署

發文日期：中華民國○○年○○月○○日

發文字號：（○○）○○字第○○○○號

速別：最速件

密等及解密條件或保密期限：○○

附件：

主旨：轉知所屬各警察機關，警察人員執行勤務時如遇新移民或外籍勞工，不得使用歧視性言詞，或警員之間刻意以方言交談，以避免不必要之誤會或衝突。請照辦。

說明：

一、政府於民國93年1月開放外籍勞工與家庭看護，對重大工程之興建與家庭看護老病之人，幫助甚大，解決不少台灣勞工短缺及家庭看護之問題。

二、近年來愈來愈多的外籍新娘來台，成為新興移入人口，依據外交部領事事務局資料顯示目前大約有八萬人。然有些不法的仲

介公司將外籍新娘當人口販賣，「假結婚、真賣淫」的實例時有所聞。

三、邇來時聞警察人員在臨檢或執行勤務時，對外籍新娘或勞工，輒有歧視性之言語，或故意用方言交談，引起警察與新移民或外籍勞工諸多誤會。

四、今後警察人員在臨檢或執行勤務時，態度應誠懇，語氣要委婉，不可存著先入為主的觀念，遇到外籍新娘或外籍勞工，應避免用歧視性言詞；警員之間也儘量避免以方言交談，方能避免許多不必要之誤會或衝突。

正本：警政署

副本：所屬各警察機關

部長　○○○

試擬行政院致教育部函：針對青少年犯罪事件頻傳，如日前有高二生弒母殺父的逆倫悲劇產生，影響善良社會風氣至鉅。請轉知各級所屬學校，加強輔導行為偏差、性格乖僻的學生，導引其正向思考。（100年民航人員、外交領事人員、國際新聞人員、國際經濟商務人員、調查人員、國家安全情報人員、社會福利工作人員三等特考）

```
                                            檔　　號：
                                            保存年限：

            行政院　函

                              地址：○○市○○路○○○號
                              連絡方式：（承辦人、電話、
                                        傳真、e-mail）

郵遞區號：
受文者地址：
受文者：教育部
發文日期：中華民國○○年○○月○○日
發文字號：（○○）○○字第○○○○號
速別：最速件
密等及解密條件或保密期限：○○
附件：
```

主旨：請轉知各級所屬學校，加強輔導行為偏差、性格乖僻的學生，導引其正向思考。請照辦。

說明：

　一、近來青少年犯罪事件頻傳，如日前有高二生弒母殺父的逆倫悲劇產生，造成社會不安，影響善良社會風氣。

　二、究其原因乃學生行為偏差，性格乖僻，沈迷於網路世界，生活在自己天地間，若遇困擾，輒以暴制之，即使傷害他人，也不以為意。

　三、請轉知各級所屬學校輔導老師，對於行為偏差、性格乖僻的學生，加強輔導，並導引其正向思考。

辦法：

　一、請各級學校輔導室落實對學生之輔導，對於行為偏差、性格乖僻的學生，應建立檔案，配合導師之觀察，探究其原因，助其

解決其困難。

二、各級學校應發揮正面輔導之教育，對行為偏差、性格乖僻的學生儘量以正面鼓勵方式，避免以懲罰手段處理。

正本：教育部

副本：所屬各級學校

院長　○○○

試擬行政院致交通部函：為提升我國觀光競爭力，確保遊客安全，請全面檢討改善各國家風景區之安全設施，並於文到兩個月內將相關計畫報院核備。（100年司法官考試第二試三等）

檔　　號：

保存年限：

行政院　函

地址：○○市○○路○○○號

連絡方式：（承辦人、電話、

傳真、e-mail）

郵遞區號：

受文者地址：

受文者：交通部

發文日期：中華民國○○年○○月○○日

發文字號：（○○）○○字第○○○○號

速別：最速件

密等及解密條件或保密期限：○○

附件：

主旨：請全面檢討改善各國家風景區之安全設施，並於文到兩個月內

將相關計畫報院核備。請照辦。

說明：

一、台灣地理環境特殊，擁有豐富而多樣化的人文與自然資源，具有發展觀光的雄厚潛力，如能有效改善觀光旅遊環境臻於國際安全水準，將吸引國外遊客到訪，並促進國民旅遊風潮，以創造商機及就業機會，帶動地方經濟發展。

二、邇來常聞遊客在國家風景區遭落石擊傷或打死，也有因圍欄年久失修，使遊客摔落山澗，前不久即有陸客在太魯閣國家公園遭落石擊死，引起國人譁然。

三、為提升我國觀光競爭力，請全面檢討改善台灣各國家風景區之安全設施，整頓道路景觀及指標系統，營造安全便利旅遊環境，以確保遊客之安全。

四、請將改善各國家風景區之安全，提升旅遊品質之計畫，於文到兩個月內將計畫報院核備。

正本：交通部

副本：各國家風景區

院長　○○○

試擬行政院原住民族委員會致各直轄市、縣（市）政府函：請提報轄區內原住民族地區「社區總體營造」之成果，分項敘述，具體說明；績效卓著者，擇優獎勵。（100年原住民族考試三等）

檔　　號：
保存年限：

行政院原住民族委員會　函

地址：○○市○○路○○○號
連絡方式：（承辦人、電話、
傳真、e-mail）

郵遞區號：
受文者地址：
受文者：各直轄市、縣（市）政府
發文日期：中華民國○○年○○月○○日
發文字號：（○○）○○字第○○○○號
速別：最速件
密等及解密條件或保密期限：○○
附件：

主旨：請提報轄區內原住民族地區「社區總體營造」之成果，分項敘
　　　述，具體說明；績效卓著者，擇優獎勵。請照辦。

說明：

　一、台灣原住民分散於各縣市，人數或多或少，與漢人雜居，為謀
　　　生計，輒從事於建築、送貨員等雜工，不僅無法保持其原有文
　　　化，且逐漸被漢人同化。

　二、為保持原住民固有傳統文化，兼顧生計，政府自民國九十三年
　　　起積極推行原住民族地區「社區總體營造」，以「建立社區文
　　　化、凝聚社區共識、建構社區生命共同體的概念，來作為文化
　　　行政的新思維與政策」作為主要目標。成果卓著。

　三、請就轄區內原住民族地區「社區總體營造」之成果，依「人、
　　　文、地、景、產」五大社區發產面向分項敘述，具體說明；績
　　　效卓著者，擇優獎勵。

正本：各直轄市、縣（市）政府

副本：各縣市政府原住民事務委員會

主任委員　○○○

試擬臺北市政府產業發展局致大臺北區瓦斯股份有限公司、陽明山瓦斯股份有限公司、欣欣天然氣股份有限公司及欣湖天然氣股份有限公司函：時序已進入寒冬，使用瓦斯熱水器及爐具機會增加，為關心市民居家安全，各公司應派員進行冬季用戶管線及設備安全檢查，並指導用戶正確使用天然瓦斯方法。（100年地方政府公務人員考試三等）

檔　　號：

保存年限：

臺北市政府產業發展局　函

地址：○○市○○路○○○號
連絡方式：（承辦人、電話、
　　　　　傳真、e-mail）

郵遞區號：

受文者地址：

受文者：大臺北區瓦斯股份有限公司、陽明山瓦斯股份有限公司、欣欣天然氣股份
　　　　有限公司及欣湖天然氣股份有限公司

發文日期：中華民國○○年○○月○○日

發文字號：（○○）○○字第○○○○號

速別：最速件

密等及解密條件或保密期限：○○

附件：

主旨：時序已進入寒冬，使用瓦斯熱水器及爐具機會增加，為關心市
　　　民居家安全，各公司應派員進行冬季用戶管線及設備安全檢

查，並指導用戶正確使用天然瓦斯方法。請照辦。

說明：

一、時序已進入寒冬，寒流經常來襲，邇來經常傳出瓦斯中毒事件，或死或傷，造成人倫悲劇。

二、究其原因，乃市民使用瓦斯不當，或瓦斯器具設置不當，安裝於室內，通風不良。或年久失修，會漏瓦斯。這些缺失，稍一不慎，即造成無法挽回之悲劇。

三、請各瓦斯公司主動派員進行冬季用戶管線及設備安全檢查，並指導用戶正確使用天然瓦斯方法。

正本：大臺北區瓦斯股份有限公司、陽明山瓦斯股份有限公司、欣欣天然氣股份有限公司及欣湖天然氣股份有限公司

副本：各地方政府

局長　○○○

民國一百零一年

民國○○年○月○日行政院第○○○次院會中，院長鑑於邇來各界對於預定民國103年實施的十二年國教，多所質疑，甚而有反對的聲浪，遂指示教育部應即加強宣導。你是教育部的承辦人，請試擬教育部致各縣市政府函：請配合本部規劃時程，辦理說明會，以釋群疑；並廣蒐各界建言，送部參考。（101年高等考試三級）

檔　　號：

保存年限：

教育部　函

地址：○○市○○路○○○號

連絡方式：（承辦人、電話、

傳真、e-mail）

郵遞區號：

受文者地址：

受文者：各縣、市政府

發文日期：中華民國○○年○○月○○日

發文字號：（○○）○○字第○○○○號

速別：最速件

密等及解密條件或保密期限：○○

附件：

主旨：本部預定民國103年實施的十二年國教，請配合本部規劃時
　　　程，辦理說明會，以釋群疑；並廣蒐各界建言，送部參考。請
　　　照辦。

說明：

　一、我國國民教育自民國57年起，延長為9年，迄今將屆44年，讓
　　　我國在全球競爭力排行中，大幅提昇。2006年台灣排名晉升為
　　　第13。有關延長國民基本教育之呼應與作為，自民國72年起開
　　　辦延教班開始，未曾間斷。

　二、全面提升高中職教育品質，由國立教育研究院數次民調，有高
　　　達70%以上的民眾支持實施十二年國民基本教育。推動十二年
　　　國民基本教育已經成為社會各界高度共識與期待。

　三、邇來社會上各界對於預定民國103年實施的十二年國教，仍有
　　　許多質疑，包括少子化、大環境經濟條件不佳、……甚而有反

對的聲浪。

四、國民應普遍享有接受高中職基本教育之權利，進而提升國民素質與國家競爭力。十二年國教乃政府免試升學重要政策之一，其目的乃因台灣多年來城鄉教育差距失衡，為減輕升學壓力，大幅擴增優質高中。強化產學合作，落實高職務實致用精神，政府有許多配套措施。

辦法：

一、將「推動十二年國民基本教育配套方案」內容有關項目如補助經濟弱勢學生就讀私立高中職計畫、優質高中輔助計畫、優質高職產學攜手計畫、國中小學生學習扶助計畫、提高在學率、……等，印成說帖，廣泛宣導，以釋群疑。

二、請配合本部規劃時程，備妥相關資料，辦理說明會，比較十二年國民基本教育與九年國民義務教育之優劣，繪成表格，以釋群疑；並廣蒐各界建言，送部參考。

正本：各縣、市政府

副本：

部長　〇〇〇

試擬教育部函行政院：檢陳「國中、小學校營養午餐品質暨經費管控辦法」草案一份，報請核示。（101年身心障礙人員特考）

<table>
<tr><td></td><td align="right">檔　　號：</td></tr>
<tr><td></td><td align="right">保存年限：</td></tr>
</table>

教育部　函

地址：○○市○○路○○○號
連絡方式：（承辦人、電話、
　　　　　傳真、e-mail）

郵遞區號：

受文者地址：

受文者：行政院

發文日期：中華民國○○年○○月○○日

發文字號：（○○）○○字第○○○○號

速別：最速件

密等及解密條件或保密期限：○○

附件：

主旨：檢陳「國中、小學校營養午餐品質暨經費管控辦法」草案一
　　　份，報請核示。

說明：

一、政府為照顧國中、小學學生之健康，特調配營養午餐，供就學
　　之學童享用。此項政策已實施經年，頗得家長和學生之稱讚。

二、然最近新聞報載，由於廠商疏忽衛生條件，各地屢傳營養午餐
　　中毒事件，造成學生與家長之疑慮，引起社會、媒體頗多關
　　注。

三、由於承包營養午餐商機無限，而使學校負責主管與校長，往往
　　受不住誘惑，接受商家賄賂，長久給某些特定廠商承包，以致
　　讓營養午餐變質，或不注重營養午餐之衛生，因而各地屢傳營
　　養午餐中毒，引起家長等抗議，各地檢調機關已介入調查，並
　　已起訴若干不肖廠商與校長等人。

四、為避免政府推行國中、小學生營養午餐制度之美意，遭到不肖廠商與校長之破壞，本部特擬定「國中、小學校營養午餐品質暨經費管控辦法」草案一份，報請核示。

辦法：

「國中、小學校營養午餐品質暨經費管控辦法」草案

一、各國民中小學應成立營養午餐膳食管理委員會，與經費稽核委員會。請校內具有專長之老師擔任。

二、營養午餐之招標條件，廠商必須保持三年內沒有因衛生條件而送醫記錄，而遭到起訴者。而其中央廚房必須經衛生機關檢驗合格者，方能投標。同一年參加投標之合格廠商，至少需具三家以上。

三、學校營養午餐膳食管理委員會，可以聘請營養師，每週調配符合營養，且為當令時節出產菜蔬之菜單，供廠商採購烹煮。

四、經費稽核委員會應嚴密管控營養午餐之經費流向，並嚴格拒絕廠商以各種名目之贈與或賄賂。如有違反則迅予送檢調機構查辦。

正本：行政院

副本：

教育部長　　○○○

都市居大不易，近來「居住正義」成為多數都會居民共同的心聲。試擬行政院致內政部函：請妥善規劃住宅政策，落實關注國人住房需求。（101年關務人員三等、移民行政人員、國軍上校以上軍官轉任公務人員特考）

檔　　號：

保存年限：

行政院　函

地址：○○市○○路○○○號

連絡方式：（承辦人、電話、

傳真、e-mail）

郵遞區號：

受文者地址：

受文者：內政部

發文日期：中華民國○○年○○月○○日

發文字號：（○○）○○字第○○○○號

速別：最速件

密等及解密條件或保密期限：○○

附件：

主旨：請請妥善規劃住宅政策，落實關注國人住房需求。請照辦。

說明：

一、近年來各地房價節節高漲，尤其都會區，更讓一般小市民傾所有積蓄都無法購置一屋安身，「居住正義」成為多數都會居民共同的心聲。

二、政府為遏制高房價，曾一連祭出奢侈稅，房屋購置在一年內需交15%的奢侈稅，超過一年，則需交10%的奢侈稅，以扼止投機客炒作房地產。並要求銀行緊縮銀根，避免投機客可以借貸高成數之貸款，實施以來雖有成效，但房價依然緩步上揚。

三、為落實居住正義，政府除實施一連串打房措施，還需要利用公有地妥善規劃興建美觀平價之國民住宅，並接洽銀行以優惠低利貸款利率，貸給剛成家立業之青年，單親家庭以及社會基層，收入不豐之民眾。並規定在一定期限內不得轉讓出售，以

　　　　達到「居住正義」之目標。

正本：內政部

副本：

院長　○○○

試擬行政院致內政部函：個人資料保護法於99年4月27日三讀通過，並於100年10月27日公告個人資料保護法施行細則草案，不僅擴大適用對象及保護範圍，同時也提高處罰額度。為使本法順利實施，請轉知所屬機關加強宣導，儘速研擬相關因應措施，以減少施行的阻力與紛爭。（101年警察人員、交通事業鐵路人員特考）

檔　　號：
保存年限：

行政院　函

地址：○○市○○路○○○號
連絡方式：（承辦人、電話、
傳真、e-mail）

郵遞區號：
受文者地址：
受文者：內政部
發文日期：中華民國○○年○○月○○日
發文字號：（○○）○○字第○○○○號
速別：最速件
密等及解密條件或保密期限：○○
附件：

主旨：個人資料保護法於99年4月27日三讀通過，並於100年10月27日公告個人資料保護法施行細則草案，不僅擴大適用對象及保護

範圍，同時也提高處罰額度。為使本法順利實施，請轉知所屬機關加強宣導，儘速研擬相關因應措施，以減少施行的阻力與紛爭。請查照。

說明：

一、個人資料包括自然人之姓名、出生年月日、身分證統一編號、特徵、指紋、婚姻、家庭、教育、職業、健康、病歷、財務情況、社會活動及其他足資識別該個人之資料。

二、以往在個資法還未通過前，許多不肖廠商經常假借徵才、或購物取得個人資料，然後販賣給另外廠商或詐騙集團，以作為宣傳或詐騙之用。

三、個人資料保護法於99年4月27日三讀通過，並於100年10月27日公告個人資料保護法施行細則草案，不僅擴大適用對象及保護範圍，同時也提高處罰額度，避免不肖廠商巧立名目或理由，任意取得個人資料，以作為販賣或詐騙之用。

四、為使本法順利實施，請轉知所屬機關加強宣導，儘速研擬相關因應措施，以減少施行的阻力與紛爭。

辦法：

一、請貴部儘速將立法院三讀通過之個人資料保護法，召集所屬機關派員參加講習，並以繪圖方式印成小冊子，廣泛加以宣導，避免觸法。

二、對於公務機關執行法定職務或非公務機關履行法定義務，蒐集、處理或利用個人資料，例如：檢警機關偵辦犯罪，蒐集或利用涉嫌人之犯罪前科資料；醫生發現疑似法定傳染病，蒐集相關醫療資料通報主管機關等，應依相關法令規定，提供適當安全維護措施。並儘速研擬相關因應措施，以減少施行的阻力

　　與紛爭。

正本：內政部

副本：

院長　　○○○

附錄二　歷屆高、普、特考「公文」試題彙編

民國九十四年

【94年高考二級】

試擬行政院致內政部、外交部、經濟部、國防部公文一篇：針對釣魚臺問題，希四部會同研究如何伸張我國之主權，以確保國家之主權及漁民之利益。

【94年高考三級】

隨著全球化時代來臨，臺灣經濟邁向自由化，社會日趨多元化，國人跨國聯姻日益增多。截至94年5月底，我國外籍及大陸配偶已達三十四萬八千餘人，遂衍生這些外來配偶及其子女生活、教育及社會適應等相關問題，亟待妥善解決。內政部已於92年整合有關機關意見，研擬「外籍配偶照顧輔導措施」，分生活適應輔導、醫療優生保健、保障就業權益、提升教育文化、人身安全保護、健全法令制度等六大面向訂定具體措施，函報行政院核定由各部會分工推動。

試擬行政院致內政部函，提示政策理念，並促請會商有關機關配合當前需要，研擬修正充實「外籍配偶照顧輔導措施」報院核定賡續推動，使其能融入我國社會，與國人共組美滿家庭，並尊重其人權，共創多元文化價值的國家，落實我國人權治國之理念。

【94年普考】

臺灣四面環海，地狹人稠，國土約有四分之三為山坡地，雨季水流湍急，遇有颱風豪雨來襲，山區國土保育不良者，土石流災害頻傳，平地城鄉地勢低窪者，亦常積水成災，甚至屋損人亡，現已屆颱風豪雨季節，全民尤應加強危機意識。

請試擬行政院致所屬機關及直轄市、縣（市）政府，提示政府部門及民眾應注意之重點，促請加強相關防範應變準備措施，並廣為宣傳民眾就其應注意事項共同配合遵循，期能有效防災、備災、減災、應變，維護民眾生命財產之安全。

【94年公務、關務薦任升等考】

試擬法務部致所屬檢調機關函：邇來頻傳不法集團運用電話與簡訊進行詐財，應積極查緝掃蕩，並宣導防詐騙觀念，以有效維護民眾財產安全。

【94年公務、關務簡任升等考】

試擬行政院衛生署致所屬衛生機關函：邇來世界各地發現禽流感數起，為抑制疫情流行，希採取防範措施，並加強宣導，以維護民眾健康。

【94年關務、稅務人員特考三等】

試擬財政部函請所屬機關加強便民服務，提高工作品質，以建立清新、親切、熱忱之形象。

【94年關務、稅務人員特考四等】

請試擬行政院衛生署致所屬衛生機關函：近來香港澳門地區流行性感冒病例持續攀升，已發生集體感染與流行，而國人每日出入港澳為數頗多，極易帶來病毒，造成臺灣全島之傳染，請加強防範與應變措施，以維護人民生命之安全。

【94年調查局調查人員特考三等、外交領事人員特考三等】

試擬行政院致內政部函：加強警政署及各縣市政府所屬外事單位人員之外語能力，並積極儲訓口譯人員，強化涉外事件中之人權觀念，以維司法公信暨人權外交。

【94年司法特考三等第一次】

試擬法務部致所屬檢調機關函：請積極整合各項司法資源及人力，針對年底舉辦之三合一地方選舉，提出實際可行的查察賄選計畫並落實執

行，以端正選風。

【94年司法特考四等第一次】

試擬行政院致所屬機關函：為確保人民權益，落實依法行政，各機關作成行政處分，務期確實遵守行政程序、詳查慎處、力求平情適法，俾杜民怨並減訟源。

【94年司法特考三等第二次、地方特考三等第二次】

試擬行政院衛生署致各縣市衛生局函：各國陸續爆發禽流感疫情，為有效防範禽流感入侵，請加強宣導社區防疫觀念，並注意避免民眾不必要的恐慌。

【94年司法特考四等第二次、地方特考四等第二次】

試擬行政院文化建設委員會函全國各縣市政府：請研擬有效措施，保護轄區內古文物與建築，並整理歷來文獻，使本地的傳統文化能與現代化結合。

【94年警察人員特考二等】

試擬內政部警政署致教育部函：校園吸毒人口不斷增加，請轉所屬各級學校加強宣導認識毒品及毒品之危害，以維護學子身心之健康。

【94年警察人員、社會福利工作人員特考三等】

試擬行政院致所屬政府機關函：夏秋雨季，是臺灣地區颱風季節，請加強宣導防颱救災以維護民眾生命財產之安全。

【94年警察人員、社會福利工作人員特考四等】

試擬教育部致函各公私立大學院校：暑假期間，許多學生利用打工賺得學費或零用錢，而今各種騙術橫行，求職陷阱極多，暗藏危機，請加強宣導與勸說，以免學生受騙受害。

【94年基層特考行政四等】

邇來每逢週末，各地飆車族群聚道路飆車，甚或引發暴力事件，嚴重影響用路人安全及居家安寧，試擬內政部警政署函發各警察機關，有效取

締飆車現象，遏止飆風。

【94年原住民特考三等】

試擬行政院原住民族委員會致行政院勞工委員會函：為保障原住民族地區就業機會，增進原住民收入，請研擬是否可於公共工程招標規定中，明定非專業技術工的原住民雇用百分比。

【94年原住民特考四等】

試擬行政院原住民族委員會致原住民族地區鄉鎮市公所函：為盡快完成原住民族籍身分登記，請督促所屬積極宣導。

【94年原住民特考五等】

鄉公所要召開原住民族傳統領域調查之協調會，擬邀集各部落耆老參與，請草擬公文。

【94年身心障礙人員特考三等】

試擬內政部警政署致所屬警察機關函：本年12月3日舉行縣市長、縣市議員、鄉鎮市長三合一選舉，在競選期間，請嚴防黑道、黑金之介入與各種暴力非法事件發生，以維護社會安寧。

【94年身心障礙人員特考四等】

試擬行政院金融監督管理委員會致函各銀行：應加強自動櫃員機之安全維護管理，防範歹徒藉機側錄資料並偽造金融卡盜領。

【94年身心障礙人員特考五等】

試擬臺北縣政府函所屬中、小學：最近詐騙集團活動猖獗，中、小學生常為受害對象，請各學校加強對學生和家長的宣導，俾免受騙上當。

【94年民航人員特考三等】

試擬交通部民用航空局函各航空站：近期世界各地恐怖份子攻擊，危害飛安甚鉅，請嚴格加強各項安檢工作。

【94年鐵路、公路升資士級晉佐級】

颱風過後，大水橫流，衛生問題殊為可慮。試擬行政院函行政院衛生

署，責成所屬機關，密切注意並採取適當措施，以預防疾疫流行，維護民眾身體健康。

【94年鐵路、公路升資佐級晉員級】

颱風來襲，菜價飆漲，據聞有黑道份子涉嫌把持市場，威脅菜農，謀取不法利益。試擬法務部函所屬檢調機關主動查察，打擊不法，恢復市場秩序。

【94年鐵路、公路升資員級晉高員級】

電腦網路上色情犯罪，花樣多端。試擬法務部函所屬檢調機關，提出有效對策，打擊網路色情犯罪，以維社會善良風俗。

【94年初等考第一梯次】

試擬行政院研究發展考核委員會致函行政院各部會：請盡速建立網路使用規範及稽核制度，以防止公務員利用網路從事非公務用途。

【94年初等考第二梯次】

試擬教育部致各縣市教育局函：要求各校加強對國、高中中輟生動向之關切，積極輔導中輟學生重回校園。

【94年地方特考三等第一次】

請試擬警政署致各縣市警察局函：邇來電話詐騙事件層出不窮，致善良人民蒙受損失。請加強宣導並積極查緝，以保障人民財產之安全。

【94年地方特考四等第一次】

試擬內政部警政署致全國各縣市警察局函：請加強取締違法偷渡或預期滯留的外籍人口，以確保治安。

【94年地方特考五等】

試擬內政部函各警政單位：加強預防詐欺犯罪，設立反詐騙諮詢專線，提供民眾求證；製作各類宣導資料，廣為周知，以共同打擊犯罪，防範詐欺。

民國九十五年

【95年高考三級】

根據統計，目前30歲至49歲之信用卡持卡人，60%以上係因創業需求、投資失敗或失業等因素背負卡債，行政院金融監督管理委員會經邀請內政部、經濟部、行政院勞工委員會、行政院經濟建設委員會及中華民國銀行公會等相關單位研商，達成提供工作機會及創業貸款等相關配套方案。

試為行政院金融監督管理委員會擬函，盡速將該方案報請行政院核備，並准予轉知各直轄市及縣（市）政府宣導辦理。

【95年普考】

觀光產業是世界各國普遍重視的服務業，為此政府特於挑戰2008國家發展重點計畫中推出各項觀光發展計畫，希望藉著臺灣特殊條件，彙整各地方觀光特色，行銷國內外。

試擬交通部請各直轄市、縣（市）政府盡速配合辦理函。

【95年司法特考三等】

試擬司法院致各級法院函：為利於刑罰教化功能，並有助司法資源分配，對於刑事案件宜妥善運用緩刑制度，以宏司法效能。

【95年司法特考四等】

試擬法務部致所屬各監院所函：為強化矯正教化功能，落實人性化管理，請結合民間公益團體，善加運用社會資源，加強辦理監、院、所之受刑人、收容人各項關懷活動。

【95年司法特考五等】

假設○○地方法院檢察署近來文書處理出現疏漏、公文時效亦有退步，為加強管理，請試擬○○地方法院檢察署致內部各單位函，要求同仁應確依行政院訂頒之「文書處理手冊」規定辦理，以改進現有缺失。

【95年初等考第一梯次】

擬：劉君，因公司經營上需要，奉派肯亞（國名）之國外分公司主持業務，全家因而遷居肯亞。民國94年底，從友人口中獲悉必須換發國民身分證。劉君因一時無法回國，又不知如何辦理手續，爰書妥信函一封，寄達其原來所轄之戶政事務所，請求戶政事務所告知其如何辦理手續。假設您是該戶政事務所承辦人員，請您參照附件資料（第三張至第五張），以戶政事務所正式公文回覆劉君（附件一、附件二、附件三）。

【95年初等考第二梯次】

《性騷擾防治法》業於今（95）年2月5日施行，內政部家庭暴力及性侵害防治委員會特製作宣傳圖檔光碟及宣傳廣播帶光碟各一片，發送相關機關宣導。試擬內政部函各直轄市、縣市政府，加強法令宣導，並督促所屬注意行為規範。

※參考條文：

第二十條規定：「對他人為性騷擾者，由直轄市、縣（市）主管機關處新臺幣一萬元以上十萬元以下罰鍰。」

第二十一條規定：「對於因教育、訓練、醫療、公務、業務、求職或其他相類關係受自己監督、照護之人，利用權勢或機會為性騷擾者，得加重科處罰鍰至二分之一。」

第二十五條規定：「意圖性騷擾，乘人不及抗拒而為親吻、擁抱或觸摸其臀部、胸部或其他身體隱私處之行為者，處二年以下有期徒刑、拘役或科或併科新臺幣十萬元以下罰金。前項之罪，須告訴乃論。」

民國九十六年

【96年高考行政各類科】

試擬內政部警政署致各縣市政府警察局函：應配合新修正之「道路交通管理處罰條例」之施行，對民眾加強宣導有關取締行車秩序、路口淨空

及行人安全違規項目之教育工作，以共同維護交通安全。

【96年普考各類科】

試擬行政院衛生署致各縣市政府衛生局函：為配合《菸害防制法》之修正，應對民眾加強有關室內公共場所禁菸之宣導教育工作，以利該法之施行。

【96年地方特考三等】

請試擬教育部致全國公私立學校為強化學生多語能力，推動語言平等，訂定每周一天為「母語日」，鼓勵老師以母語教學，學生以母語交談之公文函。

【96年地方特考四等】

試擬教育部致全國各地方政府教育主管單位函：外籍配偶有逐年增多趨勢，請研擬輔導外籍配偶學習本國語言、認識本國文化的有效辦法，以利其盡速融入臺灣社會，並請確實施行。

【96年地方特考五等】

國家圖書館函各公私立大學：「臺灣語言、文學與文化」是近年來重要之研究領域。其相關之碩、博士論文，極具典藏價值，請惠贈兩套，以供典藏。

【96年原住民特考二等】

為發展臺灣原住民地區觀光業，介紹原住民自然風味之美食，請代行政院原住民族委員會擬函稿給交通部觀光局建議合辦臺灣原住民美食展示會，並附計畫書。

【96年原住民特考三等】

針對外籍逃逸勞工及中國偷渡犯之非法打工日益增多，影響本國勞工就業及社會治安。請代內政部警政署擬函給全國各縣市警察局，要求嚴格查緝非法外籍勞工。

【96年原住民特考四等】

原住民地區鄉公所將舉辦部落文化特展，期向行政院原住民族委員會申請經費補助，請草擬公文。

【96年原住民特考五等】

試擬縣政府函請原住民地區鄉鎮市公所，提供原住民族展覽相關文獻與特產。

【96年關務人員簡任升官等考試】

行政院為加強各機關營造健康之心理環境，互動良好之組織文化，提升公務人員心理健康，協助規劃個人生涯發展，特於該院會議決議責成行政院人事行政局擬具「行政院所屬機關學校員工心理健康實施計畫」，函陳行政院核定後轉全國各機關學校全面實施。

試為行政院人事行政局擬具檢陳該計畫草案，報行政院核定函。

【96年關務、公務人員薦任升官等考試】

試擬行政院環境保護署函請各直轄市及縣市環境保護局，為甄選優良綠色商店，特檢送「綠色行銷獎評選辦法」，鼓勵轄內百貨業、量販店、超市及零售業等之門市部轉型為綠色商店，標示、販售環保標章及其他環境保護產品，方便民眾辨識及購買。

【96年身心障礙特考三等】

近來社會發生多起黑心食品或過期食品引起消費者恐慌事件，行政院衛生署曾發函各地衛生局，要求盡快提出處理辦法，從嚴執行，並行文見覆。試擬各縣市衛生局之覆函。

【96年身心障礙特考四等】

試擬內政部致警政署函：近年電話及網路詐財情事愈益猖獗。請速擬訂辦法，加強查緝，以維護社會安寧。

【96年身心障礙特考五等】

試擬內政部函各直轄市、縣市政府：為統籌規劃身心障礙者復康巴士服

務，建立完善之全國聯繫網絡，請就所屬已有復康巴士數量、服務範圍及係自行辦理或委託其他單位辦理等相關資料報部備查。

【96年公務高考二級】

試擬行政院函致各直轄市及縣、市政府，以聖帕颱風過境，豪雨成災，造成各地土石流失，道路、橋樑及農作物受損嚴重。請迅速勘查轄內災情，辦理災後復舊與重建工作，期確保人民生命財產安全，並將災後搶修成果及擬申請中央補助款項覈實提列，於文到一個月內報院憑辦。

【96年海巡特考五等】

試擬內政部函各級地方政府：為鼓勵民眾多利用自然人憑證IC 卡，請加強「自然人憑證之應用」的推廣宣導，讓民眾真正享受到「少用馬路，多用網路」的便捷與高安全性。

【96年外交特考三等】

試擬行政院海岸巡防署海岸巡防總局函各地區巡防局：近聞經海岸自境外走私貨品情況日益猖獗，對經濟秩序、社會治安、國人健康等，影響甚鉅，請加強查緝。

【96年民航、調查特考三等】

試擬行政院致行政院公平交易委員會函：邇來民生物資價格波動，為維護交易秩序與消費者利益，如有廠商不法囤積、人為操縱、壟斷市場及聯合哄抬物價等違反公平交易法規定之具體事證者，應依法嚴加處分。

【96年郵政升資員級晉高員級】

試擬：近期歹徒詐騙手法不斷翻新，臺灣郵政股份有限公司函請各責任中心局及支局，應提高警覺，並宣導民眾注意加強防範，避免上當受騙。

【96年郵政升資佐級晉員級】

試擬：臺灣郵政股份有限公司函請各責任中心局及支局，8 月「父愛月」及9月「感恩月」來臨，請配合「寫信傳真情」系列活動，加強宣

導，提高民眾書信書寫率。

【96年郵政升資士級晉佐級】

近來歹徒詐騙手法不斷推陳出新，屢傳有人自稱係某郵局或銀行人員，電話告知其金融卡設定有問題，必須至提款機重新設定，並指示操作步驟；或告知其銀行帳戶遭法院凍結，指引客戶至郵局提款機重新設定金融卡之約定帳戶或轉帳等詐騙手法。

試為臺灣郵政股份有限公司擬函致所屬各地郵局，宣導客戶注意防範，若接獲類似電話，請切記保持冷靜，並撥打臺灣郵政服務專線（0800-700365）或內政部警政署165 反詐騙專線查證，以免遭受財物損失。

【96年公務特考三等第二梯次】

試擬法務部致所屬各檢調機關函：為有效查緝經濟犯罪，維護國家經濟秩序，促進產業發展，保障投資人權益，爰訂定「經濟犯罪案件偵辦十大原則」規定，依照規定確實執行。

【96年公務特考四等第二梯次】

試擬司法院致所屬各級法院函：為保護法官安全，使其暢所欲言，同時避免不同意見成為上訴理由及維護司法裁判的威信，爰於法院組織法第103條及第106條第1項規定評議不公開及嚴守秘密。倘有違反上述規定情事者，應交由法官律委員會調查議處，請依照規定處理。

【96年公務特考五等第二梯次】

試擬法務部致所屬機關及內部單位函：為便利分享政府資訊，保障人民知的權利，增進人民對公共事務之瞭解、信賴、監督及參與，以落實制定政府資訊公開法之目的，請依照規定辦理。

【96年公務特考二等第二梯次】

試擬內政部警政署致該署刑事警察局函，請加強犯罪案件之偵查，提高破案率，以改善治安。（於函內請敘明加強犯罪偵查之辦法）

【96年公務特考三等第二梯次、退除役軍人轉任公務人員特考三等、公務特考三等】

警察人員管理條例修正案，業經立法院三讀通過，總統公布。內政部並已接到行政院民國96年7月○日○○字第○○○號函，檢送該條例修正條文。請試擬內政部致該部警政署函，檢送該條例修正條文，希轉知所屬各警察機關，依修正條文確實執行。副本抄送銓敘部。

（修正重點為：警員、巡佐年功俸提高二級；增列升官等訓練，升警監者，得於5年內先升後訓；比照公務人員任用法，增列不得任用警察官之條款。）

【96年公務特考四等第二梯次、退除役軍人轉任公務人員特考四等、公務特考四等】

近來發現，由大陸地區走私販售之漁獲，常添加有害人體健康之化學物質，為此，請試擬行政院致內政部，要求加強對不法走私進口海產之查緝；以維護國民之健康。

【96年公務特考五等】

財政部關稅總局，於民國96年7月○日以○○字第○○○號函所屬各關稅局，請遴派人員參加第五期佐級關務人員訓練。請試擬財政部基隆關稅局復關稅總局函，遴派關務佐王○○等5員，參加上項訓練。

【96年各類科普考】

試擬行政院衛生署致各縣市政府衛生局函：為配合菸害防制法之修正，應對民眾加強有關室內公共場所禁菸之宣導教育工作，以利該法之施行。

【96年各類科高考三等】

試擬內政部警政署致各縣市政府警察局函：應配合新修正之道路交通管理處罰條例之施行，對民眾加強宣導有關取締行車秩序、路口淨空及行人安全違規項目之教育工作，以共同維護交通安全。

【96年公路人員升資員級晉高員級】

試擬交通部函所屬公路機關：近有民眾反映，應設置交通號誌之處，或未設置，或雖設置而標示不清楚，造成行車之不便，請全面清查轄區之號誌，並作檢討改善。

【96年公路人員升資佐級晉員級】

試擬交通部公路總局函所屬監理機關：各長途汽車客運公司，每有讓司機超時駕車，以致因司機過於勞累而肇成車禍，請加強稽查，並嚴格取締。

【96年公路人員升資士級晉佐級】

試擬內政部警政署函所屬機關：鑑於酒後開車以致釀成車禍，仍時有所聞，請加強宣導，並嚴格取締。

【96年港務人員特考佐級】

巴拿馬籍油輪皇后號因遇颱風擱淺臺中港附近海域，試擬行政院環境保護署致臺中港務局函，請研商可行作為，預防皇后號原油洩漏，致海洋污染。

【96年專利商標審查人員特考二等】

試擬行政院函所屬各機關：因應地球環境氣候變遷，加強節約能源，研擬具體措施，確實執行。

【96年專利商標審查人員特考三等】

時序漸入春夏，為防範各種傳染疾病及維護飲食衛生。試擬行政院衛生署函所屬各機關，加強因應措施。

【96年一般行政初等考試】

立法院於民國95年12月12日修正通過「教育基本法」，納入學生不受任何體罰之附帶決議，引發社會廣泛討論。教育部為避免因禁止校園體罰立法後，學校教師放棄輔導與管教責任；或認為體罰等同違法，未來恐無法管教學生，旋即函請各直轄市及縣市政府轉請所屬各國民中、小

學，強調零體罰不代表不必管教，教師須以更積極的教育專業輔導學生，並請各校也應訂定學校教師輔導與管教學生辦法，經校務會議通過後實施。

試為台北縣立板橋國民中學擬致該縣政府，檢陳該校教師輔導與管教學生辦法一份，請准予備查函。

【96年初等考試】

為確保公務人員依法行政、執法公正，並建立行政中立之規範，考試院業已擬具「公務人員行政中立法草案」於民國94年10月13日送請立法院審議中。銓敘部及行政院人事行政局亦數度函請各機關轉知所屬機關，在上開法律完成立法前，於公職人員選舉期間，公務人員應嚴守行政中立。其重點事項包括公務人員不得介入黨政派系紛爭、不得於上班或勤務期間從事助選活動、不得於辦公場所懸掛或張貼任何政黨或公職候選人之旗幟或標誌、謝絕政黨或候選人進入辦公場所從事競選活動、應秉持公正、公平之立場處理公務等。本（96）年12月將舉行立法院第7屆立法委員選舉，請試擬行政院人事行政局致行政院各部會行處局署人事機構函，請各該機關轉知所屬公務人員，應嚴守行政中立。

【96年社會福利工作人員特考三等、稅務特考三等】

試擬教育部致函各縣市政府：教育人員應發揮愛心、耐心，杜絕體罰，且應具備專業知能，輔導學生不當之行為，以促進其身心健全發展。

【96年警察特考四等、稅務特考四等】

日前藝人吸食毒品事件，敗壞世風，震驚社會。試擬內政部警政署函各警察機關，務必有效取締毒品之買賣與吸食，以維持社會治安，端正社會風氣。

民國九十七年

【97年高等考試、一級暨二級考試】

97年8月14日行政院第3105次會議劉兆玄院長提示：為穩定國內大宗物資價格，預防業者囤積哄抬物價，行政院消保會應會同內政部、經濟部、行政院農委會及行政院公平會等相關部會，協調地方政府共同打擊業者不法的情事。試擬以行政院消費者保護委員會函，請縣（市）政府訂定具體措施，配合共同打擊不法業者，穩定國內大宗物價。

【97年高等考試各類科、三級】

試擬經濟部能源局致全國各機關學校函：鑑於全球暖化對環境永續威脅日益嚴重，特配合「世界環境日」，推動夏月「全民節能減碳從燈做起」運動，倡導全民養成隨手關燈生活習慣，朝向低碳經濟與低碳生活，以紓緩全球氣候變遷危機。

【97年普通考試各類科】

行政院衛生署依據民國96年7月11日修正公布之「菸害防制法」第35條第2項規定，自公布後18個月施行，將對政府機關、各級學校、醫療機構、大眾運輸、金融機構、旅館、商場、餐飲店或三人以上共用之室內工作等公共場所全面禁菸。試擬該署致全國各機關學校函，請宣導確實遵守各公共場所全面禁止吸菸。

【97年初等考試、一般行政】

在這充滿未知、挑戰及無限可能的二十一世紀，知識與學習是社會永續發展與持續進步的核心。請試擬教育部致各直轄市、縣市政府教育局函，發起「終身學習、健康台灣！」鼓勵廣設社區大學、樂齡學院、讀書會等組織或機構，共同推展終身學習社會之理想，使民眾了解學習是每個人生活的一部分；建構處處是教室、時時可學習之學習社會。於年度終了將評鑑甄選特優二名（獎金五百萬元），優等三名（獎金三百萬元）。

【97年初等考試、社會行政、人事行政、教育行政、財稅行政、金融保險、統計、會計、經建行政、地政、圖書資訊管理、政風、電子工程】

新任國立臺灣文學館館長為落實該館推廣與教育功能，請試擬該館館長致臺南縣、市政府教育局函，邀請所轄各國民中、小學校長蒞館參觀並座談。

【97年第一次司法人員、司法事務官、海岸巡防人員特考、三等】

試擬法務部致所屬檢調機關函：邇來頻傳不法集團侵入購物網站，竊取客戶個人資料，從事詐騙行為，請積極查緝，以維護民眾身心與財產之安全，並符合國際社會保護個人資料之要求。

【97年第二次司法人員特考、三等】

試擬內政部警政署致所屬各警察機關函：邇來歹徒之詐騙手法日益翻新，迭有民眾蒙受鉅大之財物損失，請持續加強從事反詐騙之宣導工作，以維護民眾之權益。

【97年第二次司法人員特考、四等】

試擬司法院致所屬各級法院函：為解決一般民眾對法律不熟悉，產生諸多疑惑與困擾，甚至心生畏懼，請督促所屬及志工提供親切服務，做好法律諮詢工作，以維護民眾權益。

【97年第二次司法人員特考、五等】

近年來，青少年犯罪有上升的趨勢，其原因多半是環境的影響，但更重要的是青少年對於法律認知的不足以及價值觀念的偏差。為了防患於未然，請以縣市政府的名義，行文所屬中小學校，具體落實法治教育，引導正確觀念，以免學生誤陷法網。

【97年海岸巡防人員、海洋巡護科航海組、基層警察人員特考、四等】

鑒於農曆春節來臨，宵小竊盜與暴力犯罪案件增加，試擬內政部函地方各級警政單位：請加強「春節維安工作要點」的執行，讓民眾享有一個

平安快樂的春節假期。

【97年國防部文職人員特考、二等】

　試擬內政部致函各縣市政府，時值年關歲末，為防宵小蠢動，希落實警民守望相助之工作，以維社會治安，並將成效逐案列報，列入冬防考績。

【97年鐵路人員、公路人員各類科特考、高員三級】

　請試擬交通部觀光局致各縣（市）政府函：為落實政府開放大陸觀光客來台觀光政策，並結合地方文史與民間節慶活動以繁榮經濟，請隨時提供縣（市）最具地方民俗傳統之節慶活動訊息，俾官方網頁統一規劃發揮有效宣傳。

【97年鐵路人員、公路人員各類科特考、員級】

　試擬交通部致觀光局函：為因應暑假國內旅遊旺季，請協調各鐵、公路及航空局等相關單位，實施車、機票及餐飲住宿配套優惠措施，並研議具體施行、推廣辦法。

【97年鐵路人員、公路人員各類科特考、佐級】

　試擬行政院衛生署致所屬衛生機關函：今年度各地區腸病毒病例持續攀升，已出現多起幼童重症病例，邇來氣候日漸炎熱，將進入感染高峰期，恐造成全國大流行，請加強宣導防範，並採取應變措施，以維護民眾安全。

【97年警察人員、關務人員各類別特考、二等】

　試擬彰化市警察分局函彰化縣警察局：有關轄區加強社區守望相助之輔導計畫，是否可行，敬請核示。（須有附件內容）

【97年警察人員、關務人員各類別特考、三等】

　試擬內政部警政署函各縣市警察局：如何加強在職進修，以提升工作效率、豐富生活，並請擬定具體可行計畫，報署核准後實施。

【97年警察人員、關務人員各類別特考、四等】
　試擬法務部致所屬各檢調機關函：主動積極偵辦不肖業者哄抬物價、囤積居奇、居間壟斷等不法案件。

【97年警察人員、關務人員各類別特考、五等】
　試擬財政部致關稅總局函：邇來民生物資價格波動，不法之徒利用海上走私農產品圖利，希嚴加查緝，以維護本國農民權益。

【97年軍法官考試】
　試擬內政部警政署致所屬各警察機關函：邇來歹徒之詐騙手法日益翻新，迭有民眾蒙受鉅大之財物損失，請持續加強從事反詐騙之宣導工作，以維護民眾之權益。

【97年民航人員特考、三等】
　試擬台北市政府教育局函所屬各級學校：各級學校已陸續開學，為避免部分學生適應不良，請加強掌握學生身心狀況，並視必要予以適當輔導協助。

【97年法務部調查局調查人員特考、三等】
　試擬台北市政府教育局函所屬各級學校：各級學校已陸續開學，為避免部分學生適應不良，請加強掌握學生身心狀況，並視必要予以適當輔導協助。

【97年外交領事人員、外交行政人員及國際新聞人員特考、四等】
　試擬縣市政府致各鄉鎮公所函：正值颱風季節，為減少颱風侵襲之損失，請勸導鄉鎮民加緊整修房屋，疏濬水道，切實做好防颱措施。

【97年外交領事人員、外交行政人員及國際新聞人員、國際經濟商務人員、國家安全局情報人員特考、三等】
　試擬教育部函各縣市政府教育局：為拓展學生的國際視野，請轉知各所屬學校，採取有效措施，增進學生對國際現勢的認知。

【97年身心障礙人員特考、三等）

由外地進口之奶粉、奶精或咖啡，經工廠摻入各種食品銷售，而含毒成分被發現後，造成人心恐慌。請代行政院擬一公文致行政院衛生署及行政院農業委員會，即日起務須嚴格把關，以確保國人健康。

【97年身心障礙人員特考、四等】

試擬行政院衛生署致各直轄市、縣（市）政府函：

依法檢測各類食品，是否符合國家安全標準，並妥善管理，以確保國民飲食安全及健康。

【97年身心障礙人員特考、五等】

試擬行政院致行政院衛生署函：通盤檢討進口食品之檢驗項目與標準，並加強查驗市面所販賣各類食品，依〈食品衛生管理法〉取締、公布不合格產品及廠商名稱，以維護全民健康及生命安全。

【97年警察人員升官等、鐵路人員升資考、員級晉高員級】

試擬行政院致行政院衛生署函：為避免消費者因輕信媒體誇大不實之醫藥廣告，購買成分或來路不明之藥品，應加強稽查、取締；並呼籲民眾如有病痛應循正常就醫管道，千萬不可誤信密醫、偽藥，以維護身心健康。

【97年原住民族各類科特考、三等】

國立臺灣史前文化博物館教育資源中心已於91年8月17日正式對外開放，館藏考古學、人類學、民族學、自然史及臺灣原住民等相關主題的圖書及影音資料，可提供觀眾學習認知的機會與環境，歡迎各縣市中小學以「戶外教學」方式提出申請，至該館參觀訪問。試擬國立臺灣史前文化博物館致各縣市中小學函。

【97年原住民族各類科特考、四等】

試擬行政院原住民族委員會致函各直轄市、縣（市）政府：應加強推動原住民歷史文化的蒐羅、保存和展示等藝文活動，以發揚台灣的原住民

文化。

【97年原住民族各類科特考、五等】

　試擬行政院原住民族委員會函請臺灣地區各公私立大專校院：研提專案計畫，鼓勵學生組織團隊，於寒、暑假期間，親臨各原住民族部落（市、鎮、鄉、里、村等）所在之中小學校，實施文化知能研習營或從事學業技藝輔導活動，於中華民國97年12月31日（星期三）之前（以郵戳為憑）寄達本會，俟審議通過後，將專函通知補助計畫執行之經費及相關事項。

【97年地方政府公務人員各類特考、三等】

　試擬行政院文化建設委員會致各縣市文化局函：為獎勵保存地方文化，請選薦貴縣（市）各類劇團參加本會「金劇獎」選拔。

【97年地方政府公務人員各類特考、四等】

　試擬行政院衛生署致所屬機構函：請確實加強食品衛生檢驗，避免再發生中毒事件，以維護全民健康。

【97年地方政府公務人員各類特考、五等】

　試擬教育部致全國各級學校函，請加強有關智慧財產權之宣導，避免侵權行為以提升國民素質。

民國九十八年

【98年高考三級】

　試擬內政部致各縣政府函，為鑑於臺灣社會日益工業化與商業化結果，導致青年勞動人口紛紛集中都會地區謀生發展，形成鄉村地區老人與幼兒人口偏多問題；爰請各縣政府加強推動鄉村地區老人及兒童照護服務之創新性措施，以建構健全之社會安全體系。

【98年警察人員、交通事業、鐵路人員、民航人員特考、三等、高員三級】

請試擬交通部致民用航空局、觀光局、臺灣鐵路管理局函：為提升國家形象，強化國際競爭力，營造友善的觀光環境，以吸引各國觀光客，應督促所屬注意執勤時之工作態度，並加強教育訓練。

【98年普考】

鑑於去（九十七）年卡玫基及辛樂克等颱風，造成臺灣地區嚴重水患及土石流災情，行政院劉院長於院會聽取相關檢討報告後，就目前救災及防汛整備提示加強辦理。行政院院會爰決定：請內政部督導地方政府辦理，並請相關部會配合。試擬內政部致各直轄市、縣市政府函（副知相關部會），請加強辦理減災及防汛整備，以提升防災能力，並將災害降至最低。

【98年初等考試、一般行政】

針對青少年道德價值混淆與偏差行為日益惡化情況，教育部曾訂定「品德教育促進方案」。試擬臺北縣政府教育局致所屬各級學校函：落實品德教育，藉以提升學生道德素養，確立行為準則，進而建構完善優質之校園文化。

【98年初等考試、社會行政、人事行政、勞工行政、教育行政、財稅行政】

酒醉駕駛往往造成許多無辜民眾的傷亡，導致家庭的破碎。請試擬內政部警政署函所屬各警察機關，加強宣導並取締酒醉駕駛，以維護民眾生命財產的安全。

【98年警察人員、交通事業、鐵路人員、民航人員特考、二等、高員二級】

試擬行政院致內政部函：近來屢傳家暴案件，受害者約9成為8歲以下兒童，應規劃與各地民間社福團體合作，強化主動發掘、關懷家暴受虐童

機制,以及早防治家暴行為發生,並積極介入、輔導改善家暴受虐童之生活狀況。

【98年稅務人員、關務人員、海岸巡防人員、退除役軍人轉任考試、三等】

內政部自98年1月1日起開辦「全額補助中低收入家庭兒童及少年自付健保費」,全額補助中低收入家庭內未滿18歲兒童及少年健保費自付額,以確保兒童及少年醫療權益。試擬內政部致各縣、市政府函,請加強宣導,切實執行,避免兒童及少年因欠繳健保費而喪失應有之醫療照顧。

【98年基層警察人員、稅務人員、退除役軍人轉任考試、關務人員各類科考試、四等】

試擬行政院致行政院文化建設委員會函:請依「文化資產保存法」規定,確實維護古蹟、歷史建築、傳統藝術、民俗及有關文物,以增進國人認識文化資產,充實精神生活。

【98年海岸巡防人員、關務人員考試、五等】

試擬行政院衛生署函各縣市衛生局:希依照罰則,確實加強取締各類誇大不實之藥品與健康食品廣告,以維護國民身心健康。

【98年身心障礙人員特考、三等】

近日媒體報導:國內各名勝古蹟及風景區,隨處可見遊客在牆壁、樹幹等處或畫圖、或塗寫姓名及其他文字,污損古蹟,破壞景區美觀。試擬交通部觀光局致各縣市政府函,請加強宣導國民公德心及正確旅遊觀念。

【98年身心障礙人員考試、四等】

試擬教育部致各縣市政府教育局函:自去年金融風暴以來,部分家境清寒學生無法繼續就學,輟學人數大幅提高,請務必要求所屬各級學校,加強輔導並進行適當協助,以避免造成校園與社會問題。

【98年身心障礙人員特考、五等】

　試擬行政院環境保護署函各縣市政府：確實督導各所屬單位積極落實「節能減碳政策」，以順應時代潮流，並為國家永續發展奠定堅實基礎。

【98年交通事業公路人員、港務人員升資考試、員級晉高員級】

　為規劃及興建臺中都會區捷運系統工程，請依行政院函示，試擬交通部函致臺中市政府研訂計畫，做好土地測量分割、用地編定公告等各項先期作業，俾利工程進行。

【98年警察人員、交通事業、鐵路人員、民航人員特考、四等】

　暑假將至，學生戶外活動日多，鑒於以往，迭有意外事故發生，為防患未然，請試擬內政部警政署函各警察機關，主動配合相關單位，確實執行安全檢查。

【98年警察人員、交通事業、鐵路人員、民航人員特考、佐級】

　全球金融風暴，國內失業人口驟增，試擬內政部致各縣市政府函：請主動創造就業機會，並積極動員公益社團協助照顧弱勢家庭。

【98年司法人員特考、三等、軍法官考試】

　為加強起訴案件之品質，請以法務部名義，行文所屬各檢調機關，諭令所有偵查案件，應嚴守法律規定，蒐證細密完整，用法適切周延，期能毋枉毋縱，以維護法治，遏止犯罪。

【98年司法人員特考、四等】

　財團法人中華民國消費者文教基金會過去陸續檢測市售一百二十多種瓶裝水，發現標示不符的比例偏高，部分品牌添加多達41種元素，其中還包括放射性元素鈾，飲用過量不僅易引發白血病在內等多種癌症，還會造成遺傳變異，影響國人健康。試擬行政院衛生署函各縣市政府衛生機關，全面稽查及檢驗市售瓶裝水，對不合格瓶裝水，嚴加取締。

【98年司法人員特考、五等】

試擬法務部為提高肅貪成效，端正政風，於所研擬「重大弊案檢討及制度改進方案」中，在貪污治罪條例中增訂「不違背職務行賄罪」的處罰規定，報請行政院鑒核函。

民國九十九年

【99年公務人員高等考試一級暨二級】

根據內政部公布的人口統計資料顯示，2009年臺灣總生育率再創新低，平均每名婦女只生1.03個小孩，為全球第2低，人口問題嚴峻。試擬內政部函，請各直轄市及縣、市政府訂定鼓勵生育補助措施，以提昇生育率。

【99年公務人員高等考試三級】

試擬法務部致所屬各檢調機關函：邇來頻傳兩岸不法集團透過各種管道，蒐集、買賣民眾個人資料，從事詐騙行為，導致社會人心惶惶，應積極查緝，掃蕩不法，有效維護民眾身心、財產之安全。

【99年地方政府公務人員考試三等】

試擬○○縣政府致所轄鄉（鎮、市）公所函：嚴冬歲暮將屆，請結合社會福利機構或志願服務團體等民間資源，對轄區內孤苦無依、流落街頭之遊民，定點供應熱食、沐浴、理髮、乾淨衣物等服務，以保障弱勢者之基本生活權利。

【99年原住民族特考三等】

試擬行政院原住民族委員會致各地方政府函：請協助辦理「原住民族部落社區大學」，以推動原住民族教育、活絡原住民族文化及語言。

【99年警察人員升官等考、交通事業郵政人員升資考】

試擬行政院致函教育部：近十餘年來，臺灣人口出生率逐年降低，據內政部統計，1997年之出生率為千分之15，出生嬰兒33萬人，2009年之出

生率為千分之8.29，出生嬰兒19.1萬人，數年之後，將嚴重影響各級學校之入學招生，請及早未雨綢繆，規劃因應策略。

【99年外交領事、國際新聞、國際經濟商務人員、調查人員、國家安全情報人員等三等考】

試擬行政院研究發展考核委員會致行政院所屬各部會函：請派員參加本會99年10月14、15日兩梯次「公文線上簽核資訊作業研習營」，以增進各機關同仁公文資訊化之知能。

【99年司法人員特考三等】

試擬行政院致外交部函：邇來報載少數駐外人員，或怠忽職守，延誤公務；或言行失儀，貽笑國際。希督促所屬各駐外單位，轉知駐外人員，應謹言慎行，恪遵職守，以維護國際聲譽，順利推動外交。

【99年警察、交通事業、鐵路人員各類科二等】

內政部為落實政府扶窮濟急、減少家庭不幸的政策，推出「馬上關懷」專案，並頒訂「馬上關懷急難救助作業要點」。試擬內政部致各直轄市、縣（市）政府函：請運用村（里）在地化通報系統，及早發現遭逢急迫性變故致生活陷於困境之民眾，發揮馬上關懷之精神，提供即時經濟紓困。

【99年警察員、交通事業、鐵路人員三等考試、高員三級】

試擬交通部致臺灣鐵路管理局函：為有效區隔臺灣高速鐵路與臺鐵之運輸功能，並配合各縣市政府旅遊觀光節慶活動，請擬具吸引民眾踴躍搭乘臺鐵之可行方案，報部核准後實施。

【99年交通事業、郵政人員佐級晉員級升資考】

試擬臺北市政府致函所屬各級學校：近期全國發生多起黑道勢力進入校園、學生濫用藥物及校園暴力霸凌等事件，嚴重影響學校正常教學，並且引發社會輿論高度關切。本市目前倖無類似事件發生，但宜引為借鏡，及早未雨綢繆，積極防患未然，以期維護校園環境之純淨。

【99年身心障礙人員特考三等】

　試擬行政院人事行政局致各直轄市、縣（市）政府函：請加強公務倫理宣導。

【99年身心障礙人員特考四等】

　據行政院衛生署中央健康保險局規定，公立醫院健保病床比率應占急性總病床數百分之六十五以上，私立醫院為百分之五十，然各醫院多不符合此一規定。試擬中央健康保險局致函各醫院，要求切實依規定辦理，以維護民眾就醫權益。

【99年海岸巡防人員、基層警察人員、關務人員特考四等】

　試擬內政部警政署函各縣市警察局，請督導所屬人員執行勤務時宜注意言詞、態度之適切，以避免警民糾紛。

民國一百年

【100年高等考試一級暨二級考試】

　試擬內政部函行政院人事行政局轉請考選部於公務人員高等考試三級考試增設戶政（兩岸組）類科，以應用人機關業務需求。

【100年公務人員高考三級】

　試擬行政院致經濟部函：針對部分水庫淤積嚴重，出現「淺碟效應」，應依本院核定之「加強河川野溪及水庫疏濬方案」積極辦理水庫清淤作業，以維持既有水庫容量；並須研擬水再生利用、海水淡化、人工湖等新水源多元開發計畫報院。

【100年公務人員普考】

　試擬行政院致文化建設委員會、客家委員會、原住民族委員會函：加強各地文化館舍活化，有效利用設施，做好經營管理，避免閒置浪費資源，俾提升民眾參觀意願，增進國人多元文化素養。

【100年鐵路、公路、港務交通事業員級晉高員級人員升資考】

行政院致函交通部：因日本311大地震之鑑，請及早規劃鐵路、公路、港務等方面的因應之道。試擬交通部復函行政院，提出因應方案。

【100年鐵路、公路、港務交通事業佐級晉員級人員升資考】

試擬交通部致函教育部：請各級學校加強宣導交通安全守則，以維護學生之交通安全。

【100年身心障礙人員特考三等】

鑒於學生外食情況相當普遍，營養不均衡及肥胖現象日趨嚴重，將影響未來國民健康、國家競爭力及整體醫療資源支出。試擬行政院致衛生署函：請速編製「均衡飲食宣導手冊」，分送各級學校加強宣導，所需經費由行政院預算支應。

【100年身心障礙人員特考四等】

試擬教育部致函各公私立大學校院：請確實做好校內校外學生住宿輔導與管理工作，對於住宿環境與安全問題尤其應該特別重視，以避免有歹徒入侵或意外災害等。

【100年海岸巡防、關務、稅務人員、退除役軍人轉任特考三等】

試擬行政院人事行政局報行政院函：擬訂每年九月二十一日為全國自然災害救濟演練日實施要點，報請核定實施。

【100年海岸巡防人員、關務、稅務人員、退除役軍人轉任特考四等】

臺灣已邁入高齡化社會，政府正積極推行各種老人福利政策，尤其關注獨居老人的生活照料。試擬新北市政府致各區公所函：針對轄內獨居老人之醫病照顧與生活安頓，研擬具體可行辦法，報府核定。

【100年司法人員特考三等】

試擬臺中市政府致所屬區公所函：今年以來，觀光人數遽增，請維護轄區內環境衛生，尤應加強風景區、夜市，以及公共廁所之清潔。

【100年司法人員特考四等】

擬內政部致所屬戶政機關函：近年來，我國人口老化趨勢非常明顯，而重要原因之一為生育率過低。請要求戶政機關研擬出有效提升生育率政策，報部研議。

【100年警察人員、交通事業、鐵路人員特考二等】

試擬行政院致經濟部函：充分運用閒置之既有工業區，避免因提供產業所需大面積土地開發案而徵收優良農田，以確保農業生產、農民生活及農村生態，並維護未來臺灣發展及生存所需。

【100年警察人員、交通事業、鐵路人員特考三等】

試擬行政院致所屬各部會函：為因應即將開放大陸地區人民來臺觀光自由行，請轉知所屬機關，從速研擬相關措施，俾妥善處理各種狀況。

【100年警察人員、交通事業、鐵路人員特考四等】

試擬內政部函警政署，轉知所屬各警察機關，警察人員執行勤務時如遇新移民或外籍勞工，不得使用歧視性言詞，或警員之間刻意以方言交談，以避免不必要之誤會或衝突。

【100年民航人員、外交領事人員、國際新聞人員、國際經濟商務人員、調查人員、國家安全情報人員、社會福利工作人員三等特考】

試擬行政院致教育部函：針對青少年犯罪事件頻傳，如日前有高二生弒母殺父的逆倫悲劇產生，影響善良社會風氣至鉅。請轉知各級所屬學校，加強輔導行為偏差、性格乖僻的學生，導引其正向思考。

【100年司法官考試第二試三等】

試擬行政院致交通部函：為提升我國觀光競爭力，確保遊客安全，請全面檢討改善各國家風景區之安全設施，並於文到兩個月內將相關計畫報院核備。

【100年原住民族考試三等】

試擬行政院原住民族委員會致各直轄市、縣（市）政府函：請提報轄區

內原住民族地區「社區總體營造」之成果，分項敘述，具體說明；績效
卓著者，擇優獎勵。

【100年地方政府公務人員考試三等】

試擬臺北市政府產業發展局致大臺北區瓦斯股份有限公司、陽明山瓦斯
股份有限公司、欣欣天然氣股份有限公司及欣湖天然氣股份有限公司
函：時序已進入寒冬，使用瓦斯熱水器及爐具機會增加，為關心市民居
家安全，各公司應派員進行冬季用戶管線及設備安全檢查，並指導用戶
正確使用天然瓦斯方法

民國一百零一年

【101年高等考試三級】

民國○○年○月○日行政院第○○○次院會中，院長鑑於邇來各界對於
預定民國103年實施的十二年國教，多所質疑，甚而有反對的聲浪，遂
指示教育部應即加強宣導。你是教育部的承辦人，請試擬教育部致各縣
市政府函：請配合本部規劃時程，辦理說明會，以釋群疑；並廣蒐各界
建言，送部參考。

【101年身心障礙人員特考】

試擬教育部函行政院：檢陳「國中、小學校營養午餐品質暨經費管控辦
法」草案一份，報請核示。

【101年關務人員、移民行政人員、國軍上校以上軍官轉任公務人員特
考三等】

都市居大不易，近來「居住正義」成為多數都會居民共同的心聲。試擬
行政院致內政部函：請妥善規劃住宅政策，落實關注國人住房需求。

【101年警察人員、交通事業鐵路人員特考】

試擬行政院致內政部函：個人資料保護法於99年4月27日三讀通過，並
於100年10月27日公告個人資料保護法施行細則草案，不僅擴大適用對

象及保護範圍，同時也提高處罰額度。為使本法順利實施，請轉知所屬機關加強宣導，儘速研擬相關因應措施，以減少施行的阻力與紛爭。

國家圖書館出版品預行編目資料

最新應用公文／傅榮珂著. －－四版.
－－臺北市：五南, 2012.08
　　面；　公分－－（應用文學系列）
ISBN 978-957-11-6709-1（平裝）

1.漢語　2.應用文　3.公文程式

802.79　　　　　　　　　101010670

1XZQ　應用文學系列

最新應用公文

作　　　者－ 傅榮珂（276.3）

發 行 人－ 楊榮川

總 編 輯－ 王翠華

主　　　編－ 黃惠娟

責任編輯－ 胡天如　李美貞

封面設計－ 童安安

出 版 者－ 五南圖書出版股份有限公司

地　　　址：106台北市大安區和平東路二段339號4樓

電　　　話：(02)2705-5066　　傳　真：(02)2706-6100

網　　　址：http://www.wunan.com.tw

電子郵件：wunan@wunan.com.tw

劃撥帳號：01068953

戶　　　名：五南圖書出版股份有限公司

台中市駐區辦公室/台中市中區中山路6號

電　　　話：(04)2223-0891　　傳　真：(04)2223-3549

高雄市駐區辦公室/高雄市新興區中山一路290號

電　　　話：(07)2358-702　　傳　真：(07)2350-236

法律顧問　元貞聯合法律事務所　張澤平律師

出版日期　2007年10月初版一刷
　　　　　2008年 9 月二版一刷
　　　　　2009年 9 月三版一刷
　　　　　2012年 8 月四版一刷

定　　　價　新臺幣400元